얼마나 닮았는가

얼마나 닮았는가

김보영 소설집

아작

차
례

엄마는 초능력이 있어

◇ 2012년 〈에너지움 웹진〉 수록

"엄마는 초능력이 있어."

내 말에 너는 퉁명스럽게 대꾸했지.

"세상에 초능력 없는 사람이 어디 있어."

너는 툴툴거리며 말을 이었어.

"우리 '진짜' 엄마는 '경기를 보고 있으면 응원하는 팀이 진다'는 능력이 있었어. 아빠는 '여행을 가면 꼭 비가 온다'는 능력이 있어서 가족여행 때마다 물난리가 났고."

"그래서 아빠는 가뭄이 되면 세상에 비를 뿌리기 위해 여행을 다니곤 하셨지. 너희 엄마는 외국 축구팀의 팬이 되어 월드컵 구경을 다니셨고."

"재미없거든."

"초능력이라는 건 처음에는 다 쓸모없는 것처럼 보여. 하지만 잘 받아들이고 나면 다 그렇지만도 않아."

말하자마자 실수했다는 것을 알았어. 네 초능력은 '만지는 기계마다 고장이 난다'는 것이니까. 그래서 너는 게임도 인터넷도 못 하고 스마트폰도 못 쓰지. 친구들이 새로 나온 게임이나 인터넷에서 요새 유행하는 이야기를 할 때마다 너는 친구들 무리에서 빠져나와 시무룩하게 혼자 놀곤 하지.

"그래. 미래에 인공지능 컴퓨터가 지구를 지배하려 들면 내가 가서 고장 내면 되겠네. 그럼 난 인류의 영웅이 되는 거지."

그런 이야기를 하려던 게 아니었는데.

"아줌마가 날 못 버리는 건 이놈의 낡아빠진 옷을 못 버리는 것과 비슷할 거야."

네가 내 낡은 옷장을 보고 한숨을 쉬며 말했지.

"도대체 10년째 똑같은 옷만 입는 사람이 어디 있어? 영화도 순 구닥다리만 보고. 비디오테이프 아직도 끌어안고 사는 사람 난 아줌마밖에 못 봤어. 화면도 잘 안 나오는 아날로그 TV는 그렇게 버리라는데도 안 버리고. 그놈의 탁상시계 하도 보기 싫어서 내다 버렸더니 다시 가져와서 고쳐 쓰지를 않나."

"엄마는 초능력이 있어."

"아줌마는 우리 엄마가 아냐."

네가 입을 뾰루퉁하게 내밀며 말했어.

"날 낳지도 않았고 친척도 아니고 아무 관계도 없잖아. 아줌마는 그냥 우리 아빠의 젊은 애인이었을 뿐이라고. 친구들이 아줌마를 보면서 네 언니냐고 물으면 얼마나 창피한 줄 알아?"

"그러니까……."

"그러니까 아줌마는 왜 나랑 사는데? 난 그냥 혹일 뿐이라고. 나랑 살면 아줌마는 시집도 못 가."

언젠가 너와 함께 아빠가 다니던 공업단지에 갔을 때 그런 대화를 했었지.

"저 굴뚝에서 이산화탄소를 흡수하고 있어."

"보는 것처럼 말하지 마."

"정말이야. 저기, 위에서 액체 같은 걸 뿌리고 있는데 거기에 이산화탄소가 막 흡수되고 있어. 위로는 깨끗한 공기만 나오고."

너는 굴뚝을 한참 올려다보다가 질문했어.

"그러면 이산화탄소는 어디로 가는데?"

"액체에 녹아. 그러면 부피가 작아지니까. 지하철에 사람이 꽉꽉 들어차는 것처럼."

"그러면 원래 이산화탄소가 있었던 자리는 어떻게 돼? 그만큼 구멍이 날 거 아냐."

나는 잠깐 너를 멀뚱히 보았어.

"기체는 움직이니까…… 구멍은 안 나. 주변의 공기가 와서 메워지겠지."

"그러면 공기가 희박해지겠네."

나는 다시 너를 물끄러미 바라보았지.

"공기에는 무게가 있으니까 그럴 일은 없어. 중력이 계속 당기니까…… 벽돌 밑장 뺀 것처럼 위에서 내려와서 채워지겠지."

"그럼 대기권이 낮아지겠네."

나는 그만 입을 벌리고 말았어.

"대기 중에 이산화탄소는 0.03…… 아무튼 되게 쬐끔밖에 없어. 그게 다 없어지는 게 아니고, 대기에 자리가 나면 바다 같은 데에 녹아 있던 산소 같은 게 증발해서……."

"그럼 그렇게 얼마 안 되는 걸 뭐하러 굳이 줄이는데?"

나는 머리를 쓸어 올리고, 전장에 나가는 장수처럼 마음을 단단히 먹고 허리에 손을 얹고 설명을 시작했지.

"그 얼마 안 되는 이산화탄소가 백만분의 2만큼씩 매년 늘어나는데, 이대로 내버려두면 20년쯤 후에는 생물의 5분의 1이 멸종하고, 사막은 늘어나고, 태풍은 더 커지고, 북극은 녹고, 해안가는 물에 잠기는데……."

그러고 나서 말하려고 했었지.

'나는 초능력이 있어. 그리고 네가 이런 질문을 한 건 아마도……', 라고.

하지만 네가 한마디를 하는 바람에 더 대화를 이어가지 못하고 말았지.

"딸한테 이런 이야기나 하는 엄마가 어디 있어."

그러니까 그런 이야기를 하려던 게 아니었어.

그런 생각해본 적 없니? 너는 원래 말도 없고 조용한 아이였는데. 따박따박 따지고 쉴 새 없이 떠드는 쪽은 나였는데. 언제부터 네가 나처럼 굴기 시작했을까. 내가 언제부터 너처럼 굴기 시작했을까.

내게는 초능력이 있어.

나는 원자의 움직임을 봐. 분자와 이온의 흐름을 봐.

그게 내가 가진 능력이야.

눈에 현미경 같은 것이 달려 있는데 그게 가끔 작동한다고 해야 할까.

그때 나는 그 굴뚝에서 비처럼 쏟아지는 투명한 액체에 이산화탄소가 결합하는 모습을 구경하고 있었어. 이산화탄소 분자가 그물에 물고기 걸리듯이 잡히고, 자석에 이끌리듯이 달라붙고, 오랜 친구처럼 손을 뻗고, 솜씨 좋은 서커스 단원처럼 서로를 붙잡았지. 그들이 합쳐져서 하나가 되고 변화하고 다른 것이되어 쏟아져 내렸지. 나는 그날 네게, 내가 본 것을 이야기해주고 싶었어.

어릴 때부터 나는 공기 중에서 분자가 결합하고 흩어지는 것을 보곤 했어. 수소와 산소가 서로 어깨를 비비며 손을 잡아 수증기가 되고, 또 그것이 분해되는 모습을 바라보곤 했지. 세수를하다가도 물 분자들이 친구처럼 서로 손을 뻗어 붙잡았다가 놓곤 하는 풍경을 보곤 했어. 어른들은 그런 나를 보며 '멍하니 딴생각을 한다'고 핀잔을 주곤 했지.

사춘기 시절에는 내 능력이 참 싫었어. 거리에 서 있으면 사람들이 내뿜는 숨이 떠다니는 광경을 보아야 했으니까. 자동차

배기관에서 뿜어져 나오는 매연을, 건물 시멘트와 아스팔트가 뿜어내는 화학물질을, 그 더러운 분자들이 내 땀구멍과 콧구멍을 비집고 내 안으로 들어오는 것을 보아야 했으니까. 나는 결벽증에 걸린 사람처럼 몸을 계속 씻기도 했고, 아무도 나를 더럽히지 않도록 집에 틀어박혀 지내기도 했어.

내가 내 능력을 받아들이게 된 건 네 아빠를 만나고 나서야. 우스운 이야기지만 네 아빠가 비를 내리게 하는 능력을 받아들이는 것을 보면서 배우게 되었지.

나는 때로 방 안에 앉아 원자나 분자 하나의 움직임을 따라가보곤 해. 내가 내쉰 이산화탄소가 세상에 섞여드는 것을 지켜보지.

나는 네가 잠이 들면 네가 들이쉬고 내쉬는 숨을 지켜본단다. 네 몸에 들어간 산소가 폐로 들어가 혈관을 따라 네 몸 전체로 퍼지는 것을 봐. 네가 흘리는 땀 한 방울에서 나온 원소가 공기 중으로 증발하는 모습을 봐. 공기 중으로 증발한 네 원소를, 숨을 쉬며 내 안에 받아들이곤 해.

사람들은 자신들이 구분되어 있고 나뉘어 있고, 독립적이고 분리되고 동떨어진 무언가라고 생각하지. 하지만 내 눈에는 세상 사람들이 일종의 기체로 보여. 모두가 섞여 있는 것처럼 보여. 눈으로 보는 그 경계선이 아니라, 그보다 조금 더 바깥에 경계선이 있는 것처럼 보여.

사람들이 가까이 가면 그 경계선이 합쳐지며 섞이는 것을 봐. 내가 만나고 인사하고, 잠시 스쳐 만나고 악수를 하는 사람에게서 나를 봐. 우리가 손을 잡을 때, 내 손바닥에서 증발한 분자가 손바닥을 통해 상대방에게 전해지고 그 사람의 일부가 되는 것을 봐.

지금도 우리 몸의 원자는 계속 교체되고 있어. 지금 이 순간에도 계속 죽고, 새로 생겨나지. 그렇게 몇 년이 지나고 나면, 원래 우리 몸에 있던 원자나 분자는 하나도 남지 않아.

네 아빠는 나로 가득했어.

우리가 핏줄로도 그 무엇으로도 이어지지 않았는데도, 네 아빠가 돌아가셨을 때 이미 네 아버지의 몸을 구성하는 분자의 대부분은 내게서 온 것이었어. 그때 나는 나 자신의 죽음을 문자 그대로 지켜보며 울었어.

나는 이 모든 것을 봐.

나는 이제 네게서 나를 봐.

내 몸을 구성하는 것은 8할이 너야.

네 몸을 구성하는 것은 8할이 나야.

날이 갈수록 너는 나를 닮아가고, 날이 갈수록 나는 너를 닮아가지. 하나도 닮은 점이 없던 우리 둘을 보며, 이제 사람들은 자연스럽게 가족이라고 생각하고, '어쩐지 닮았더라.' 하고 감탄하듯 말하곤 하지. 날이 갈수록 너는 나처럼 말하고 행동하고, 나는 너처럼 말하고 행동하지.

너를 낳은 엄마만큼이나 나는 너를 구성하고 있어. 나를 낳은 엄마만큼이나 너는 나를 구성하고 있어. 그러니 나는 네 엄마고 또한 네 딸이며, 너는 내 딸이며 또한 내 엄마이기도 해.

　그러니까 이런 이야기를 하려고 했었는데.

　하지만 말하지 않아도 알게 되겠지. 네가 공장에서 했던 질문의 의미를 알아. 무엇을 보며 그런 생각을 하게 되었는지도 알아. 이상하게 생각할 것도 없고 두려워할 것도 없어. 네 아빠랑 지내다 보니 나도 여행 가방만 싸면 비가 왔거든. 그런데 이제는 만지는 기계마다 고장이 나기 시작하더구나.

0과 1 사이

◇ 2009년 웹진 〈크로스로드〉 수록

◇ 2009년 〈크로스로드〉 단편집 《죽은 자들에게 고하라》(해토) 수록

◇ 2010년 개인 단편집 《진화신화》(행복한책읽기) 수록

◇ 2019년 한국 작가 영문 SF 앤솔러지 《Readymade Bodhisattva》(Kaya Press) 수록

◇ 2020년 개인 영문 단편집 《On the Origin of Species and Other Stories》(Kaya Press) 수록

1

사람들은 말하곤 하지. 예수가 십자가에 못 박히던 골고다 언덕에, 부처가 명상에 잠겼던 보리수 앞에, 마호메트가 계시를 들었던 히라산 동굴 앞에, 사진기를 든 관광객들이 바글거리지 않았다는 것만으로도, 인류가 미래의 그 어느 시간에든 시간여행기(時間旅行機)를 만들지 못한다는 증명이 된 것과도 같다고.

요람에 누운 히틀러를 찾아온 암살자가 없었던 것만으로도, 수용소에 갇힌 유대인들을 탈출시키러 온 이스라엘 군대가 없었던 것만으로도, 노예선에 실려 끌려가는 흑인들을 찾아온 국제인권단체가 없었던 것만으로도. 1, 2차 세계대전 그 어느 전장에도 조국의 역사를 바꾸러 온 미래의 지원군이 없었던 것만으로도 말이지. 트로이 전쟁과 적벽대전 한복판에 노트북을 들고 뛰어다니는 종군기자들에 관한 기록이 없다는 것만으로도 말이야.

고흐는 결코 가난하게 살지 않았을 거야. 그가 붓을 씻은 걸레 한 조각이라도 구하러 미술상들이 몰려들었을 테니까. 모차르트도 장수했을 거야. 진료가방과 수술도구를 든 의사들이 죽어가는 그의 옆에 구름처럼 모였을 테니까. 솔거의 노송도를 찾아, 《유기》, 《신집》, 《서기》 같은 역사서를 구하러 박물관장들이 다투어 몰려가겠지. 이 세상에 소실된 역사적 유물이란 존재하지 않을 것이고, 불행하게 살다 간 천재란 존재할 수도 없을 거야.

경찰은 범죄가 일어나기 전에 막을 수 있겠지. 법정공방도 진실 규명도 필요 없을 거야. 재판은 사건이 벌어지는 현장을 직접 보면서 열리겠지. 운전자들은 추돌사고 전에 도로국의 연락을 받을 거고, 소방관들은 불이 나기 전에 문을 노크하고 들어와 담뱃불을 끄고 가스를 잠글 거야. 부모를 잃은 아이들은 부모의 품에 안길 거고, 길을 잃은 아이들은 집으로 돌아오겠지.

그러니 우리는 시간여행기를 만들 수 없을 거야! 누구든 그 결과를 알았다면 다른 방법으로 했을 일들이, 수많은 시행착오와 돌이킬 수 없는 실수가 역사에 존재했다는 것만으로도. 우리가 살아오며 수없이 많은 실수를 했다는 것만으로도, 지금이라도 되돌리고 싶은 후회스러운 순간에 그 누구도 나타나 경고해주지 않았다는 것만으로도 이미 증명된 것과 같아.

그래도 우리는 연구를 계속했단다. 외부에는 '이론을 쌓는 작업'이라고 했어. 금을 만들지는 못했지만 화학의 기초를 다진 연금술사들처럼, 영구운동기관을 만들지는 못했지만 물리학의 기초를 다진 19세기 학자들처럼, 우리도 무엇인가를 쌓게 될 것이라고.

물론 우리는 그렇게 얌전한 목적을 갖고 있지 않았어. '정말로' 시간여행기를 만들 생각이었단다.

2

김 여사는 갑자기 세상이 덜컹거리는 바람에 머리를 흔들었다. 그러다 현기증을 느끼며 시계를 확인했다. 초침이 분침 뒤에 쪼그리고 숨어서 눈치를 보다가 시침을 뚝 떼고 주행을 시작한다.

여섯 시 반이다. 벌써 몇 번째 여섯 시 반으로 되돌아온 걸까. 앞에 앉아 있는 여자는 분명히 아까 네댓 번은 했던 말을 다시 한다. 조금 전에는 비어 있던 과자 접시가 어느새 다시 수북이 쌓여 있다.

아유, 그럼요, 말이나 말아요. 우리 담임 선생님은 어찌나 성질이 불같으셨는지, 애들이 부러진 마대자루 사대기 바빴다니까요. 언젠가는 애들을 일렬로 세워놓고 엉덩이를 치는데, 중간에 기절하고 실려 가고 난리도 아니었어요. 저는 그 와중에 꼼수 부린다고 제일 끝에 섰는데, 글쎄, 마지막이라고 남은 마대자루가 다 부러질 때까지 치시는 거예요. 한 달 동안 앉지도 못했어요. ……그래도 그때가 좋았죠. 그런 게 다 추억이잖아요.

짧게 단발머리 하고 교복 치마 입고 깡총깡총 뛰면서 나가면 동네 남자들이 다 돌아봤다고요. 단발머리가 그땐 어찌나 보기 싫었는지, 어떻게든 예쁘게 보이려고 앞머리에 풀 발라 세우고 유난을 떨었지요.

그 앞에 앉은 여자도 처음 듣는 말인 양 진지하게 맞장구친다.

그럼요, 정말 그때가 좋았죠. 뭐 생각할 필요가 있었나요. 시키는 대로만 하면 됐죠. 선생님 몰래 까먹는 도시락이 어찌나 맛있는지, 그렇게 맛있는 건 아마 평생 다신 못 먹을 거예요. 떡볶이가 너무 먹고 싶어서 어느 날은 담장을 넘었는데, 걸려서 일주일 동안 온 학교 선생님에게 불려다녔어요. 그때 어찌나 혼이 났는지 그 뒤로 내가 떡볶이를 못 먹는다니까. 그래도 그런 게 다 추억이죠.

저는 좋아하는 가수 콘서트에 너무너무 가고 싶어서, 애들 몇이서 땡땡이를 치고 버스를 타고 간 거예요. 돌아와서 얼마나 맞았는지 지금도 흉터가 남아 있어요. 에유, 그 나이 땐 다 그렇죠.

덜컹.

아유, 그럼요, 말이나 말아요. 그때가 좋았죠…….

언제부터인가 시간은 한 방향으로만 흐르기를 거부하는 것 같다. 난 파업하겠어요, 우주의 법칙을 주관하시는 분이여. 이제부터 난 쉬고 싶을 때 쉬고, 가고 싶으면 아무 데로나 가겠어요! 시간은 이제 널을 뛰고, 낡은 레코드판처럼 튀고, 비디오테이프처럼 되감긴다. 김 여사는 불안한 기분으로 생각했다. 이대로 평생 반상회에 갇혀 살아야 하는 건 아닐까.

우리 애들은 아무튼 뭐가 불만인지 모르겠어요. 엄마가 재워 줘요, 먹여줘요, 학비 대줘요, 지들이 부족한 게 뭐가 있어요? 엄마가 돈을 벌어 오라고 해요, 살림을 하라고 해요. 앉아서 공부만 하라는데 그게 그렇게 힘드나요.

애들이 고생을 안 해봐서 그래요. 좀 굶어봐야 정신을 차리죠. 왜, 예전에는 먹을 것이 없어서, 급식 같은 게 어디 있나요. 간식거리가 어디 있어요. 버스가 있기를 해요. 추운 겨울에도 다 걸어서 학교까지 갔잖아요. 대학에 합격하고도 못 가는 사람은 또 얼마나 많았나요. 똑똑한 애들은 가족 먹여 살리려고 다 일찍 취업했지 대학이 다 뭐예요. 돈 남아도는 사람들이나 다녔죠.

애들이 철이 없어서 그래요. 나중에 이름도 없는 대학 간판 갖고 취업문 두드려봐야 정신을 차리죠. 말이 나왔으니 말이지 요새 평범한 대학 명함 누가 받아주기나 하나요.

다 나이 들어 후회해요. 사회 나와봐야 그때 가서 공부가 제일 쉬웠어요, 하고 앉았죠. 그때 가면 엄마, 왜 날 좀 더 잡아주지 않았어요, 하고 원망한다니까요. 나중에 원망 듣지 않으려면 지금 잡아놔야 해요.

그런데 어제 신문 보셨어요. 무슨 고등학생 애들이 광화문에 나가서 시위를 했다던데요.

잔망스러워서 원, 아니 한창 공부할 시기에 대체 그게 무슨 짓이래요. 그럴 시간 있으면 영어 단어 한 자라도 더 보라고 해요.

개네들이 생각이 있어서 했겠어요. 그 나이 때 애들이 머리에 든 게 뭐가 있어요. 떡볶이 먹을 생각이나 하고 가수 쫓아다니기나 하지. 다 공부하기 싫어서 하는 짓이죠.

수애 엄마는 말이 없으시네.

김 여사는 사람들의 시선이 집중된 뒤에야 그것이 자신을 부르는 이름이라는 것을 깨달았다. 머리를 흔들자 우수수, 먼지 같은 말들이 귀에서 떨어진다.

수애는 요새 어때요? 얼마 전에 석차 많이 떨어졌다고 걱정했죠. 제가 괜찮은 과외 선생 아는데 소개해줄까요? 과외비가 좀 세긴 한데, 그래도 해본 엄마들 말이 돈이 아깝지 않대요.

"수애는 자살했어요."

아, 이제야 조용해졌다.

3

우리는 지금도 시간여행을 하고 있어. 1분에 1분씩, 1초에 1초씩 미래로 흘러가지. 일어나 어디로든 걸어간다면, 거의 알아차릴 수도 없겠지만 0.0000……001초만큼 더 빨리 미래에 도착할 수도 있겠지. 시간은 공간과 같은 척도니까. 아, 물론 너는 나보다 더 잘 알겠지만……. 달린다면, 기차에 올라탄다면, 비행기를 탄다면, 우주선을 탄다면, 조금씩 더 빨리 미래로 갈 수도 있을 거야. 빛과 같은 속도로 날아가는 우주선에 올라탄다면 이론상 시간을 정지시킬 수도 있겠지.

그래, 우리는 미래로 가는 방법을 알아. 하지만 되돌아갈 수는 없어. 그건 음수의 속도와 음수의 거리를 가정하는 것이나 다름없어. '어찌나 빨리 달렸는지 오늘 출발했는데 어제 도착했다니까'라든가, '학교가 어찌나 가까운지 첫발을 떼기도 전에 도착했다니까' 하는 것이나 마찬가지로 이상한 이야기지.

하지만 훈(HUN)은—우리 컴퓨터 이름이란다—매번 가능성이 크다는 결론을 내놓는단다. 우리는 그 친구가 왜 그런 결론을 내리는지 알 수가 없어. 누구도 알 수 없겠지. 훈이 1초 동안에 하는 연산의 가짓수가 이론상 이 우주의 모든 입자를 합친 것보다 많으니까. 물론 우리는 그 문제에 관해서도 매번 혼란과 모순을 느끼지만…….

우리는 시간여행에서 일어날 만한 문제점에 관해 토론하곤 해. 어떤 사람은 영화에서처럼 도착 지점 일대를 전자기적으로 소멸시켜야 할 것이라고 하지. 그러지 않으면 우리가 이동한 뒤, 그 장소에 있는 어떤 물건과 합쳐져 버릴지도 모른다고. 나무나 자동차 같은 것에 끼어버릴 수도 있다고 말이야.

또 누군가는 시간 이동을 한 뒤에 우주 한가운데에 떨어질지도 모른다고 했어. 지구는 자전과 공전을 하고 은하계 전체가 다 회전하니까. 다른 사람은 시간여행기가 지구에 놓여 있는 이상 관성과 중력의 영향을 받을 테니 걱정 없을 거라고 하지.

5분 전의 과거로 가서 나를 만난다고 생각해보자. 정중하게 허리를 굽히고 서로 인사를 하는 거지. "안녕하세요, 난 나예요." "안녕하세요, 난 5분 뒤의 나예요." '나'와 인사를 나눈 뒤, 10분이 지난 뒤에 또 과거로 가는 거야. "안녕하세요, 두 분, 난 10분 뒤의 나예요." 그런 식으로 우주를 나로 가득 채울 수도 있겠지. 오래전부터 사람들은 그런 문제를 생각하다가 골치가 아파져서 '같은 사람이 같은 시공간에 있으면 폭발해서 죽어버린다'고 하고는 이불 뒤집어쓰고 자버렸지.

우리는 서로에게 안부 인사를 하듯 물어본단다.

언제로 돌아가고 싶어요?

다들 영화 같은 사연들을 하나씩 가슴에 품고 있지. 연인을 잃은 사람들, 자식을 잃은 사람들, 첫사랑의 추억을 가슴에 안고 사는 사람들, 고향을 그리는 사람들, 젊은 시절에 했던 사소한 실수를 되돌리고 싶은 사람들. 이야기를 나누다 보면 어느덧 술잔이 놓이고, 그러다 허여멀겋게 날이 새기도 한단다.

내 사연을 묻는 사람은 없어. 아무도 내게는 묻지 않지. 다들 나를 허깨비 같다고들 해. 있는지 없는지 알 수 없는 사람이라고. 좋은 점도 있단다. 일에 전념할 수 있으니까.

4

어디서부터 잘못되었던 걸까. 김 여사는 계속 생각했다. 내가 뭘 그리 잘못한 걸까. 다른 엄마들과 특별히 달랐던 걸까. 다들 같은 싸움을 한다고 들었다. 아이들이란 대개 그런 질문들로 시간을 낭비하기 마련이잖은가. 왜 공부를 해야 해? 왜 학교를 다녀야 해? 왜 밥을 먹어야 해? 왜 채소를 먹어야 해? 왜 목욕을 해야 해? 왜 손을 씻어야 해?

애와 마지막으로 싸웠던 날이 떠올랐다. 성적표가 날아온 날이었다. 김 여사는 설거지하던 손을 닦지도 않고 떨리는 손으로 봉투를 뜯었다. 또다시 몇십 등씩 추락한 석차를 보고는 머리를 붙잡고 의자에 주저앉았다. 내가 속상해서 못 살겠어. 내가 속상해서 못 살아.

그러다 열쇠로 문을 따고 딸애 방으로 들어가 수사관처럼 방을 뒤집어엎었다. 서랍을 열고 일기장을 찾고 가방을 뒤집었다.

하지만 도통 괜찮은 증거물을 찾을 수가 없었다. 요새 애들이 갖고 다니는 것들은 도통 뭐가 뭔지 알 수가 없다. 장신구 같기도 하고 머리핀 같기도 한 것이 무슨 해괴망측한 장치 같기도 한데, 뒤집어보고 두들겨보아도 뭐가 어떻게 작동하는지를 알 수가 없다. 하지만 가방을 탈탈 뒤져서 간신히 김 여사의 머리로도 이해할 만한 물건들을 찾아낼 수 있었다. 배지와 머리띠와 타다 남은 촛불, '시대착오적인 교육을 중지하라', '무한경쟁을 중지하라’, ‘입시교육철폐’ 따위의 글씨가 쓰여 있는 종이들.

얘가 미쳤어.

김 여사는 머리끝까지 화가 치밀었다. 때마침 현관문이 열리며 딸이 집 안으로 들어왔다. 김 여사는 가방 속에서 찾아낸 물건들을 내던지며 속사포같이 퍼부었다.

너 지금 정신이 있어 없어. 1분 1초가 중요한 시기에 이게 무슨 짓이야, 응? 영어 단어 한 자라도 더 외워야 할 시간에, 이럴 정신이 어디 있어? 수능이 내일 모렌데, 남들은 먹고 자는 시간도 아깝다는데 넌 무슨 깡으로 이래. 너 이러다 대학도 못 가고 엄마 망신살 뻗치게 할래? 왜 이렇게 엄마 속을 썩여, 응?

딸애는 눈을 끔벅끔벅하며 이게 무슨 난리인가 하는 얼굴을 했다가, 바닥에 널브러진 물건들을 보더니 이해한 얼굴로, 사실은 별로 이해하지 못한 얼굴로 물끄러미 자신을 마주보았다.

너 대학 안 갈 거야? 한국에서 대학 안 나오고 사람 대접받는 줄 알아? 너 이러다 남들 다 대학생 됐는데 너 혼자 재수하고 있으면 엄마 동네 창피해서 어떻게 살아!

아, 그래? 공부하기 힘들어? 너 사회 나가면 공부할 때가 좋았는데 소리 나와! 너 때가 좋은 줄 알아. 네가 행복에 겨워 불평이지. 이런 것도 못 버티면 사회 나가서 버틸 수 있는 줄 알아? 그렇게 근성이 없어서 어떻게 살아! 그럴 거면 당장 죽어버려!

얘가 어딜 나가? 너 엄마 말이 말 같지 않아? 어디서 배운 버르장머리야. 애가 대가리가 크더니 못된 것만 배웠어! 이리 못 와?

덜컹.

다시 세상이 흔들렸다. 김 여사는 심장이 조여오는 바람에 옷자락을 쥐어뜯었다. 내가 정말 죽으라고 했을까. 잘 기억이 나지 않았다. 그냥 하다 보니 나온 말이었지, 설마 애가 진심으로 듣지는 않았을 거야.

내가 뭘 잘못했을까. 뭘 잘못했든 그렇게 많이 잘못했을까. 그게 다 자기 잘되라고 하는 일이었지, 나 좋으라고 한 일도 아니었잖아. 내버려두면 나도 편하고 좋았어. 엄마가 애정으로 하는 말인 줄 알았어야지.

묵묵히 현관에 서서 자신을 보던 딸애의 눈이 떠올랐다. 언제부터 나를 그렇게 원수를 대하는 눈으로 보았을까. 자신을 철저히 배신하고 짓밟은 연인을 보는 것처럼. 어린 시절에 바쳤던 신뢰와 사랑을 뼛속 깊이 후회하는 얼굴로. 나와의 모든 관계성과 연결고리를 끊어내고 싶은 얼굴로.

내가 그렇게 잘못했을까. 잘못했다고 해도 이런 형벌을 받을 만큼 잘못했을까. 조금 더 기다려주었어야 했다. 조금만 더 나이가 들고 시간이 지나다 보면 서로 생각도 달라지고, 서로를 용서할 시간이 있었을 것을.

내게 다른 기억을 남기고 갔어야 했다. 좀 더 기회를 주었어야 했다. 아니, 이미 주었을까. 자신을 붙잡아달라는 신호를 끊임없이 내게 보냈는데, 그것을 증오와 반항이라는 형태로 전했을 뿐이었는데, 내가 바보같이 알아채지 못했던 걸까. 그래서 내게 이런 벌을 내린 걸까.

덜컹.

5

꽃이 피는 순간을 기다려보았니. 꽃은 지켜보고 있으면 피지 않아. 아무리 그 순간을 포착하고 싶어도 꽃은 언제나 네가 잠시 한눈을 판 사이에 이미 피어 있지. 그건 네 관찰이 양자적 혼돈 상태를 안정된 상태로 만들기 때문이란다.

동물들이 떠나버린 땅은 사막이 되고, 사람이 살지 않는 집은 폐가가 되어버리지. 방사성 물질조차도 지켜보는 사람이 있으면 분열을 멈추고, 주전자에 담긴 물도 지켜보고 있으면 끓지 않아. 물론 너는 나보다 잘 알겠지만⋯⋯.

생명이 태어나기 전의 바다는 혼돈 상태에 머물러 있었어. 누군가 하늘을 올려다보기 전에 하늘은 아직 존재하지 않았어. 사람들이 망원경을 만들어 우주 너머를 들여다보기 전까지 우주는 자신의 형태를 결정하지 않았어. 우주선이 달에 도착하기 전까지만 해도 달은 무한한 가능성을 갖고 있었단다. 처음 달에 발을 내디딘 우주비행사들이 과학자가 아니라 예술가들이었다면, 그보다 더 아름다운 달을 창조할 수 있었으련만.

지금도 너는 매 순간 혼돈에 질서를 부여하고, 확률과 가능성만으로 존재하는 세상의 방향을 결정한단다. 엄마는 네게 유전자를 제공함으로써 너를 낳았지만, 또한 너를 지켜봄으로써 다시 낳았단다.

과거가 변하지 않는 까닭은 과거가 이미 관찰되었기 때문이야. 수많은 사람의 시선이 과거를 고정했기 때문이야. 미래가 가능성의 영역으로 열려 있는 까닭은 아직 아무도 미래를 관찰한 적이 없기 때문이야. 만약 이 세상에 아무도 없다면 과거도 미래도 그저 끝없는 혼돈으로만 존재할 거야.

먼 옛날 젊은 학자들이 조심스럽게 이런 가능성에 관해 이야기하자 늙은 학자들은 코웃음을 쳤지. 세상은 그런 식으로 돌아가지 않는다고. 그런 세상을 본 적이 없었거든. 그럴 수밖에. '관찰되지 않은' 세상이란 말 그대로 아무도 본 적이 없는 세상이니까.

그게 우리가 보는 세상의 전부야. 사람은 자신이 관찰한 것밖에 알 수가 없어. 누구나 일생 자신의 인생밖에 살아본 적이 없지. 그런데도 사람들은 나이가 들면 온 세상을 보고 온 것처럼 큰소리치곤 한단다.

6

돈 들어가는 것 아깝게 생각할 필요 없어요. 나중에 재수하는 비용 생각하면 지금 투자하는 게 이익이라니까요.

이 약이 그렇게 용하대요. 옆 아파트에서는 벌써 3개월 전부터 구매하고 있대요. 애들이 잠을 안 잔대요. 삼당사락이라는데 한 시간 덜 자는 게 어디예요. 내 말 믿고 구입해보자니까.

우리 애는 괜히 과고를 보냈어요. 진학률이 높으면 뭐해요. 내신이 안 나오는데. 아유, 우리 애가 다른 학교만 가면 전교 1등은 떼어놓은 당상인데, 겨우 반에서 턱걸이로 상위권이에요. 잘난 애 기 죽여, 내신 낮아져, 속상해서 못 살겠어요.

우리 애도 어렸을 때 미국으로 보내야 했는데, 남들 다 하는 걸 우리 아빠는 왜 못 하는지. 미국 살다 온 애들 또랑또랑하게 영어 하는 걸 보면 얼마나 속이 답답한지 몰라요. 머뭇머뭇하다가 애 인생 망가뜨린 거죠. 예? 영어 못하면 인생 망가진 거나 다름없죠. 남들은 다 저 앞에서 출발하는데, 우리 애만 한참 뒤에서 쫓아가야 하잖아요. 그런 안일한 정신으로 경쟁사회에서 어떻게 살아남아요.

"우리 애는 학교에 가기 싫대요."

김 여사는 입을 열자마자 후회했다. 이런 말밖에 할 말이 없었을까.

애들은 다 그런 소리 해요. 철딱서니가 없어서 그러지.

우리 애는 대학에 갈 생각이 없대요. 애가 정신이 나갔지. 요즘 세상에 대학 안 나오면 뭐 해먹고 산대요.

이번에는 초등학생 애들이 성명서를 냈다는데요. 뭐라더라, '구시대적 교육을 중지하라'라던가?

그걸 걔네들이 냈겠어요. 누가 뒤에서 조종하는 사람이 있다니까요. 걔네 엄마들부터 조사해봐야 해요.

다 공부 못하는 애들이 열등감에 벌이는 일이에요. 공부 잘하는 애들은 행동도 얼마나 바른데요. 우리 애는 집에 오면 의자에 딱 앉아서 일어나지 않아요. 화장실 가는 시간도 아깝다고 물도 안 마셔요. 우리는 애 때문에 TV도 컴퓨터도 다 치웠다고요. 애 방해될까 봐 걸을 때 소리도 안 내요.

우리 애는 덤벙대서 꼭 한두 개씩 틀려 와서 속상해 죽겠어요. 애가 왜 그렇게 칠칠치 못한지 몰라요. 남편 닮아서 그러나 봐요. 반에서 1등 하는 거로 만족해서 큰일이에요. 반에서 1등 하면, 전교 1등은 왜 못 하나요? 한두 문제 안 틀리면 되잖아요. 조금만 노력하면 되잖아요. 그게 그렇게 힘들어요?

김 여사는 입을 다물었다. 내 얼굴에 침 뱉는 격이지. 주위를 둘러보니 말이 없는 여자들은 자신과 비슷한 처지들인 모양이었다. 다들 집에 돌아가 '다른 애들은 다 그렇다는데 너는 왜 그 꼴이니.' 하고 역정을 낼 준비에 바쁜 것 같다.

불편한 마음으로 말을 곱씹는데, 누군가가 옆에서 톡톡 건드렸다. 돌아보니 한 여자가 해죽 바보스러운 미소를 짓는다. 얼굴을 반쯤 가리는 뿔테 안경을 쓰고 며칠은 감지 않은 듯한 부스스한 머리를 대충 곱창 머리끈으로 묶고, 화장도 하지 않은 얼굴에 남자 와이셔츠와 양복을 입고 있다. 한참 만에야 생각이 났다. 얼마 전에 이사 온 새댁이라던가, 공부를 너무 많이 해서 머리가 이상해졌다는 소문이 돌고 있었다.

"우리 애도 그래요."

"뭐가요."

"학교 가기 싫다는 거요. 애가 똑똑한가 보네요. 똑똑한 애들은 다 학교 다니는 거 싫어해요."

김 여사는 약간 더 불편해진 기분으로 엉덩이를 조금 움직여 피했다. 여자는 해죽해죽 웃으며 눈치 없이 따라붙었다. 여자가 손가락에 끼운 물체를 본 김 여사는 더욱 불편해졌다. 검지에 손가락만 한 지저분한 토끼인형이 하나 매달려 있다. 여자는 김 여사의 얼굴에 토끼를 들이대며 인사를 하듯이 손가락을 까닥했다.

"수애 어머님, 용서하세요. 이 친구가 예의가 좀 없어서. 날씨 이야기부터 하라고 그렇게 당부했는데 말이죠."

여자의 입은 움직이지 않았다. 복화술인가. 김 여사는 눈썹을 가볍게 모았다.

"애들이 좋아하겠어요. 저도 애 어릴 때 놀아주려고 인형극을 좀 배웠는데."

뿔테여자는 그게 무슨 소리냐는 얼굴로 눈을 둥그렇게 뜨다가 토끼를 내려다보고는 뭐가 재미있는지 깔깔 웃었다.

"아, 제가 한 말이 아녜요. 이 친구가 한 말이죠. 최신 인공지능 컴퓨터예요. 에, 그 일부라고 할까요. 메인 서버와 통신 중인데, 뭐라고 해야 하나. 어쨌든 말한 건 그 친구예요. 이건 통신기고요."

아, 그렇군요. 김 여사는 엉덩이를 조금 더 빼며 고개를 끄덕였다.

"컴퓨터예요, 통신기예요, 어느 쪽이죠?"

"아, 그러니까 말한 친구는 컴퓨터지만 이 토끼는 통신기……. 뭐, 그렇다는 이야기죠. 중요한 건 아니에요."

물론 그렇겠지요.

"왜 이렇게 전화를 안 받아. 내가 직접 그쪽으로 가야 쓰겠어?"

이번에는 토끼 안에서 다른 목소리가 들렸다.

"컴퓨터가 전화도 하네요."

"아, 이건 컴퓨터가 아니라……."

여자는 토끼인형을 휴대폰처럼 귀에 대더니 '이따 전화해, 지금 바빠.' 따위의 말을 지껄였다.

"화성에서 온 전화였어요."

그러시겠지요. 김 여사는 서둘러 주위를 돌아보았다. 이 많은 여자들이 모여 있는 반상회에, 하필 이 순간에 자신에게 관심을 두는 여자는 아무도 없었다. 김 여사는 마뜩잖은 목소리로 말했다.

"외계인 친구가 있는 줄 몰랐네요."

"와하하하, 수애 어머님 재밌으시네. 화성에 외계인이 어디 있어요."

"문어처럼 생긴 외계인이 사는 줄 알았는데요."

"그거야 만화에나 나오는 거죠. 화성에는 산소도 물도 없어서
외계인은 살지 않아요."

이 여자 보게, 미친 주제에 나름대로 논리가 있잖아.

"방금 화성에서 전화가 왔다고 했잖아요."

"아, 외계인이 아니라 제 친구예요. 얼마 전에 가족이 화성으
로 이주했거든요."

"화성이 살 만한가 보네요."

"아무래도 지구보다는 낫죠. 아, 나도 지구를 떠나고 싶어요.
화성에서 살고 싶은데."

저녁이 되어 여자들이 하나둘 일어나고 김 여사도 일어나 인
사를 나누는데, 뿔테여자가 허공에 대고 허리를 숙이며 악수를
하는 것이 눈에 들어왔다.

"예, 알겠습니다. 그럼 잘 들어가세요."

여자는 김 여사와 눈이 마주치자 잘못이라도 하다 들킨 사람
처럼 해죽 웃었다.

"홀로그램 통화 중이거든요. 안경에 비치는 영상이라 제 눈
에만 보이죠."

"누구랑 통화했는데요?"

"음…… 보건복지부 장관이랑요."

7

시간은 상대적인 수치야. 높은 곳보다 낮은 곳의 시간이 느리게 흐르고, 서 있는 사람보다 빨리 달리는 사람에게 느리게 흐르지. 시간은 사람의 인식 속에서 흘러간단다. 너도 가끔은 깜박 잠이 든 사이에 몇 시간이나 며칠 분량의 꿈을 꾸어본 적이 있겠지.

그런데 학자들은 속도나 중력에 따른 시간의 차이에 관해서는 공식을 만들어놓았으면서, 왜 시간과 나이의 관계에 대해서는 공식을 만들지 않았을까. 어린 시절이 가장 느리게 흘러간다는 걸. 네 1년과 내 1년이 같지 않다는 걸…….

내가 1년을 하루처럼 보내는 동안 너는 수십 년의 세월을 살아가는데, 내가 겨우 하루만큼 성장하는 동안 너는 몇십 살쯤 나이를 먹고, 내가 몇 년은 살아야 얻을 수 있는 지식과 경험을 며칠 안에 알게 된다고. 누구든 그 문제를 숫자와 기호를 섞은 공식으로 만들어 교과서에 써넣었어야 했을 거야. 사람들은 숫자로 쓰지 않으면 믿지 않으니까.

그래야 어른들이 너희 시간을 그리 하찮게 여기지 않을 텐데. 너희가 어른이 되어 살아갈 고작 며칠의 시간을 위하여, 수백 년의 시간을 버리고 희생하라고 강요한다는 사실을 깨닫는다면, 조금은 세상이 달라질 수도 있으련만.

국영수 중심으로 교과서 위주로 했어요. 과외는 하지 않았어요. 수업 시간에 집중해서 듣고 예습 복습 열심히 했어요. 이렇게 말하면 되나요?

해가 졌습니다. 일몰 시각 이후의 집회는 위법입니다. 귀가시간이 늦었으니 중고생들은 모두 집으로 돌아가주십시오. ……우리 야자 열두 시까지 하는데요.

거기 나오는 애들 다 공부 못하는 것들이야. 공부 잘하는 애들은 사회에 불만도 없어요. 공부 못하는 것들이 꼭 차별이니 뭐니 떠들어대지.

청소년에게는 집회결사의 자유가 없어. 헌법 읽어봤어? '만 18세 이상의 대한민국 국민은 집회 결사의 자유를 갖는다'고 되어 있어. 그게 무슨 뜻인지 알아? 그 자유가 너희에게는 없다는 이야기야. 뭐? 아닌 것 같다고? 너희가 검사야, 판사야. 헌법조항에 쓰여 있는 걸 니들이 뭘 안다고 토를 달아? 법적으로 동아리 활동도 불법이야. 범죄라고. 니들이 모여서 노는 건 좋아. 하지만 회의를 하든, 조금이라도 동아리에 관계된 이야기를 할 거면 반드시 교무실에 와서 너희가 어디서 뭘 하고 있는지 보고서 올려. 그런데 이게 꼬박꼬박 선생님 말씀에 말대꾸네. 너 어디서 이런 태도 배웠어? 선생이 네 친구야?

친구가 다 무슨 소용이야. 모두 네 적이고, 네 라이벌이야. 한 명이라도 밟고 올라서야 해. 대학 가면 어차피 다 찢어져. 이름 없는 대학 나와서 명문대 들어간 애들 쪽팔려서 만날 수나 있는 줄 알아? 친구는 대학 가면 얼마든지 사귈 수 있어. 그럴 시간에 수학 문제 하나라도 더 풀어.

인성교육 그거 다 헛소리예요. 고등학교가 해야 할 일이 뭡니까? 대학 보내는 거죠? 학생의 본분이 뭡니까? 면학입니다. 대학 가서 인성교육 얼마든지 할 수 있어요. 지금은 공부할 때죠. 지금을 놓치면 다신 공부 못 해요. 1분 1초가 중요한 시기란 말입니다. 지금 뒤처지면 영원히 뒤처지는 거예요.

9

내가 시간여행기를 써서 1979년으로 이동한다고 생각해보렴. 나는 내가 살던 시대까지의 과거를 모두 알아. 그리고 나는 일어난 일은 변하지 않는다는 것도 알아. 나는 곧 대통령이 암살당할 것을 알고, 1988년에 서울에서 올림픽이 열리고 2008년에 금융위기가 찾아올 것을 알아. 모두 이미 일어난 일이야. 나는 원하기만 한다면 신문자료나 기록을 동원하여 얼마든지 더 자세한 미래를 알아낼 수 있겠지.

하지만 1979년에 사는 사람 입장에서는 어떻게 될까. 그 사람의 미래는 무한한 가능성을 향해 열려 있었어. 그는 세상을 변화시킬 수도 파괴할 수도 있었어. 누구든 사랑할 수 있었고, 미위할 수도, 죽일 수도 있었지. 그런데 그의 시공간에 갑자기 내가 나타난 거야. 그 사람은 나의 존재를 알지 못하고 나도 그를 만나지 않았어. 나는 단지 잠깐 그 시공간에 출현했을 뿐, 미래에 영향을 미칠 만한 아무런 일도 하지 않았어.

그런데 그 순간 그 사람이 갖고 있던, 어쩌면 갖고 있다고 착각했던 모든 가능성이 사라지는 거야.

이제 모든 일은 이미 일어난 일에 불과해. 그는 예정된 시간에 예정된 일을 할 것이고, 예정된 사람과 결혼하여 수많은 유전자 중 예정된 유전자를 택해 아이에게 전달하겠지. 그의 자유의지는 끝나버렸고, 가능성으로 열려 있던 미래는 이제 사방이 벽으로 가로막힌 좁은 길처럼 한 방향으로만 진행되는 거야.

그런 일이 가능할까?

미래에서 한 명의 사람이 날아온 것만으로, 시공간 전체가 자유의지를 잃게 되는 일이. 결정되지 않은 미래를 향해 나아가던 인류가 이제는 운명의 노예가 되어, 대본대로 행동하는 기계처럼 살게 되는 거야. 그런 일이 가능할까?

우주가 끝나는 날에, 시간이 끝을 고하는 날에, 단 한 명의 사람이(사람이 아니어도 좋겠지) 우주가 시작되던 지점으로 시간이동을 하는 것만으로, 그 우주의 모든 역사가, 별의 탄생과 소멸이, 수억의 행성에서 앞으로 살아가고 진화하고 자손을 낳고 멸종해갈 모든 생명의 역사가 결정되어버리는 일이, 과연 가능할까?

훈은 말했어. 그럴 '가능성'도 존재한다고. 가능성이라는 말은

훈이 좋아하는 말이지. 훈은 어느 한쪽으로 말하는 법이 없어. 또 그것과 반대의 현상이 일어날 가능성이 그보다 약간 더 높다고 했어. 왜냐하면 고정된 것은 고정되지 않은 것보다 불완전하며, 또 불안정하기 때문에…….

10

이 동네는 반상회를 너무 많이 해. 김 여사는 생각했다. 수다는 간식거리가 바뀌면서 다대다에서 삼대삼으로, 이대이로, 일대일로 소규모로 짝을 짓는 방향으로 발전하는 중이었다.

수애는 학교에 가기 싫대요. 우리 애도 그래요. 애들이 다 그렇죠. 살고 싶지가 않대요. 그 나이 때 다 하는 이야기죠. 공부가 지겹대요. 애들은 다 놀고 싶어 하죠. 수애가 어렸을 땐 늘 1등이었는데. 우리 애도 그래요. 수애는 어릴 때 신동이라고 했어요. 돌 지나자마자 글을 줄줄 읽었다니까. 어머, 우리 애도 그래요.

정말로 다른 집도 마찬가지일까. 다른 집도 아침마다 우리 집처럼 전쟁을 치를까. 잠긴 문을 두드리고, 고함을 지르고, 문을 열쇠로 열고, 아직 침대 속에 박혀 있는 애를 억지로 일으켜 세우고, 밥을 떠다 먹이고 가방을 등에 지울까. 매일 아침 애원하고 협박하고 옆집에 다 들리도록 싸움을 벌일까. 아침마다 오늘은 또 어떤 난리통을 치르고 무엇을 부술까 걱정할까. 이미 판은 기울어져 애는 벼랑으로 미끄러져 내려가는데, 멀쩡한 판에 서

있는 엄마들이 짜고서 '아이, 다 그래요. 우리 애도 그런다니까.'
하고 합창을 하는 건 아닐까.

"좋지 않았어요."

"에?"

고개를 돌아보니 뿔테여자가 자신을 향해 해죽 웃고 있었다.

"제 학창 시절요. 그닥 좋지 않았어요."

누가 물어봤나.

"왜요, 무슨 일이라도 있었어요?"

"글쎄요, 별다른 일은 없었어요. 남들과 비슷했는데, 그래도
안 좋았어요. 사실 잘 기억은 안 나요. 여러 가지 가능성이 섞여
있어서 말이죠. 돌이킬 때마다 조금씩 바뀌거든요."

대체 무슨 소리야.

"무어의 법칙에 대해 들어본 적 있어요?"

여자가 뜬금없이 질문했다. 이 여자는 아주 나로 대화상대
를 잡았군. 걸려도 된통 잘못 걸렸어. 김 여사는 퉁명스럽게 대
꾸했다.

"무우가 뭐요?"

"반도체 칩에 들어가는 부품의 수가 2년에 2배로 증가한다는
거예요. 그러니까 뭐랄까, 기계가 점점 작아진다는 이야기죠."

"그렇긴 하더군요."

"이 속도로 가면 얼마 지나지 않아서 모든 기계가 양자역학의
영향권 안에 들어가게 된다는 거예요."

늘 생각하지만, 이 여자는 미친 사람치고는 제법 있어 보이

는 용어를 써댄다.

"양자가 뭐라고요?"

"부품이 점점 작아져서 미시 세계로 들어가면, 뉴턴역학이 아니라 양자역학의 지배를 받는다는 말이죠."

"나쁠 게 없죠."

"나쁠 게 있어요. 왜냐하면 그 세계는 확률의 영향을 받거든요. 컴퓨터는 기본적으로 0과 1로 계산을 수행하죠. 그러니까 스위치가 켜졌는가, 꺼졌는가로요. 그게 기본이에요. 아무리 방대한 계산도 결국은 얼마나 많은 스위치를 켜고 껐는가의 차이일 뿐이죠. 그런데 양자는 동시에 두 가지 상태로 존재해요. 0과 1의 중간상태가 생겨나 버리는 거예요."

"그러면요?"

"혼돈이죠! 데이터가 모두 엉켜버려요. 1이 일정확률로 0이된다면, 1 더하기 1이 2가 될 수도, 1이 될 수도, 0이 될 수도 있는 거죠."

대체 무슨 말을 하고 싶은 거람.

"물론 그렇게 되지 않도록 하는 장치가 있죠. 그 장치를 개발하느라 양자 컴퓨터를 만드는 데 오래 걸렸어요. 그런데 그 방법을 역으로 이용하는 해커들이 등장했어요. 일부러 혼돈의 확률을 더 늘려서 이론상 불가능한 결과물이 튀어나오게 한단 말이죠. 요즘 젊은 애들은 아무튼 무서워요. 아날로그에서 디지털로 이행할 때도 비슷한 현상이 있었다던데, 이제는 애들 머리를 따라갈 수가 없어요. 태어날 때부터 양자론에 접촉되어, 세상이 확률로만 존재한다는 사실을 '완전히' 이해하는 사람들만이 할 수 있는 일들이 있거든요. 수억 만분의 일의 확률로 존재하는 것들을, 수억만 분의 일의 확률을 계산하여 만들어낸다고요."

이 사람을 치료할 의사는 머리가 좋아야겠어. 김 여사는 생각했다.

"그래서요. 애들이 뭘 만들었는데요."

"시간여행기요."

뿔테여자가 말했다. 김 여사는 여자를 물끄러미 바라보았다.

"시간여행기요. 그건 설마 뭔지 아시겠죠?"

설마 내가 생각하는 걸 말하는 건 아니겠지.

"그게 뭔데요?"

"시간을 넘나드는 기계죠. 과거나 미래로 가는 거요. 기본 로직이 밝혀진 뒤로 최근 1년 사이에 최소한 스물여섯 개가 만들어졌어요. 사람들이 말하기를 양자 컴퓨터의 개수와 시간여행기가 만들어질 확률을 비교해보면 가능한 숫자라더군요."

"그래서요."

"이게 그중 하나예요."

여자는 주머니에서 성냥갑을 꺼내 들었다. 좋아. 재미있어지는군. 적어도 시시껄렁한 반상회 수다보다는 재미있을지 몰라. 이 여자가 칼을 꼬나들고 우리 집 문을 열고 들어오지만 않으면 말이지.

"성냥갑처럼 생겼죠? 속임수예요. 그렇게 보이게 만든 거죠."

"그렇겠지요."

"국제정부(무슨 정부라고?)에서는 발견하는 즉시 폐기하도록 하고 있죠."

"왜요?"

"세상을 뒤죽박죽으로 만들어놓거든요. 하지만 막을 도리가 없어요. 이미 과거로 간 사람들이 현재를 망쳐놓고 있죠. 미래로 넘어온 과거의 사람들이 다시 망쳐놓았고요. 지금으로서는 사람들을 화성으로 이주시키는 것밖에는 다른 방법이 없어요."

"그게 시간여행기라면, 그걸 통해 과거로 갈 수 있나봐요?"

"물론이죠."

"사람도요?"

"뭐든 가요."

"어디 보여줘봐요."

여자는 심각한 표정을 지었다.

"곤란해요. 시간을 더 망가뜨리게 될 테니까."

어련하시겠어요.

"하지만 작은 물건이라면 괜찮아요. 아주 가까운 시대 정도로. 생물이 아니라면요. 그런 것은 지금도 확률적으로 사라졌다가 나타났다가 하니까요. 양말이 한 짝씩만 없어진 경험 있으시죠? 연필이나 지우개 같은 거요. 존재확률이 낮기 때문이에요."

그는 연필을 하나 땅에 내려놓고 마치 사진기로 찍듯이 '성냥갑'을 눈에 가져갔다. 한참 뭔가를 계산하듯이 땀을 흘리더니 한숨을 쉬고 내려놓았다.

"방금 과거로 보냈어요."

그래, 미친 사람이었지. 그런데 왜 나는 이 사람과 계속 이야기를 하는 걸까. 요새 계속되는 위화감 때문이야. 김 여사는 생각했다. 계속 시간이 덜컹거리는 듯한 위화감. 위화감과 이 사람이 어떻게 연결되는지는 모르겠지만. 뭔가 내가 잃어버린 나사를 이 여자가 가진 기분이 든단 말이지. 이상한 일이지만, 가끔 우리 애가 오래전에 '죽어버린 듯한' 느낌이 들 때가 있어. 세상이 덜컹거리면서 그 일이 지워져버린 것 같은.

"아무것도 변하지 않았잖아요."

"보기에는 그렇죠. 하지만 이 연필은 시간여행을 하고 돌아온 연필이에요."

김 여사는 무표정하게 뽈테여자를 바라보았다.

"지금은 현재잖아요. 연필은 조금 전에 과거로 갔고요. 그러니까 지금은 갔다가 돌아온 거죠. 물론 본인은 아무 일도 없었다고 생각하겠지만……."

"생각요?"

"만약 생각할 수 있다면요. 생물이라고 가정하면 말이에요."

김 여사는 한숨을 쉬었다.

"어쨌든 과거의 시간대에는 그 연필이 존재한다는 거네요."

"그럴 수는 없어요. 질량보존법칙에 위배되거든요. 질량보존법칙은 아세요?"

왜 계속 이런 질문에 대답을 해야 하는 걸까. 김 여사는 뽈테여자를 무표정하게 바라보았다.

"우주에 어떤 일이 일어나든 질량의 총량에는 변화가 없다는 법칙인데요. 아무튼 그렇게 연필이 두 개 생겨나는 일은 없어요. 그런 식으로라면 과거로 계속 연필을 보내서 우주를 연필로 가득 채울 수도 있겠지요. 패러독스예요. 그런 일은 안 일어나요."

"그러면요?"

"'의식'만 이동하는 거예요. 그래서 과거의 자기 자신 안으로 들어가는 거죠. 어린 시절의 자신의 몸으로요. 다른 사람 안으로 들어갈 수도 있겠지만 성공확률이 낮아요. 연계성이 낮거든요. 윤리적으로도 문제가 되고요. 누군가의 몸을 빼앗아버리면 곤란하잖아요. 그런 짓을 하는 사람들이 있어서 국제적으로 문제가 되고는 있는데……. 아무튼 보통은 자신이 살아 있을 때로만 이동해요."

"과거의 자신 안으로 들어가면 뭐가 달라지는데요?"

"그 연필은 어린 연필의 모습을 하고 있는 나이 든 연필이 되는 셈이죠. 물론 기억은 유지가 안 되겠지만요. 어쩔 수 없어요. 기억은 뇌에 저장되는데, 과거로 간 사람은 뇌나 신경 구조마저 어린 시절로 돌아가니까요. 아, 물론 연필이 뇌가 있다면요. 사람으로 설명하면 더 쉽겠는데."

"미래로 보내면요?"

"마찬가지예요. 미래의 자신의 몸으로 들어가죠."

김 여사는 슬슬 화가 나기 시작했다.

"다시 말하면 이런 뜻이군요. 내가 이 시간여행기를 써서 과거로 가면, 어린 시절의 내 몸 안으로 들어가게 되는데, 그때 지금까지의 기억을 잃고 그 시절의 기억만 갖게 된다."

"맞아요."

"미래로 가면, 미래의 내 몸으로 들어가는데, 그때에도 미래의 나 자신의 기억을 이어받는다. 시간여행을 했는지 안 했는지도 기억할 수 없다."

"맞아요! 야, 어려운 문제인데 이해하셨군요."

여자는 박수를 쳤다. 김 여사는 조금도 기쁘지 않았다.

"그러면 뭐가 달라진 거죠? 아무것도 변한 게 없잖아요!"

"달라진 게 있어요."

"뭐가요!"

"'자아'요."

"자아가 뭔데요?"

"자아가 뭔지 모르겠어요? 수애 엄마는 누군가가 자신과 똑같은 모습을 하고 똑같은 기억을 갖고 있다면, 그걸 자신과 같은 사람이라고 할 거예요?"

"그건……."

"아니겠지요? 자신이 기억을 잃거나 수술로 다른 사람의 모습을 하게 된다면, 그건 자신이 아니므로 죽여버려도 되겠어요? 아니죠? 정체성이 이동하는 거예요. 다른 사람 입장에서는 달라진 것이 없겠죠. 하지만 본인 입장에서는 세상의 종말과 같은 일을 겪은 거예요. 자신의 인격과 기억에서부터 세상까지 모두 뒤집어진 셈이니까."

"하지만 기억할 수 없다면 본인도 알 수가 없잖아요?"

"물론 그렇죠."

"그러면 시간여행기가 실제로 작동하는지, 작동하지 않는지 대체 무슨 수로 알 수 있죠?"

"시간여행기는 작동해요."

"어떻게 아는데요?"

"실제로 자신의 몸을 갖고 이동할 수 있는 사람이 있거든요. 그 사람들은 자신이 시간여행을 했다는 것을 기억해요. 뇌를 갖고 가니까……."

"무슨 보존의 법칙인가 때문에 안 된다면서요."

"예, 그런데 그럴 수 있는 사람이 있어요. 존재확률이 낮은……."

김 여사는 입을 다물고 더는 아무 말도 하지 않았다. 자신의 말의 여운에 빠져 한참 정지해 있던 뿔테여자는 머리를 긁으며 웃었다.

"본인은 알 수 없지만 다른 사람들은 알아요. 티가 나거든요. 시간여행기 자체의 문제일지도 모르겠어요. 원본을 복사할 때마다 오류가 증폭되는 것 같아요. 시간여행을 한 사람들 중 많은 사람이 원래 시대에 사는 것처럼 행동해요. 자신들이 어느 시대에 와 있는지도 모르고 엉뚱한 소리를 늘어놓죠."

당신처럼 말이지. 김 여사는 마음속으로 중얼거렸다. 뿔테여자는 김 여사를 지긋이 바라보았다.

"이런 상상을 하면 재미있잖아요. 안 그래요?"

집에 돌아오던 김 여사는 문득 눈이 내리는 것을 깨닫고 걸음을 멈추었다. 이 계절에 눈이라니?

가만 보니 아파트 창문마다 종이비행기가 눈처럼 쏟아져 내렸다. 머리가 파르란 코흘리개 꼬마 애들에서부터 교복을 입은 아이들까지 창문과 발코니에서 비행기를 날렸다. 거리를 지나던 사람들이 놀라 하늘을 올려다보았다. '구시대적 교육을 중지하라'는 플래카드가 어느 집에선가 길게 늘어뜨려졌다.

"쟤네들이 왜 저러는지 도통 모르겠어."

김 여사는 고개를 저었다.

11

사람은 모두 어느 정도는 확률적으로 존재해. 나는 어떤 확률에서는 존재하지 않을 수도 있어. 너도 마찬가지지.

우리는 독립된 존재라기보다는 어떤 파형, 장(場)이라고 불러야 할 거야. 지금 이 순간에도 끊임없이 주위와 원자를 교환하고 있으니까. 시간이 지나면, 그 몸을 구성하는 원자 모두가 다른 것으로 교체되지. 그러니 어쩌면 어린 시절의 나와 지금의 나는, 다른 사람이라고 불러야 할지도 몰라.

연인과 부부가 서로를 닮아가는 이유는 그들이 계속 서로의 원자를 교환하기 때문이야. 엄마와 너도 마찬가지야. 엄마의 몸에서 나온 원자가 다시 네 몸으로, 그리고 네 몸에서 나온 원자가 다시 엄마의 몸으로 들어갔지. 우리는 구별된 존재가 아니야. 모두 서로 섞여 있어. 같이 보낸 시간만큼 서로를 공유하고 있단다.

12

"아무튼 무슨 1 더하기 1이 0이 될 수도 있다고 하지 않나. 별놈의 사람이 다 있지. 왜 그 집에서는 병원에 데려가지 않고 사람을 그리 놔두나 몰라. 원, 무서워서 살 수가 있어야지."

김 여사가 식탁 앞에서 한참을 떠들던 중이었다. 묵묵히 듣고 있던 딸이 고개를 들었다.

"0이 될 수도 있잖아."

김 여사는 화가 치밀었다. 그래, 너는 내 말은 콩으로 메주를 쑨다고 해도 싫겠지.

"쓸데없는 소리 말고 밥이나 먹어."

"1 더하기 1은 아주 큰 확률로 2가 될 뿐이야. 아주 적은 확률이지만 0이 될 가능성도 있어."

화를 내려던 김 여사는 딸의 눈빛을 보고 자신도 모르게 입을 다물었다. 딸은 마치 바보의 말을 참다 참다가 도저히 참을 수 없어서 결국 입을 열어버린 것 같은 표정을 짓고 있었다.

"그래, 그래서 성적이 그 모양으로 나왔구나? 답안지에다가 1 더하기 1이 0이라고 썼어?"

"세상은 불확정성의 영향 아래에 있어. 작은 물건들은 끊임없이 나타났다가 사라지곤 하지. 지켜보지 않는 것들은 혼돈 상태에 머물러 있어. 사람의 시선이 오랫동안 닿지 않는 것들은 때론 완전히 소멸하기도 해. 불확정성이 너무 커지기 때문이야. 기억도, 사물도, 사람도 모두 마찬가지야."

얘가 대체 무슨 소리를 하는 걸까. 혹시 요새는 이런 놀이가 유행인 건가.

"대체 지금 무슨 소리를 하는 거니?"

"엄마는 자기 기억을 믿어? 매 순간 기억이 다시 만들어지고 고쳐지고, 새로운 형태로 바뀌는 걸 알아? 빛만 파동과 입자의 성질을 동시에 가진 것이 아니라 모든 사물이 다 그래. 거시적인 세계에서 그 진동은 무시할 만한 수준이었는데, 언제부터인가 그렇지 않게 되었어. 시간여행기 때문이야. 시간여행기가 퍼져나가는 것을 국제 사회에서 제대로 막지 못했기 때문에……."

김 여사는 혼란스러웠고 점점 불안해지기 시작했다. 딸애가 자신을 놀리고 있다는 생각과 자신이 알지 못하는 뭔가를 알고 있다는 생각이 동시에 솟구쳤다. 김 여사는 이런 상황에서 할 수 있는 유일한 대응을 했다. 여사는 식탁을 치며 화를 냈다.

"대체 어디서 무슨 책을 본 거야? 불확정성이라고? 그런 게 시험에 나오니? 수능에 나오냐고? 교과서에 나와? 쓸데없는 책은 대학 가서 보라고 엄마가 말했어, 안 했어? 그럴 시간에 영어 단어 한 자라도 더 외워! 교과서에 나오지 않는 책은 보지도 말라고 엄마가 말했지? 외울 것도 많은데 왜 머릿속에 쓸데없는 걸 집어넣어?"

13

우리는 알고 있어. 처음부터 알고 있었지. 시간을 되돌아가는 일은 일어난 일을 바꾸지도, 고정하지도 않아.

단지 흔들리게 할 뿐이라는 걸.

마치 정지한 소리굽쇠의 바다에 던져진 새로운 진동하는 소리굽쇠처럼, 파도가 가라앉은 호수에 던져진 돌멩이처럼, 고정된 세계에 새로운 파형을 던져 넣는 거야.

이제 과거도 미래처럼 고정되지 않게 되었어.

세상이 확률로서 존재하지 않았던 시절이 있었을까. 부부가 서로 닮지 않고, 사람이 살지 않는 집도 폐가가 되지 않고, 기억이 회상할 때마다 변화하지 않고, 양자가 확률적으로 흔들리지 않고, 빛이 입자와 파동의 성질을 동시에 갖지 않고, 광자가 두 개의 지점을 동시에 통과하지 않는 그런 세상이 존재한 적이 있을까. 이제는 알 수가 없어. 설사 그런 세상이 있었다고 해도 이미 우리의 기억에서 지워졌을 테니까.

이렇게 될 줄 알고 있었다고 했지만, '정말로' 처음부터 그랬는지도 알 수가 없어.

내가 죄책감을 느껴야 할까.

훈은 내게 말했지. 어차피 모든 발명품은 미래를 돌이킬 수 없는 방향으로 변화시킨다고. 증기기관이 발명되지 않았다면, 자동차가 만들어지지 않았다면, 탄소연료를 이용하는 방법을 인류가 알지 못했다면, 인쇄술이 없었다면, 전기가 없었다면, 원자력이 없었다면, 폭탄이나 총이나 미사일이 없었다면, 인류의 미래는 완전히 다른 방향으로 나아갔을 거라고. 우리는 그저 미래와 마찬가지로 과거도 같이 바꾸었을 뿐이라고. 사람이 아무것도 만들지 않았어야 한다고 말하는 것은 의미가 없다고 했어. 결국은 만들게 될 테니까. 그저 다음에는 더 나은 것을 만들려고 노력해보라고 하더구나.

어차피 알 수 없다고 했어. 시간여행기가 생겨난 그 순간에, 과거는 고정되지 않게 되고, 수많은 시작점이 다시 생겨날 거라고. 우리가 무의식중에 이 지식을 과거에 흩뿌릴 것이고, 그 영향에 의해 사람들은 과거에서 다시 시간여행기를 만들게 될 거야. 우리는 '확률적으로 시간여행기를 만들었을 가능성이 큰' 사람들일 뿐인 셈이야.

14

수애는 아파트 복도 난간에 한쪽 다리를 걸치고 앉아 있었다. 휑하니 뚫려 저 아래가 내려다보이는 복도다. 머리를 양 갈래로 따고, 여드름이 가득한 얼굴에 고집 세어 보이는 입을 가진 아이였다. 손가락에 토끼 모양의 인형을 끼우고 뭐라고 중얼중얼하는 중이었다. 한 손을 가슴에 얹고 눈을 감고, 뭔가 숭고한 맹세라도 하는 것처럼.

뿔테안경을 쓴 여자가 다가왔을 때, 수애는 손가락을 뒤로 숨기며 경계하는 빛으로 노려보았다. 그리고 여자가 입은 촌스러운 파란 줄무늬 나팔바지며 시대착오적인 체크무늬 셔츠를 의심스러운 눈빛으로 살폈다.

"뭘 쳐다봐요? 저리 가요."

"어머, 여기 전세 냈니?"

여자는 모든 것을 안다는 듯한 미소를 지었다. 수애는 난간에서 내려서서 반대쪽으로 달려갔다. 여자는 차분한 발걸음으로 수애를 따라왔다. 낑낑거리고 다시 난간에 올라가 앉은 수애는 기분 나쁜 표정으로 물었다.

"왜 쫓아와요?"

"난 가고 싶은 곳으로 가는 것뿐이야."

수애는 여자를 묵묵히 살펴보다가 물었다.

"아줌마는 정부에서 파견 나온 심리상담사죠?"

"왜 그렇게 생각하는데?"

"양자역학을 이해하는 어른은 이곳에 없으니까요."

맞은편 아파트에서 불이 붙은 종이비행기가 떨어져 내렸다. 이에 화답하듯 그 아래층에서, 또 위층에서 종이비행기가 떨어졌다. 아까 시위의 남은 불씨처럼.

"오늘 엄마한테 1 더하기 1이 0이 될 수도 있다고 했다가 맞을 뻔했어요."

수애는 한숨을 푹 쉬었다. 뿔테여자는 이해하는 듯 웃었다.

"옛날 사람들은 그런 개념을 갖고 태어나지 못했나 봐요. 인식단위가 작은 게 아닐까요? 맨날 그러잖아요. 애들은 다 똑같다, 사람 사는 게 다 똑같다, 여자는 똑같다, 남자는 똑같다, 엄마는 똑같다, 자식은 똑같다. 얼마나 인식 범위가 좁으면 그 수없이 많은 파형이 다 똑같게 보일까요? 세상을 평균값 하나로밖에 보지 못하나 봐요."

수애는 입술을 내밀며 아파트 아래를 내려다보았다.

"어른들은 무지개가 일곱 색깔이래요. 서로 다른 파장의 흐름이 이어진 것뿐인데. 백인과 황인과 흑인을 구분해서 말해요. 그들 사이에 있는 무수한 색소의 차이를 보지 못하고요. 단어는 단지 평균값을 대표하는 상징일 뿐인데 단어에 세상을 끼워 맞추려 해요. 얼마나 많은 종류의 검은색과 흰색이 있는지 어른들이 이해할 수 있을까요?"

수애는 손가락에 끼운 토끼 모양 통신기에 음성 메시지를 입력하고, 손가락을 구부려 입력 신호를 보내고는 피아노를 치듯이 허공을 두드렸다.

"이 동네는 엄마들에서부터 선생님들까지 1970년대가 온통 삼켜버렸어요. 현재에 사는 사람은 아무도 없어요. 그러니까 그렇게 우리 집도 일찌감치 화성으로 이주해야 한다고 했는데."

수애의 손끝 움직임을 따라 통신기에 접속해 있던 다른 아이들의 홀로그램이 뿌려지듯이 나타났다. 침대에 누워 책을 들여다보는 파란 눈의 안경잡이 소년도 있었고, 의자에 거꾸로 앉아 발끝까지 내려오는 잠옷 드레스를 입고 곰인형을 껴안은 까만 피부의 소녀도 있었다. 온갖 국적을 모를 언어를 쓰는 세계 각국의 아이들도 조그만 홀로그램 속에서 떠돌았다.

"30대부터 발병하는 병이었는데 요즘에는 20대에도 발병한대요. 정부에서 하는 일이라고는 정신과 의사를 보내서 한 달에 두 번 하는 집단치료가 전부죠. 어른들은 반상회인 줄 알고요."

수애가 그중 한 홀로그램을 토끼의 귀에 가까이 대자 화면이 확대되었다. '폴란드'라는 자막을 단 소년이 뭐라고 떠들자, 수애는 그에 화답하고 손가락을 휘돌려 파일을 전송받았다. 전송된 파일은 선물 상자 모양으로 변해 손가락 위에 떠돌았다.

"엄마는 완전히 과거에서 살고 있어요. 애들은 모두 160개국의 언어를 실시간으로 번역해주는 번역기를 갖고 다니는데, 나보고 영어 단어를 외우고 있으래요. 미국이 망하고 영어가 세계어의 지위를 잃은 게 언제인데 말이죠. 대학 등급이 사라진 지가 언제인데 아직도 대학에 안 가면 사람 취급도 못 받는다는 말을 입버릇처럼 해요."

맞은편 아파트에 걸린 '구시대적 교육을 중지하라'는 플래카드가 바람이 불 때마다 슬프게 휘날렸다. 수애는 폴란드에서 받은 선물 상자 모양의 홀로그램을 손끝으로 건드렸다. 상자가 열리자 음악이 빛 무늬와 함께 흘러나왔다.

"난 학교에 가고 싶지 않아요. 학교 선생님들도 모두 과거에서 왔어요. 입시교육에 모의고사까지 부활했다고요. 물리 시간에는 이제는 쓰지도 않는 뉴턴역학을 가르치고, 세계사와 한국사는 70년대식 해법을 써요. 하루에 다섯 시간씩 국영수만 가르치고, 그나마도 옛날 언어와 계산법이고, 우리더러 글쎄, 친구는 대학 가서 사귀래요. 70년대에서 온 분들은 그나마 양반이에요. 6 · 25 때 피난 온 분도 있어요. 빨갱이란 말을 입에 달고 사시죠. 오래전에 통일이 된 줄도 모르고요. 일본강점기나 조선 시대에서 온 사람들도 있어요. 그 시대에서 오려면 다른 사람의 몸을 빼앗아야 하는데 말예요. 양심도 없어요."

수애는 손가락을 움직였다. 종이비행기 모양의 홀로그램이 나타나 폭죽 소리를 내며 아파트 아래로 떨어졌다. 그에 화답하듯이 같은 모양의 홀로그램이 아파트 여기저기에 나타났다.

"뭐라고 말 좀 해봐요."

"내가 뭐라고 해야 할까?"

"정부에서 파견 나온 심리상담사잖아요. 불쌍하지도 않아요? 위로라도 좀 해줘요. 난 정말로 죽고 싶다고요. 어떻게 해주지 않으면 죽어버릴지도 몰라요. 왜 어른들은 애들이 죽고 싶다고 하면 농담인 줄 알아요? 정말 농담이 아니라니까요?"

"농담이 아닌 것 알아."

뽈테여자는 조용히 고개를 숙이고 수애의 귀에 입을 가져갔다. 수애는 눈을 크게 뜨고 여자를 바라보았다.

15

시간여행기는 처음에 사람들이 과거를 그리워하는 마음에서 생겨났을 거야. 늙은 사람들이 과거를 그리워하며 돌아보았기 때문에, 그 마음이 병을 만들고 시간선을 휘게 만들었을 거야.
이제는 어느 쪽이든 알 수 없는 일이 되고 말았지만.

지금도 네 죽음을 기억해.

내가 죽었던 것을 기억해. 아주 높은 확률로⋯⋯.

내가 시간여행기의 원인이 아니라 결과로서 존재한다는 것을
알아. 과거가 흔들려서 태어난 존재라는 것을 알아. 결과가 어떻
게 원인을 제공할 수 있느냐고 물을지도 모르지만, 너는 이해할
수 있겠지⋯⋯. 미래는 확률로서만 존재하고 내가 그 확률을 내
미래로 끌어들였다는 걸.

시간여행기가 영원히 만들어지지 않으면 나는 사라져버리겠
지. 그래서 만들 필요는 있었지만, 그 때문에 시작한 일만은 아
니었어.

뒤섞인 과거를 통제할 방법을 찾으려면 나 자신이 시간여행
의 시작점이 될 필요가 있었으니까. 그 작동원리와 형태를 내가
결정해야만 했어. 시간여행기를 최초에 만든 사람이 내가 아니
라면 그만큼 내 영향력을 벗어나게 될 테니까.

하지만 지금은 이 기억도 확신할 수가 없어. 최초에 내가 어
떤 의도로 이런 일을 했는지 이미 알 수 없게 되었으니까. 원인
과 결과가 뒤섞여서 뭐라 말하기가 어렵지만 네 죽음은 내 탓일
지도 몰라⋯⋯. 화성기지를 건설하고 지구인을 이주시키고, 혼
돈을 정리할 방법을 찾아다니는 와중에도 종종 그럴 가능성을
생각하곤 해.

나는 어떤 세상을 보았어. 그 시대에는 시간여행기가 사람들 사이에 유행처럼 퍼져 있었지. 많은 사람들이 자신들의 시대에서 도망쳐 다른 시대로 갔어. 그들은 자신들의 시대를 함께 갖고 왔지. 낡은 사고방식과 행동방식을 그 시대에 뿌려놓았어. 먹물에서 도망쳐 나온 먹처럼, 먼지 구덩이에서 나온 먼지 알처럼.

하지만 아무도 자신들의 시대에서 도망칠 수 없었어. 그들이 싫어했던 모든 것은 결국 그들 자신이 만들어놓은 것이었으니까. 그들은 자신들이 다른 시대에서 온 것을 기억하지 못했어. 시간의 흐름을 알지 못하고 시대를 읽지 못하고, 자신들이 떠나온 시간에 머물렀지.

과거에 사는 어른들은 아이들이 자신들보다 영리한 줄 모르고, 부끄러움도 모르고 과거의 방식으로 가르치고 있었어. 자신들이 아는 것을 아이들이 모두 아는 줄도 모르고, 자신이 경험한 것이 모두 지나간 시대의 것인 줄도 모르고, 너희 시간을 낭비하게 하고, 옭아매고, 어리석은 일에 시간을 들이게 하고, 낡고 고루한 가치관을 강요하며 자신들이 너희 인생의 선배고 많은 것을 아는 사람인 척했어. 자신들이 과거의 사람들이라는 것을 잊어버리고.

그곳에서 너를 만났어. 엄마도 만났지. 정부 일을 하면서 엄마를 치료해보려고 했는데 잘되지는 않았어. 엄마는 자신이 시간여행을 한 것을 기억하지 못했고 되돌아갈 방법도 알지 못했으니까.

그래, 너도 짐작하겠지만, 내가 몸을 갖고 과거로 갈 수 있는
까닭은, 시대를 떠돌아다닐 수 있는 까닭은, 내가 존재할 확률이
지극히 낮기 때문이야. 나는 0과 1 사이에 존재하기 때문에 같
은 장소에 두 명이 있어도 문제를 일으키지 않아. 두 명이 모여
있어도 결국 높은 확률로 0이 되곤 하니까.

네 죽음을 기억해.

어린 내가 죽었던 것을 기억해.

난간에 앉아 있던 너를 기억해. 네가 한쪽 다리를 난간에 내
놓고 앉아 자신에게 속삭이던 말을 기억해. 너는 많은 경우에 그
날 했던 말을 잊고 죽음을 택하지만, 그날 너는 살 가능성이 있
었어. 그날 확률이 흔들렸고 네 미래가 갈라졌어. 지금 나는 그
날의 아주 조그만 가능성으로서, 네가 택하지 않은 길에서 갈라
져 나온 희미한 그림자로서 살고 있어.

과거로 시간여행을 할 때마다 갈 수 없기를 기도해. 이 기억을
가진 '내'가 이 몸을 갖고 눈을 뜨지 않기를. 그건 내가 존재할 확
률이 높아졌다는 뜻일 테니까. 그래도 다시 과거로 가게 되면,
나는 계속 그날의 너를 찾아가 귀에 대고 속삭일 거야. 내가 아
직 그날을 기억하고 있고, 아직 네가 했던 작은 맹세를 지키고
있다고.

너는 그날 한 손을 가슴에 올려놓고 자신에게 속삭였어.

'나는 아이들에게 너희 때가 좋았다는 말을 하지 않을 거야.'

그 시절이 좋았다는 말을 하지 않겠다고.

너희 나이 때엔 다 그런 거라는 말도, 누구나 겪는 일이라는 말도 하지 않겠어. 내게 그 말을 '하지 않는' 어른이 아무도 없다면, 그럴 수 있는 어른이 이 세상에 남아 있지 않다면, 내가 나이를 먹고 그 말을 하지 않는 사람이 되겠어. 그 말에 담긴 무심함과 비겁함을, 어리석음을 아는 어른이 되겠어.

그 맹세를 지키기 위해 어른이 되어야 한다면 오늘 죽지 않고 나이를 먹어갈 거야. 서른이 되고 마흔이 되고, 쉰이 되고 예순 살이 되겠어. 오늘의 나를 위해서 늙어갈 거야. 지금 이 순간의 나를 위해서.

빨간 두건 아가씨

◇ 2017년 〈한겨레신문〉 수록

손님이 마트에 들어서자 매장 안에 싸한 정적이 일었다.

마침 같이 문을 밀치고 들어오던 남자는 무심코 손님에게 시선을 두었다가 화들짝 놀라 엉덩방아를 찧었다. 입구에 쌓아둔 쇼핑바구니가 와르르 무너졌다. 막 포장육에 바코드를 찍던 직원도, 종이상자에 맥주 캔을 담던 손님도, 선반에서 휴지를 내리던 직원도 약속이나 한 듯 멈췄다. 정적 속에서 휴지가 직원의 머리 위로 툭 떨어진다.

갓 스물이나 되었을까 싶은 자그마한 아가씨다.

붉은 체크무늬 두건을 쓰고, 가슴에 큰 리본이 달린 붉은 원피스를 입고, 빨간 구두를 신고 장바구니인 듯한 천 가방을 두 손으로 꼭 쥐고 있다. 화장을 과하게 한 탓에 얼굴이 하얗게 떠 보였다. 아가씨는 긴장한 티가 역력했다. 침을 삼키고는 경직된 발걸음으로 주위의 시선을 외면하며 매장 안으로 들어섰다.

쇼핑바구니를 무너뜨리며 넘어진 남자는 "저, 저기, 저거. 저 사람……." 하며 같이 놀라줄 사람을 찾아 주위를 두리번거렸다. 뒤이어 들어온 사람이 등을 툭 치며 핀잔을 주었다.

"그만 쳐다봐요. 실례잖수."

아가씨가 쪼그리고 앉아 마요네즈를 고르는 동안 아가씨 주위로 시선이 줄줄이 따라붙었다. 매대 뒤에서 누가 스마트폰을 들어 올리자 옆에서 눈치를 주며 내리게 한다. 나이깨나 들어 보이는 남자 둘이 헛기침을 하며 쭈뼛쭈뼛 다가섰다.

"아가씨, 어디 살아요?"

아가씨는 마요네즈의 상표에만 시선을 꽂았다. 꼼꼼하게 성분을 살피는 척을 하지만 읽는 기색은 없다. 화장을 짙게 한 볼은 핏기없이 창백해 보였다.

"저, 우리 이상한 사람 아니에요. 에, 요 앞에서 가게 하는데, 신선상회라고요, 유기농 과일 파는데."

앞에 선 남자가 공인인증서라도 되는 양 주섬주섬 주민등록증을 내밀자 뒤에 있던 사람도 같이 어색하게 꺼내며 배시시 웃었다.

"장 보고 집에 바로 가요? 잠깐 우리 가게 들러서 유자차라도 어때요? 내가 서비스해줄 수도……."

"아저씨들, 그분 내버려둬요."

남자들 뒤에서 소년들의 합창이 들려왔다. 중학생쯤으로 보이는 교복을 입은 아이들 셋이 허리에 손을 얹고 말했다.

"그분은 그냥 장을 보러 온 거예요. 장만 보고 집에 가게 해요."

"유자차를 마시러 나온 게 아녜요."

"맞아요. 유자차를 마시러 나온 게 아녜요."

학생들은 학교에서 선생님이 외우게 시키지 않았을까 싶은 말을 합창했다. 신선상회 주인이 '애들이 어디 어른 말씀하시는 데……' 하며 벌컥 화를 내며 일어서자 직원이 모자를 눌러쓰고 다가왔다.

"실례합니다. 이분과 아는 사이신가요?"

"모르는 사이지만 사람이 대화하다 보면 아는 사이가 될 수도 있고……."

"됐습니다. 모르는 손님에게 말 걸지 마세요. 손님, 계속 장 보세요. 혹시 일 있으면 부르세요."

"이봐요, 사람을 무슨 추행범으로 보네. 우린 그냥 좋은 마음으로……."

아가씨가 계산대에 줄을 서는 동안 손님들은 숨소리 하나 없이 침묵했다. 그러면서도 왠지 옆 계산대는 텅텅 비고 아가씨가 선 줄만 길었다. 아가씨가 바구니에서 내려놓는 콩나물 봉지에 바코드를 찍던 직원은 더 못 참겠다는 듯 입을 열었다.

"저, 이런 말씀드리긴 뭐하지만, 저 여기서 일하는 동안 여자 손님은 처음 봤어요."

아가씨는 말없이 양파를 꺼내고 계산대를 종종걸음으로 지나 계산이 끝난 물건을 천 가방에 넣었다.

"아니지, 한 번인가 봤나. 까만 밴을 타고 와서 담배만 사고 바로 나갔죠. 덩치 좋은 남자가 넷은 붙어 있었고요. 여자 혼자 장 보러 나오는 일은 드물잖아요. 아니, 보통은 거리를 다니지 않죠. 왜 그러는지 모르겠어요. 여자들이 있어야 거리가 화사해질 것 같은데."

"얼른 찍어주세요."

아가씨가 말하자 점원은 환하게 웃었다.

"목소리가 예쁘시네요."

"그런 말 하는 거 아니에요."

"오해하지 마세요. 진심이에요. 평상시에 목소리 예쁘단 말 못 들어보셨나 봐요."

"점원 양반."

뒤에서 기다리던 할아버지가 핀잔을 주었다.

"아가씨 말이 맞아. 그런 말 하는 거 아닐세. 아가씨는 물건만 사고 갈 거야. 어서 보내드려."

점원은 침울한 얼굴로 양파를 천 가방에 담으며 덧붙였다.

"정말로 칭찬이었어요. 악의가 없었다고요."

아가씨는 천 가방을 두 손으로 꼭 쥐고 마트를 나섰다.

마트 앞에는 벌써 한 떼의 사람들이 모여 있었다. 하나같이 남자들이다. 스마트폰을 꺼내 사진을 찍는 사람과 이를 제지하는 사람이 여기저기서 실랑이를 한다.

"찍으면 안 돼." "하지만 기념인데." "학교에서 뭘 배웠어? 실례라고."

68

그 와중에 찰칵거리는 소리는 연신 터진다.

눈앞에 선 높은 건물의 홀로그램 광고판에는 반쯤 벗은 육감적인 여자 모델이 엉덩이를 반쯤 드러낸 채 서 있다. 옆 휴대폰 매장 입구에는 여자 마네킹이 '어서 오십시오'라는 기계음을 반복하며 허리를 숙였다 일어났다 한다. 간판, 입간판, 광고판마다 여자 모델 사진이 박혀 있지만 가게에 있는 사람들, 거리를 서성이는 사람들은 모두 남자였다.

남자를 가득 채운 버스가 먼지를 일으키며 눈앞을 지나갔다. 차체에 '여자 의체 무료 제공!'이라는 광고가 붙어 있다. 버스 정류장에는 '태어난 그대로의 성으로 삽시다'라는 문구가 쓰인 공익 광고가 눈에 띈다.

아가씨는 고개를 푹 숙인 채 발을 떼었다.

노란 택시 한 대가 아가씨 옆에 차를 세우며 경적을 울렸다. 택시 기사가 창밖으로 고개를 비죽 내밀며 고함을 질렀다.

"아가씨, 여기 타요. 내가 태워줄 테니까!"

뒤에 오던 승용차가 속도를 늦추며 택시 옆에 붙었다. 승용차 운전사는 창을 내리고 전화기를 귀에 대며 아가씨에게 가라는 손짓을 했다. 이상한 낌새가 보이면 신고하려는 눈치다.

"난 좋은 사람이에요! 여기 신분증도 있어요. 회사에 전화해서 확인해도 돼요! 여기 블랙박스 보이죠? 내가 뭐 하는지 다 블랙박스에 저장돼요! 걱정하지 말고 타요! 돈 내라고 안 할게! 그렇게 혼자 다니면 안 돼요!"

기사가 소리를 지르자 뒷 차가 빵빵거렸다. 운전수가 창으로 고개를 내밀며 소리쳤다.

"이봐, 그 아가씨 그냥 가게 해! 수작 부리지 말고!"

"정말 위험해 보여서 그런다니까! 어서 타요!"

아가씨는 걸음을 멈췄다. 아가씨가 두리번거리며 선 지하철 입구에는 꽃과 촛불이 놓여 있고 포스트잇이 가득 붙어 있다. 포스트잇마다 성토가 가득하다.

'요새 여자가 얼마나 귀한데.' '가뜩이나 여자가 적은데 죽이기까지 하다니.'

식당에서 밥을 먹던 사람들도 커피숍에서 커피를 마시던 사람들도 모두 창가에 붙어 있거나 문밖에 나와 있다. 골목에 숨어 뒤를 따라붙는 사람도 있다.

아가씨는 결심하고 차에 뛰어들었다.

"위험할 뻔했어요. 무슨 생각으로 그런 차림으로 혼자 돌아다녀요?"

기사는 백미러를 조정해 손님이 좌석에 잘 자리를 잡았는지 확인하고 한숨을 폭 쉬었다. 아가씨는 손이 파리하도록 천 가방을 꼭 붙든 채 문에 몸을 딱 붙였다.

"여기 신분증 보이죠? 회사에 전화해서 확인해요. 자요."

기사가 옆에 붙여둔 기사 자격증을 톡톡 치며 전화기를 건넸지만 아가씨는 받지 않았다.

"집까지 데려다줄게요. 주소 대보세요······. 아니다, 가까운 동네 이름만 대요. 거기서부터 걸어서 들어가요. 집을 알아내려는 게 아녜요."

아까 뒤에서 빵빵거리던 차가 옆에 바싹 붙었다. 안에서 고함소리가 들렸다. 기사는 창문을 내리고 맞붙어 소리를 질렀다.

"손님이야, 손님이라고! 집에 모셔다드리려는 거야! 너야말로 쫓아오지 말고 가던 길이나 가!"

기사는 창문을 내리고 아무 일도 아니라는 듯 히죽 웃었다.

"그런데 정말 여자 맞죠? 여장남자라든가 그런 것 아니고. ……아니 뭐, 그냥."

기사는 볼을 붉적였다.

"요새는 아무도 여자가 되려 하지 않잖아요."

"여자 맞아요."

"가만, 혹시 여자 몸을 입은 것도 아니라 진짜 여자예요? 날 때부터 여자였어요?"

"네."

"내가 평생 쓸 행운을 오늘 다 쓰나 보네."

기사는 즐거워졌는지 휘파람을 부르며 라디오를 켰다. 라디오에서 뉴스가 흘러나왔다. 어느 대학에서 여대생이 교정에서 여자화장실을 없애지 말라는 항의를 하고 있다.

「이미 교정에 화장실이 하나뿐이에요. 저는 종일 물을 마시지 않고 참다가 집에 가요. 생리일에는 등교도 못 해요. 인권 문제라고요.」

「그러면 남자가 되면 되잖아요.」

누군가가 반론한다.

「나도 원래 여자였어요. 누군 남자로 살고 싶은 줄 알아요?

왜 자기만 생각해요? 학교에서 왜 한 명을 위해 희생해야 해요?」

"삼성에서 합성신체를 만들어 팔 때만 해도 이렇게 될 줄 몰랐겠죠."

기사가 턴을 틀며 말했다.

"회사에서는 여자 몸이 잘 팔릴 줄 알았대요. 쭉쭉 빵빵한 여자 몸 광고도 잔뜩 했잖아요. 하지만 다들 어쩨 남자 몸만 샀죠. 고급 제품이든 싸구려든 남자기만 하면 동이 났잖아요. 뭔가 잘못되었다 싶었을 땐 이미 때가 늦었죠."

아가씨는 길에 시선을 두었다. '여성 여러분, 태어난 성으로 삽시다'라는 현수막이 눈앞을 지나갔다. '나라에는 여자가 필요해요'라는 현수막이 연이어 지나간다. 나무판을 목에 건 한 남자가 십자가를 든 채 서성인다. 나무판에는 '서버에 데이터를 저장하는 것은 신의 윤리에 어긋나는 일이다'라는 문구가 요란한 글씨체로 붙어 있다.

하얀 마스크를 쓴 한 무리의 남자들이 인도를 행진했다. 팻말마다 '합성신체 판매를 금하라', '우리는 여자가 필요하다' 같은 문구가 흘러간다.

"하긴, 워낙 경기가 안 좋았잖아요. 취업 준비하는 여자들이 줄줄이 남자 몸으로 갈아입었죠. 나 참, 남자로 사는 것도 쉬운 게 아닌데. 이렇게 되기 전에 위에서 조치를 취해야 했는데, 높으신 분들 중에 합성신체가 뭔지, 인격 데이터를 서버에 저장했다가 새 몸에 옮겨 넣는다는 게 뭔지 아는 사람이 아무도 없었다는 데에 내 손모가지를 걸 수도 있어요. 어영부영 막기 시작했을 땐 성비가 완전히 무너지고 난 뒤였으니까."

「산부인과가 좀 더 필요해요. 산후조리원도요. 어린이집도 턱없이 부족하고요. 산부인과 하나 없는 지역이 늘고 있어요. 그나마 없는 여자들이 아이를 낳다 죽어가요.」

라디오 프로의 성토는 계속되었다.

「하지만 여자가 없는 지역도 마찬가지로 많아요. 산부인과 의사가 되면 먹고살 수가 없다고요.」

"결혼은 했어요? 할 거죠?"

"모르겠어요."

"결혼하지 않을 거면 왜 여자가 됐는데요?"

기사는 어리둥절해서 물었고 아가씨는 한참 만에야 답했다.

"난 여자니까요."

"그런 게 확신이 돼요? 몸이야 갈아입으면 그만인데. 나도 여자였을 수 있죠. 아빠가 취업 잘되라고 어렸을 때 갈아 끼웠을지도요. 누가 알겠어요."

옷가게에 전시된 옷은 모두 남자 옷이다. 신발도 속옷도 남자 것이다. 생리대를 사려면 대도시로 나가야 한다. 여성용품 회사는 자취를 감추었다. 여자아이를 위한 인형이나 장난감도 더는 나오지 않는다. 예능이나 쇼프로에서도 여자는 보이지 않는다. 어쩌다 간혹 한구석에 인형처럼 예쁜 여자가 웃으며 앉아 있을 뿐이다. 스크린에도 남자들뿐이다. 감독과 창작자들도, 작곡가와 화가와 작가들도 오래전에 남자로 개명하고 남자 몸으로 갈아입었다.

"여자를 위한 시설이나 정책이 더 필요하다는 말은 많죠. 학교에도 육아실이나 수유실이나 생리대 자판기 같은 게 있어야 한다든가요. 하지만 그게 되겠어요? 정치하는 사람도 다 남자고 투표권을 가진 절대다수가 남자인데요. 그야, 여자가 더 생겨야 남자도 좋겠지만, 원래 사람은 그리 멀리 보지 못하잖아요. 기껏 어렵게 남자 몸 갈아탔는데 여자한테 돈 퍼붓는 거 좋아할 사람도 없고. 이러다 몇 년 안에 이 나라 없어진다고 말은 많이 하는데."

학교에도 여자는 없다. 교수도 학생도 남자들이다. 수험생은 입시철에 남자로 갈아타고, 교수가 되려는 사람들도 남자로 갈아탄다. 회사에도 여자는 없다. 꿋꿋하게 버티던 직장인들도 연봉협상이나 정리해고 시즌이 오면 줄줄이 남자가 된다. 가난한 사람들은 막노동이라도 하려 빚을 내 남자가 되고 부잣집 아이들은 땅이나 회사를 물려받으려 남자로 몸을 바꾼다.

"하긴 여자인 게 좋죠? 사랑받잖아요. 주목도 받고. 이 거리 남자들이 다 아가씨만 보고 있을걸요."

"내리겠어요."

아가씨가 경직된 얼굴로 말했다. 기사는 당황해서 길가에 차를 멈췄다.

"이봐요. 아가씨. 나 살짝 기분 나쁠라 하는데, 난 정말 호의로 태워준 거예요."

아가씨는 아무 말도 하지 않았다.

"뭐, 독신주의 그런 거 아니죠? 결혼은 할 거잖아요. 그렇죠?

애를 낳아야 해요. 국가를 위한 일이죠. 아니, 국가는 상관없지. 아무튼 애는 낳아야 해요. 그렇게 생각은 하죠?"

아가씨는 서둘러 차에서 내렸다.

"대체 뭐가 문제예요?"

"나에 대해 말하는 거요."

아가씨의 말에 기사가 입을 다물었다.

"떠들고 싶으면 차라리 자신에 대한 이야기를 해요. 나에 대해 말하고 싶어지면 질문을 해요. 그리고 내 말을 들어요."

"사람한테 말도 못 붙여요? 내가 뭐 해코지한 것도 아니고. 그럼 왜 거리를 나다녀요? 왜 그런 옷을 입고요?"

아가씨는 두건을 눌러쓰고 골목으로 들어갔다.

인적 없는 골목에 들어서자 비로소 평온이 찾아왔다. 하지만 이내 다른 종류의 불안이 찾아온다. 아가씨는 두건을 꼭 여미고 저녁 찬거리를 품에 안았다. 한결 추워진 날씨에 손을 호호 분다.

아가씨는 주목을 원하지 않는다. 무시당하거나 지워지기를 원하지도 않는다. 그저 자연스러움을 원한다. 자신이 어디에 있든, 어디서 뭘 하든 자연스럽기를. 어느 풍경에 끼어 있든 별스러워 보이지 않기를. 거리를 무심히 걷는 모든 사람들처럼 자연스럽기를.

그게 가능할까, 그런 날이 오기는 할까.

아가씨는 시위를 하고 있다. 평범한 하루를 보내는 시위.

걷고, 쇼핑을 하고, 나다니고, 차를 타고, 찬거리를 사고. 일상을 사는 시위.

이렇게 한 명이 거리를 걷는 모습을 보면 한 명이 더 용기를 낼지도 모르지. 어쩌면 그다음 날은 두 명일지도 몰라. 모레는 열 명일 수도 있겠지. 집 안에 숨어 있던 여자들이 하나둘 밖으로 나오면 서로를 보며 위안을 받을 수 있겠지. 그렇게 거리가 여자로 넘쳐나면 나는 자연스러워질 것이다. 그때가 오면 아무도 내게 말을 걸지 않고, 뭘 묻거나 뭘 하라고 말하는 걸 듣는 일 없이 거리를 걸을 수 있겠지.

아가씨는 내일도 거리로 나올 생각이었다.

고요한 시대

◇ 2016년 잡지 〈과학동아〉 수록

◇ 2017년 《제1회 한국과학문학상 수상작품집》 수록

속된 말로 멘붕이었다.

출구조사 결과가 나온 순간부터 인터넷은 충격에 빠졌다.

예측이 틀렸던 지난 서울시장 선거가 재분석되고, 방송3사 통합 조사와 다른 예측을 내놓은 케이블 방송에 무한한 신뢰가 쏟아졌다. 한두 시간 새 네티즌은 각 방송사 설문지 문구 차이까지 줄줄 꿰는 전문가가 되었다. 하지만 출구조사는 통상 그렇듯이 오차 없이 정확했다. 결말부터 알려주고 시작하는 소설처럼 밤은 우울하고 슬펐다. 축제를 준비하며 술집에 모인 사람들은 망연자실하게 일어났다. 당선 확정이 된 뒤에도 사람들은 현실을 받아들이지 못했다. 다음 날부터 부정선거를 확신하며 재검표를 요구하는 청원이 줄을 이었다.

국민 과반의 지지를 얻어 당선된 새 대통령은 네티즌 눈에 도

무지 그만한 지지를 받을 사람이 아니었고, 솔직히 말해 자격이 있는지도 모를 사람이었다.

대선 기간 내내 인터넷은 그 후보에 대한 조롱으로 가득했다. 그 사람이 토론회에 나와서 했던 비현실적인 공약이며 어수룩한 말씨가 게시판마다 화제였다. 그야, 인터넷 쓰는 평균 연령대가 아무리 50, 60대라고 해도.

10대, 20대, 30대의 경이로운 투표율과 지지율로 대한민국 대통령으로 뽑힌 사람은, 이번에 나이제한만 없어지지 않았어도 후보 등록도 못 했을 친구였다.

신영희는 소파에 기대 누운 채 벽을 응시했다. 교수실은 땀내로 절어 있었고 소파 옆에는 피자와 치킨상자, 박카스 빈 병이 전리품처럼 쌓여 있었다. 전지를 바른 벽에는 신문과 시사 잡지에서 오려낸 문구와 헤드라인, 사진이 덕지덕지 붙어 있다. 붉은 매직으로 그은 선이 그들 사이를 거미줄처럼 오갔다.

조교가 문을 열고 들어와 말했다.

"졌네요."

＊

"야마를 부탁합니다."

신영희에게 한 국회의원 보좌관으로부터 자문 의뢰가 들어온 것은 저번 총선 시즌이었다. 전국에서 무소속 의원들이 정당 출신 의원보다 우세하거나 오차범위 이내로 경합을 벌이던 무렵이었다. 정계는 혼란에 빠져 있었다. 평생 국회밥을 먹은 의원들도 사태를 파악하지 못했다.

"정당정치의 근간이 흔들리고 있습니다. 국가위기 상황입니다."

신영희는 정당정치가 흔들린다고 해서 국가위기는 아니라고 생각했지만 입 밖에 내지는 않았다.

"저희는 야마를 '무정부주의자의 반란'으로 잡고 있습니다."

'야마', 기자들이 흔히 쓰는 말, 의미가 좁으면서도 광범위하다. 주제, 중심, 포인트, 생각의 틀, 프레임 따위를 부르는 말.

무정부주의자. 무소속 후보를 지지한다고 무정부주의자는 아니지. 하지만 적당히 논란을 사는 것도 괜찮다. 논란이 일면 논란 자체가 대중이 단어를 각인하게 도와준다. 논박은 남지 않고 단어만 남는다.

반란. 10대의 반란, 주부의 반란, 신세대의 유쾌한 반란.

"반란은 진취적이에요. 좀 더 불안한 표현을 쓰세요."

"폭격."

"동떨어지진 말아야죠."

"테러."

"좋아요."

"그럼 일단 '무정부주의자의 테러'로 가겠습니다. 이대로는 정당정치가 몰락……."

"그 말은 더 하지 마세요. 사람들이 '정당'과 '몰락'을 연결시켜 버릴 겁니다. 앞으로 정당에 대해 언급할 때엔 어떤 경우에도 부정적인 표현을 같이 쓰지 마세요."

신영희의 조언이 제 몫을 했는지 단순히 운이 좋았는지 그 국회의원은 자리를 보전했고 총선도 정당의 승리로 끝났다. 하지만 당적도 없는 무소속 의원들이 대거 정계에 진출한 것만은 변함이 없었다.

신영희에게 여당의 한 중진 의원으로부터 '어떤 놈을 떨어뜨릴 문구 하나만 만들어달라'라는 의뢰가 들어온 것은, 시골 출신의 한 새파란 시민 후보가 대선 여론조사에서 10퍼센트의 지지율을 가져갔을 즈음이었다. 신영희가 개설한 인지언어학 강의가 학생 수 부족으로 폐강된 무렵이기도 했다. 그게 국립 대학에 남은 마지막 인지언어학 강의였다.

신영희는 책상과 책장을 빼고 벽 하나를 비웠다. 벽에 전지를 바르고 한가운데에 신문에서 오려낸 '무정부주의자'라는 헤드라인을 붙였다. 옆에는 시사 잡지에서 붉은 글씨로 강조한 '테러'라는 단어를 잘라서 붙였다.

"잘 모르겠네요."

조교가 딱풀로 종이를 붙이며 말했다. 학자금 대출 빚이 밀린 친구라 이것 말고도 알바를 세 탕을 뛴다. 몇 년 만에 나타난 언어학 석박 지원생이라, 행여나 도망칠까 마음 상할까 신영희가 금이야 옥이야 달래가며 키우는 학생이기도 하다.

"그냥 문구 하나 의뢰받으셨을 뿐이잖아요. 그게 뭐가 그렇게 중요하다고 이렇게 요란이세요?"

"마음은 물이고 언어는 그릇이야. 물은 그릇에 따라 모양이 변하지.”

신영희가 답했다.

“인지언어학자 생각이죠. 인지언어학은 언어학에서 주류도
아닌데.”

언어학과도 학계의 주류가 아니고. 신영희는 생각했다. 비주
류인 정도가 아니라 사멸하는 학문이지. 학교마다 언어학과는
하나같이 학생 수 부족으로 통폐합위기다. 요즘에 누가 책 같은
걸 보나. 베스트셀러가 고작 몇천 부 수준으로 전락한 지도 오래
되었다. 내로라하는 출판사들의 도산 소식이 하루가 멀다하고
들린 지도 제법 되었다.

“꼭 광고만 잘하면 제품은 어찌 됐든 상관없단 말 같잖아요.”

“일간지 신문을 다 도배하고 거리와 가판대를 다 차지하고,
제품은 미리 써볼 수도 없고, 먼저 써본 사람도 없고, 전 국민이
동시에 딱 한 번 사고 끝나는 제품이지. 광고가 이렇게 잘 먹히
는 제품이 세상에 어디 있나?”

신영희는 소파에 앉아 손을 까닥거리며 조금만 더, 조금만 더
하며 위치를 이동시켰다. 소파에서 고개만 들면 바로 ‘테러’가 보
이도록. 낡은 방식이지만 전자제품은 유출 위험이 너무 컸다.

“전략은 어떻게 잡고 계세요?”

“과하지 않게 막는 것.”

“무슨 뜻이죠?”

“내치려다 보면 오히려 띄워줄 수 있거든. 이번에 정계에서 무
소속 후보들을 너무 견제했어. 오히려 그래서 대거 등판시켰지.”

남을 조롱할 때엔 조심해야 한다. 조롱받는 사람이 아니라 조롱하는 사람에게 나쁜 심상이 따라붙는다. 때로 경이로울 정도로 바보스러운 사람이 선거에서 이기는 이유는 그래서다.

언어는 흔히 생각하는 것과 달리 그리 좋은 소통도구가 아니다. 대화를 할 때 실상 의미전달의 80퍼센트는 표정이나 몸짓 따위의 비언어적 대화가 차지한다. 언어가 전해질 때는 주의를 기울일 때뿐이고 대개의 사람들은 대개의 문제에 주의를 기울이지 않는다.

맥락은 전해지지 않는다. 서술어는 들리지 않고 명사만 들린다. 더 거칠게 말하면 그 명사에 숨은 심상만 들린다.

부정문은 전달되지 않는다. 초등학교 복도에 '뛰지 마시오'라는 팻말을 붙인다 한들 아이들은 관심도 두지 않는다. 그건 아이들이 청개구리 기질이 있거나 말썽꾸러기라서가 아니라, '뛰지 않고 뭘 해야 하는지' 모르기 때문이다.

이 명령을 컴퓨터 프로그램으로 짠다고 생각해보라. 어떤 천재적인 프로그래머라도 컴퓨터가 '뛰지 말라'는 명령을 수행하게 할 수는 없다. 컴퓨터는 그 명령을 이렇게 이해할 것이다.

뛰지 마시오 = 아무 명령도 입력되지 않았습니다.

그러므로 이 명령은 다음과 같이 새로 입력해야 한다.

'뛰지 마시오' = 이 말이 입력되면 '걸어라'라는 명령어로 바꾼다.
조건: 복도나 통로처럼 걸을 수 있는 환경일 때에, 또는…….

놀랍게도 이 평범한 명령을 이해하려면 고도의 인지력과 지능, 더해서 인류의 문화와 사회구조에 대한 경험과 이해가 같이 필요하다. 하지만 어른들은 이를 알지 못하고 아이들이 말을 듣지 않는다고만 생각한다. 하지만 실상 '뛰지 말라'라는 말이 상기시키는 생각은 단지 '뛰는 것'뿐이다.

그런 의미에서, 이번에 후보들은 선거 내내 자신들에게 독이 되는 언어를 남발했다.

아마추어들이 무슨 정치를 한다고…….
어디서 정치도 모르는 것들이…….

'아마추어'라는 말을 입에 담는 사람은 아마추어라는 심상과 이어진다. 사람들은 '저 사람은 왠지 신뢰가 안 가'라고 생각했겠지만 왜 그런 인상을 받았는지는 몰랐을 것이다.

"진보당이 늘 지는 이유지. 'XX하지 말며', 'XX에 반대한다'라고 하다가 XX만을 기억하게 하거든."

"그러면 어떻게 싸워요?"

"내 언어로."

신영희는 대답했다.

"내 언어가 장을 지배하게 해야 해. 상대 진영이 만든 단어는 입에도 담지 말고."

"흐음, 이론이야 그렇지만 정말로 이런 일을 해본 적은 없으시잖아요."

이 시민후보는 어느 모로 보나 신기했다. 당적도 없고 정치활동도 변변찮게 한 적이 없었다. 농민으로 살았고 아버지 없는 유복자에다 가계에 필리핀 이주민 피도 섞여 있는 모양이었다.

그래도 지역에서는 꽤 알려진 사람이었다. 어릴 때부터 손재주가 좋아 한겨울에 터진 수도관이나 보일러를 고쳐준다든가, 망가진 농기구며 트랙터를 고쳐주곤 했던 모양이다. 그런 부탁을 싫은 내색 없이 도맡아 하던 그 친구는 언제부터인가 그게 제일인 양 정기적으로 마을을 돌기 시작했다.

그러다 언제부터인가 마을 상담을 도맡아 하고 지역의 사소한 분쟁을 해결해주기 시작했다. 다른 마을에서도 찾아오는 사람들이 생겨났다. 천성이 사람을 좋아하는 친구였는지, 집이 매일 손님으로 넘치자 마을에서 돈을 모아 마당이 넓은 집 한 채를 지어주었다.

그래, 그런 이야기는 있다. 세상이 좀 더 작고 간단했을 시절에는 그런 사람이 족장으로 선출되었을지도 모른다. 사람들이 서로 얼굴을 알고, 아침에 부스스한 얼굴로 일어나 우물가에서 모여 세수하며 빨래를 하고, 같이 밭을 갈고 집을 짓던 시절에는.

하지만 지금은 21세기다. 이런 사람은 어디 지역신문에 사진 하나 박혀 기사 한 줄 나가든가, TV '아침마당'에 출연해서 눈물 좀 뽑아내는 게 느낌이 맞지. 대선후보라니.

"알죠, 그럼요."

손녀는 밥을 먹다가 놀랍다는 얼굴로 신영희를 보았다. 신영희가 그 사람을 모른다는 것이 놀라운지, 아니면 알게 된 것이 놀라운지 모를 얼굴이었다.

"저도 지지하는 후보인데요."

하긴 손녀도 10대니 지지할 확률은 높다. 이해는 가지 않지만.

"어째서?"

"그야."

손녀는 조심스럽게 자신을 바라보았다. 눈이 이렇게 말하는 듯했다. '할머니, 할머니. 우린 서로 다른 세계에 살아요. 보는 것이 서로 달라요.'

"대통령감이니까요."

"그걸 네가 어떻게 알아."

식탁에 앉아 스마트폰을 들여다보던 딸이 핀잔을 주었다.

"알아요."

애가 저항했다.

"세상이 어떻게 되려나 몰라. 머리에 피도 안 마른 애가 대선 후보라니. 이래서 10대한테 투표권을 주는 게 아니었어. 어디서 그런 불법 이주노동자 같은 애를……."

그 친구는 불법 이주민이 아니었다. 필리핀 출신 외할머니부터 한국 국적을 취득한, 엄연한 한국인이었다. 하지만 언론은 교묘하게 이미지를 연결시켰다. 실제 기사에 나온 문장은 대충 이런 느낌일 것이다. **'불법 이주민**은 아닌 것으로 알려졌다.'

손녀는 입을 다물었다. 손녀애는 별로 말이 없다. 사실 요새 10대들이 대개 그러하다. 묘한 고요함이 있다.

손녀는 말없이 입술을 내밀어 숟가락 끝에 대었다가 호록 하고 한 번에 들이켰다. 신영희는 그 방식이 아이들이 마인드넷에 맛을 '올리는' 방법이라는 것을 알고 있었다. 손녀의 개인 사이트에 접속한 사람은 지금 그 애가 전송한 미역국 맛을 그대로 체험할 것이다.

"홍보를 마인드넷에서 한다?"

신영희는 조교가 정리해온 자료를 뒤적이며 물었다.

"예. 마인드넷 쓰는 후보가 그 사람밖에 없어요. 마인드넷 쓰는 인구는 백만이 넘는데요. 물론 대개는 애들이지만."

"다른 후보는 왜 안 들어가는데?"

"안 들어오죠."

조교는 당연하다는 얼굴로 어깨를 으쓱했다.

"마음이 읽히니까요. 후보는커녕 웬만한 당원들한테도 전부 접속금지령이 내려져 있다고요."

마인드넷은 개발 초창기에 접한 적이 있다. 광고문구 검토의뢰를 받아 IT박람회를 돌던 중이었다.

그때 시연자가 건네준 마인드넷 접속기는 지금처럼 귀 뒤에 붙이는 얇은 칩 같은 모양이 아니었다. 크고 무거운 헬멧을 쓰고 손에는 전선이 주렁주렁 달린 장갑을 껴야 하는 종류였다.

헬멧을 쓰자 사방이 어둡고 잠잠해졌다. 주위가 고요해지고 감각도 둔해졌다. 단순히 눈을 가리거나 귀를 막아서 생겨난 고요함이 아니었다. 감각을 받아들이는 통로 전체가 변한 듯했다.

기다리자니 입맛이 돌았다. 신영희는 누가 입안에 뭘 넣는 줄 알고 저도 모르게 혀를 움직였다. 달콤하다. 바삭바삭. 과자, 새우깡. 새우깡?

신영희가 헬멧을 벗고 보니 시연자가 새우깡을 씹고 있었다. 신영희는 두 사람의 헬멧을 이어 놓은 전선을 물끄러미 바라보았다.

"어떻습니까?"

"재미있네요. 어떻게 하는 거죠?"

"원리 자체는 간단해요. 이를테면, 텍스트 기반 인터넷도 개인정보를 갖고 있죠. IP, 주소, 주민등록번호. 그건 빼내려면 빼낼 수 있고요. VR넷에서 자기 아바타를 움직이려면 뇌파 신호 전체를 서버에 제공해야 하죠. 이 기계는 그 신호를 받은 그대로 다른 사람에게 쏴주는 거예요."

신영희는 다시 접속해보았다. 이번에는 좀 더 주의를 기울여 상대의 기분을 들여다보았다. 불안, 피로, 자부심, 새우깡은 물렸음. 저런.

"곧 시청각 이미지도 공유할 수 있게 될 거예요. 제품 광고의 혁명이 될 겁니다."

"흥미롭군요."

남편과 말이 안 통할 때 이 헬멧을 같이 쓰고 대화하면 되겠군. 애가 울면 기저귀 더듬어보고 얼러주는 대신 헬멧만 씌우면 되겠군. 애가 마음으로 말해주겠지. '어머니, 저는 이번에 새로 나온 신제품 분유가 먹고 싶군요. 40도 정도로 살짝 데워서 반 컵 정도 주시면 좋겠습니다.'

그런 생각을 하다가 신영희는 고개를 저었다. 맙소사, 지금 인터넷에 공개된 내 개인정보만 해도 감당이 안 되는데.

"이거 안 팔리겠네요."

"그래요?"

"자기 마음을 드러내 보이고 싶은 사람이 세상에 얼마나 되겠어요?"

인터넷이 처음 생겼을 무렵에도 누군가는 말했을 것이다. 남들 다 보는 블로그에 제 사생활 기록할 사람이 세상에 어디 있겠어?

신영희는 기계과 대학원생 하나를 물색했다. 초전사의 검을 주니 순순히 대화에 응했다. 신영희가 신작 VR게임에서 한 달을 노가다해서 만든 검이었다.

"온라인 게임과 세상은 비슷한 점이 많아요."

대학원생은 확대경을 눈에 붙이고 납땜기로 마인드넷 송수신기를 지직지직 태우면서 말했다.

"새 기획자가 들어오면 늘 기존 게임을 뒤집어엎으려 하죠.

좀 더 공평하게 밸런스를 맞추면 유저들이 좋아할 거라고 생각해요. 하지만 현실은 말이죠⋯⋯."

대학원생은 송수신기를 형광등 빛에 비춰 보면서 말했다.

"빗발치는 항의로 유저들이 대거 떨어져 나가서 결국 되돌리곤 하죠."

안다는 생각이 들면 주의해야지. 신영희는 생각했다. 안다고 생각하는 순간 배움이 멎는다. 배움이 멎은 사이에 세상은 변한다. 가르칠 것이 없다. 새파랗게 젊은 놈에게서 배워야 한다. 불안, 두려움, 공허함.

"하지만 그렇다고 가만 내버려둬서도 안 돼요. 언제나 인플레이션이 치솟아서 신규 유저는 감당도 못 할 게임이 되어버리니까요. ⋯⋯자요, 송신기와 수신기를 분리했어요. 송신기에서는 더미 뇌파가 나갈 거예요. 아, 조심하세요. 세상에 하나밖에 없는 거라고요."

"더미 뇌파는 어떤 식으로 나가지?"

대학원생은 자기도 모르겠다는 듯 어깨를 들썩했다.

"누가 그 뇌파를 접하면 어떤 사람이라고 생각할까?"

"글쎄요⋯⋯. 패턴을 많이 넣지 않았어요. 생각이 없거나 감정이 없는 사람이라고 생각할 수도 있고요."

"이 기계를 대량생산해서 마인드넷에 상주시키면?"

대학원생은 신영희를 물끄러미 바라보았다. 신영희의 말이 지나가는 말이 아닌 줄을 아는 것 같았다. 실처럼 가느다란 신영희의 인맥을 따라, 그 생각이 나라 정책에 반영될 수도 있다는 것을 아는 얼굴이다.

"사람들이······."

대학원생은 납땜기로 책상을 톡톡 치며 말했다.

"사람에 대한 신뢰를 잃게 되겠죠."

"신뢰라."

"인터넷 초창기만 해도 소통의 혁명이 가져올 찬란한 미래에 대한 희망으로 가득했어요. 집단지성의 노래를 합창했죠. 그 희망이 사라진 게 언제부터인 줄 아세요?"

"언제부터였는데?"

"나라와 기업이 개입하면서부터요. 공무원과 직장인들이 돈을 받고, 군인들이 상부 명령으로 댓글과 게시물을 퍼붓기 시작하면서부터요. 지금 인터넷에는 텅 빈 죽은 말만 가득해요. 늙은 이들이나 남아 있죠."

그래, 그랬지.

더미 뇌파만 내보내는 송신기를 달고 마인드넷에 들어가니 투명인간으로 강남역을 돌아다니는 기분이었다. 공허한 혼잣말만 반복하는 신영희에게는 아무도 관심을 두지 않았다.

접속자의 개인 사이트에 들어가면 지금 접속 중인 사이트 주인장의 심상을 체험할 수 있었다. 심상의 형태는 제멋대로다. 음식의 맛일 때도 있고, 듣고 있는 음악일 때도 있다. 대개는 정체되지 않은 언어의 다발이 전해져온다. '공부하기 싫어.' '계약을 이딴 식으로 해?' '육아는 반반씩 하자더니 어떻게 된 거야?' 'A형

혈액이 긴급히 필요합니다.' 'XX회사가 석 달째 월급을 안 주고 있습니다.' '단식투쟁하던 XX동지의 생명이 위급합니다.' '오늘 광화문에서는 시위가⋯⋯.'

도떼기시장 같군. 신영희는 생각했다.

도대체 마인드넷에서 노는 애들은 무슨 생각인지 모르겠어. 제 속내가 다 나가는 건 둘째치고, 온갖 시끄러운 생각들이 통제도 안 되고 흘러들어 오는데.

신영희는 시민후보의 공식 사이트에 접속했다. 마인드넷에 사이트를 만든 후보는 그 친구가 유일했다.

들어가자마자 눈앞에 풍경이 펼쳐졌다.

머리가 흰 산이 굽이굽이 펼쳐져 있다. 어느 시골 기차역인 듯싶었다. 시야가 물로 씻어낸 듯 선명했다. 하늘은 희푸른 빛이었고 산야는 누리끼리했다. 가을걷이를 끝낸 논밭이 맨송맨송하게 펼쳐져 있다. 그 위로 차가운 눈이 부슬부슬 쌓인다. 손가락 위로 내려앉았다가 녹아든다. 바람은 차고 시원하다.

신영희는 당혹스러운 기분으로 주위를 돌아보았다.

한 사람이 역전 벤치에 홀로 앉아 있다. 그 청년이었다. 10퍼센트의 지지를 얻는 시골 출신 대통령 후보. 사진보다 훨씬 어려 보였다. 허리를 곧게 세우고 앉아 산허리를 바라본다. 추위에 볼이 발갛게 물들어 있다.

"마음을 전부 열어놓은 거예요."

마인드넷에서 빠져나와 정신을 못 차리는 신영희에게 조교가 따듯한 커피를 주며 설명해주었다.

"자기가 겪은 일일 거예요. 아마 회상 중이었겠죠."

"그렇게 생생하게?"

"직접 체험하는 것 같죠. 저도 전에 들어가보고 놀랐어요. 심상화 능력이 좋은 사람인 것도 같고."

"다른 사람도 이러니?"

"화가나 음악가가 머릿속 작업을 그대로 전해주는 경우도 있지만, 저 정도쯤 되면 할 수 있고 없고의 문제를 넘어서요. 누가 저렇게까지 자기를 드러내요."

"거리끼는 것도 없나? 대선후보잖아. 작은 흠집 하나라도 있으면 물고 뜯을 놈 천지일 텐데."

"친구가 어렸을 때 지우개 하나 훔쳤다고 그 사람과 다신 안 만나겠다는 생각을 해요?"

"친구가 아니잖아."

"거의 친구 같아요. 모르는 사람이라면 신문이 이미지를 만들어낼 수 있죠. 어디서 비싼 선물 하나 받았다고 매일 신문지상에 수백 차례 오르내리게 만들면 다른 장점은 다 사라지고 사기꾼 인상만 남길 수도 있겠죠. 하지만 이 사람은 그렇게 안 돼요. 우리가 그 사람 인생 전체를 아는데요."

그 풍경의 사연은 이러했다. 역전 근처에서 점원으로 일하던 한 이주노동자 부인이 가게에서 쫓겨날 처지에 놓였다. 가게에서 쫓겨나면 본국으로 환송될 판이었고, 돈을 보내지 못하면 가족은 거리로 나앉을 판이었다. 어디에도 기댈 곳이 없던 부인은 지푸라기라도 잡는 심정으로 청년을 찾아갔다.

부인의 하소연을 끝까지 들은 청년은 그날부터 매일 역전에 나가 종일 그곳에서 지냈다. 한 달이 지나자 역전에서 그를 모르는 사람이 없게 되었다. 청년은 어느 날 자연스럽게 가게 주인을 찾아가 정중히 부탁했고, 그간 청년에게 이런저런 도움을 받아 온 가게 주인은 흔쾌히 부인을 도로 고용했다.

이상한 일화였다. 너무 이상해서 어느 부분에서인가 왜곡되었거나 잘못 전해진 것만 같았다.

청년은 자주 그 역전을 회상했다. 아마도 그 일이 어떤 계기가 된 모양이었다. 한 단계를 뛰어넘은 사건이었다. 마음에서 무엇인가가 변한 것이다.

"이봐, 젊은이, 자네가 괜찮은 사람일지는 모르겠는데."

신영희는 청년의 옆에 앉아 어깨를 토닥이며 말했다.

"사람 하나가 세상을 바꾸지는 못해."

사실이다. 사실이 아니기도 하다.

나라의 대표자는 언어와 같다. 마음의 문이다. 생각의 그릇이다. 대표자가 아무것도 하지 않아도 그 사람의 속성이 국민의 향방을 정한다. 선거일을 중심으로 나라의 지형도는 바쁘게 움직인다. 누가 고개를 빳빳이 세우는가, 누가 기가 죽는가, 누구에게 힘이 모이는가.

청년이 신영희를 돌아보았다. 신영희는 흠칫 숨을 멈췄다. 이런, 내 생각이 완전히 차단되지 않았나 봐. 들키면 안 돼. 교수실을 생각하지 마. 벽을 생각해선 안 돼. 내가 이 녀석을 이길 문구를 찾고 있다는 것도, 내가 감시하고 있다는…… 망했군.

들리지 않는 모양이었다. 들었지만 상관없다고 생각하는 것 같기도 했다. 마음속에서 청년의 목소리가 들렸다.

……저는 세상이 바뀌기를 바란 적이 없어요.

신영희는 헉하고 마인드넷에서 빠져나왔다. 빠져나온 뒤에도 생각이 계속 흘러들어 왔다.

기성세대가 원하는 건 현상유지가 아니에요. 세상이 자신에게 익숙한 시절로 되돌아가기를 바라는 거죠. 좀 더 거칠고 야만적이었던 시절로요. 하지만 세상은 그대로 두면 변해요. 흘러가고 변화하죠. 난 세상을 그대로 두기를 원해요.

모든 것이 이대로 흘러가기를. 사람들이 다니던 직장을 계속 다니기를, 학생들이 다니던 학교를 계속 다니기를, 오늘 살던 집을 잃지 않기를, 내가 보던 그 강이 그대로 흐르고 그 산야가 계속 푸르기를.

신영희는 땀이 흐르는 이마를 훔쳤다. 그 심상은 거의 자신의 생각처럼 느껴졌다. 흘러들어 온 생각을 떨쳐내기 위해 한참 동안 방 안을 돌아다녀야 했다.

신영희는 벽을 바라보았다. '테러', '무정부주의자'.

언어는 생각을 담고 마음을 지배한다. 나아가서 세상을 지배한다. 신영희가 일생 닦아온 학문이다. 그 생각 전체가 이처럼 초라하게 느껴진 것은 처음이었다.

다음 날 그 후보 사이트에 접속했을 때엔 주홍색 컨테이너가 눈앞에 있었다.

컨테이너 뒤로 이순신 동상이 근엄하게 머리를 드러내고 있다. 컴컴한 한밤중에 여섯 개의 화물용 대형 컨테이너가 대로를 막았다. 컨테이너는 어느 그로테스크한 시대의 설치미술처럼 보였다. 베를린 장벽처럼 사람들이 붙여놓은 것들로 다시 새로운 설치미술이 되어간다. 꽃이며 편지, 근조 리본.

단발머리 학생들이 교복을 입고 마스크를 쓰고 지나갔다. 손에는 팻말을 들고 있다. '0교시 반대' '일제고사 반대' '야자를 없애주세요'. 의사가운을 입은 사람들은 '의료민영화 반대' 팻말을 들고 앉아 있다. '대운하 반대'를 들고 있는 사람들도 있다. 예비군복을 입은 청년들이 자경단처럼 돌아다니고 의대생들이 자리를 펴고 혹시나 있을 부상에 대비한다. 기타를 치고 노래하는 사람들이 있다. 해고에 반대하는 현수막을 몸에 두른 채 누워 있는 사람들도 있다. 컨테이너 앞에는 한 무리의 사람들이 모여 토론한다. 컨테이너를 넘어가 싸울지, 아니면 이대로 오늘을 보낼지 일곱 시간째 회의 중이다.

'어떻게 이 풍경을……, 이 친구는 그때 태어나지도 않았잖아.'

청년은 광장 한가운데 서 있다. 시간을 여행하는 사람처럼, 다른 시대를 지켜보는 사람처럼.

잠시 뒤에야 신영희는 풍경이 보는 곳마다 미묘하게 각도가 어긋나 있다는 것을 깨달았다. 여러 방향에서 찍은 사진을 조합한 것 같았다. 수많은 사람의 심상을 조합해 만든 풍경이다. 청년이 질문을 던졌고, 그날을 기억하는 사람들이 모여 자신의 기억을 보여준 모양이다. 청년이 이를 보고 자신의 마음 안에서 짜 맞추어 다시 보여주며 만든 풍경이었다. 놀라운 심상 구현력이었다.

하지만 왜 이곳을 구현했을까.

다른 어느 시위도 아니고 이곳을.

'그때 나도 여기 있었지.'

'나도 있었지.'

모여든 할머니와 할아버지들이 속삭였다.

나도 있었다. 우리 모두가 있었다. 우리 나이대 사람들은 한번쯤 오지 않은 사람이 없을 만큼, 그렇게 많이 왔다.

신영희는 그때 열일곱이었다. 교복을 입고 직접 만든 문구가 적힌 종이를 손에 쥐고 그곳에 나갔다. 계절이 바뀌고 한파가 오고, 기자도 전경도 관심을 끊고, 시위가 줄고 줄어 열 명 남짓한 사람들이 시청 한구석에서 대화를 나누는 형태로 줄어들 때까지도 거기에 있었다.

스무 살이 넘은 뒤로는 그걸 부끄럽게 여겼다. 바보스럽고 무의미한 짓이었노라 회상했다. 하지만 그렇지 않았다.

그날 백만 명이 모였고 한 사람도 다치지 않았다. 쓰레기도 기물파손도 없었다. 주도자도 지도자도 없는 백만 명의 관중이 모였는데 그들 모두가 자신의 의지로 싸우지 않을 것을 선택하고 돌아갔다. 세계사에 다시없는 풍경이었다. 이 나라의 시위 형태가 그때에 거기서 만들어졌다.

나라에서는 단어를 골랐다. '괴담,' '허위선동', '근거 없는'. 그날 그 자리에 있었던 무수한 것들을 광우병이 진실인가 거짓인가의 문제로 후려치고 축소시켰다.

하지만 그래서는 안 되었다. 그렇게 간단히 한두 단어로 후려칠 일이 아니었다.

그래서 신영희는 언어학자가 되었다. 언어가 그날을 모독하고 현상을 바꾸었기에. 세상을 지배하는 것은 언어고 사람의 마음은 언어에 담기며, 경험은 사라지고 언어만이 남는 것을 뼈저리게 느꼈기에.

신영희는 숨을 몰아쉬며 마인드넷에서 빠져나왔다.

교정 벤치였다. 대학생들이 수다를 떨며 앞을 지나갔다. 어디서 공연을 하는지 음악 소리가 아련했다. 이른 눈이 하늘에서 나풀거리며 떨어졌다.

신영희는 두근거리는 심장을 붙잡으며 하늘을 바라보았다.

그 시절에는 사람들이 계속 죽었다. 자살률이 치솟는다는 말로는 도저히 그 심각성을 설명할 수 없었다. 전쟁보다도 더 많이 사람이 죽었다. 위로도 치료도 수명을 다했다. 젊은이들은 더 이상 결혼하지 않고 여자들은 아이를 낳지 않았다. 아이들은 황야에 버려진 작은 짐승들처럼 슬픔도 없이 목숨을 끊었다. 자신이 늙었다고 느낀 사람들은 그것만으로도 목숨을 끊었다. 아이들은 죽음에 익숙했다. 폭격이 주기적으로 쏟아지는 난민촌에 사는 아이들처럼 죽음을 자연스럽고 일상적인 일로 받아들였다.

하늘에서 눈이 내린다. 손가락에 내려앉아 녹아든다. 소맷자락에 내려앉아 덮는다. 위로하듯 쌓인다.

시베리아의 이누이트는 눈을 수많은 이름으로 부른다. 아푸트(땅에 내려앉은 눈), 아키틀라(물에 내려앉은 눈), 브리클라(단단하게 뭉쳐진 눈), 카피틀라(얼어서 유리처럼 반들반들한 눈), 크리플리아나(새벽녘에 푸르게 빛나는 눈), 소틀라(햇빛을 받아 반짝이는 눈), 틀라잉(진흙에 섞여 지저분한 눈), 틀라파트(소리 없이 내리는 눈), 콰나(펑펑 쏟아지는 눈). 그 언어를 모르는 사람은 며칠째 계속 눈이 왔다고만 말한다. 이누이트는 어제와 오늘이 달랐고, 그제와 그끄제는 또 달랐다고 말한다.

언어에 생각이 담긴다.

하지만 만약 다음 세대가 언어를 생각의 도구로 쓰지 않는다면, 더 이상 그릇을 필요로 하지 않는다면, 사람의 마음은 앞으로 어디에 담길까?

인지언어학은?

인지언어학? 한가한 소리.

내가 일생 해왔던 일은? 앞으로 주부교실에서 강의 한 자리라도 해먹을 수 있을까? 언어가 세상을 지배하지 않는다면 앞으로 내가 뭘로 먹고 산단 말인가?

신문은, 잡지는, 책은, 출판사는, 작가는, 시인은, 시는, 소설은? 학문은 어디로 가고 강의계획표는 앞으로 어떻게 짜나? 글밥을 먹고 살던 우리들, 언어로 생각하고 언어에 마음을 담았던 우리가, 다음 세대에 자리를 내주고 물러날 만한 용기가 있을까? 우리는 지나가니, 세상은 이제 너희 것이라고? 말도 안 되는 소리.

마인드넷은 곧 탄압받는다. 곧 위정자들에게 위험천만하고, 불안하고, 세상을 위협할 공간으로 받아들여질 것이다. 아직은 저들이 이곳의 생리를 이해하지 못하지만, 이해하기 시작하면 망치려 할 것이다. 통제하고 감시해야 할 곳으로 여길 것이다. 부자연스럽고 어지러운 생각을 들이부을 것이다. 모든 좋은 가치는 사라지고 짓밟힐 것이다.

신영희는 스마트폰을 꺼내 들었다.

"헌정사상 초유의 사태예요."

정치인들이 무지 싫어하는 말이다.

"대선이 두 달밖에 안 남았는데 거기 당원 누구도 마인드넷에 접속해본 적이 없잖아요. 사태파악을 하는 사람이 하나도 없어요. 정치인이 인터넷의 생리에 무지했던 16대 대선도 이 정도는 아니었어요."

길고 지루한 답변이 이어졌다. 신영희는 이마를 붙들었다.

"보수니 진보니 한가한 소리 하지 마세요. 지금은 다 뭉쳐서 싸워야 해요. 지금 애네들 놔두면 사회 근간이 흔들릴 거예요."

신영희는 전화를 끊으며 생각했다. 사람이 보수주의자가 되려면, 내게 익숙한 세상이 변하지 않게 하려면, 얼마나 많은 것을 바꾸고, 뒤집고, 뒤흔들어야 하는 걸까.

신영희는 이후 틈이 날 때마다 그 친구에게 접속했다.

눈이 내리는 겨울날 그 사람이 친구들에게 썰매를 만들어 주는 것을 보았다. 나무를 자르고 식칼을 붙여 밧줄을 매는 것을 보았다. 덫에 걸린 사슴을 풀어주는 것도 보았다. 다리가 불편한 동네 어른을 위해 가볍고 접을 수 있는 휠체어를 만들고는 기뻐서 아이처럼 펄쩍펄쩍 뛰는 모습도 보았다. 월급을 떼인 친구들을 위해 단칸방에 앉아 밤이 새도록 법전을 읽는 모습도 보았다.

"의혹 제기는 통하지 않아요."

조교가 신문과 잡지표지를 오려내고 딱풀을 바르는 동안 신영희는 계속 전화를 했다. 조교는 신문에 난 '부패', '썩는다', '곪는다'를 잘라내어 '언어'라는 제목 옆에 붙였다.

"누구든지 접속만 해보면 거짓인지 아닌지 알 수 있어요. 세금을 안 냈다거나 논문을 표절했다고 한들……."

논문을 낸 적이 없는 사람이지.

"가서 보기만 하면 돼요. 변명이 아니라 정황 전체를 알게 됩니다. 게다가 이쪽은 친구한테 듣는 것처럼 자세히 들을 수 있는데 의혹을 제기한 사람 쪽은 속내를 알 수가 없어요. 완전히 역효과예요."

조교가 '언어' 옆에 빨간 하트를 그려 넣는 동안 신영희는 소리를 질렀다.

"글쎄, 안 된다니까요. 접속할 생각도 하지 말아요. 비리 다 드러나요. ……의원님께 비리가 있다는 뜻이 아니라…… 애초에 의원님이 저 정도로 마음을 공개하면 국가 기밀 다 새어 나가요. 예, 압니다. 저 친구는 공직에 들어와본 일이 없으니 저럴 수 있죠."

신영희는 머리를 벅벅 긁었다.

"가짜 일화를 뿌려요. 그럴듯한 것을 뿌리고 대중이 열광하게 한 뒤, 그게 거짓이었다고 밝혀요. 몇 번 반복하다 보면 사람들은 자기 눈으로 본 것도 못 믿게 될 거예요. 그리고 착한 사람은 정치인에 어울리지 않는다는 말을 뿌려요. 적당히 흠집도 있고 좀 때 묻은 사람이 대통령이 되어야 한다는 분위기를 만들어요."

틀린 말은 아니다. 맞는 말도 아니다. 하지만 어차피 말은 남지 않는다. 남는 것은 인상뿐이다.

"사이비 교주 같은 느낌을 주어야 합니다. 뭔가 사람을 호도하고, 세뇌시키고, 불안감을 조성할 만한. 교주는…… 아네요, 긍정적입니다. 무당? 아니, 적절하지 않아요. 샤머니즘, 샤머니스트……."

신영희는 연상했다. 원시인, 아프리카, 빈곤, 내전, 굶주린 아이들.

"샤먼으로 갑시다. 인터넷 포털에 반복적으로 노출하고 연설문에도 한 번씩은 강조하세요. 실시간 검색어 유지시키시고요."

그날 이후로 신영희는 교수실에 틀어박혀 숙식했다. 팀을 꾸려주겠다는 제안도 팀에 들어오라는 제안도 거절했다. 보안을 위해 자신의 존재가 대선 내내 철저하게 숨겨져 있어야 한다고 주장했다. 그리고 소파에 앉아서 매일 문구를 생산했다.

홍보 전단과 포스터, 현수막마다 신영희의 문구가 으르렁거렸다. 연설문과 칼럼과 기사와 인터넷 댓글에서 신영희의 낱말이 독설을 토했다.

신영희는 그 후보의 있는 결점과 없는 결점을 다 들쑤셨다. 혐오만을 주는 맥락 없는 텅 빈 언어를 양산했다. 마인드넷을 쓰는 사람들을 칭하는 단어를 만들고 그 단어에 모든 괴이한 이미지를 이어 붙였다. 이 선거가 품위 있는 고고한 개인의 지성의 세기를 지키는가, '정신 강간범들'의 반지성주의에 점령당하는가의 기로에 선 전쟁이라고 선포하기도 했다. 온갖 지저분하고 고약한 언어를 선거판에 다 끌어들였다.

속내를 모르는 사람들은 왜 고작 10퍼센트의 지지율을 얻는 후보 한 명이 이토록 화제가 되는지 궁금해했다.

조교가 쾅하고 자료 더미를 옆에 내려놓았다. 몇 주를 제대로 못 잔 신영희는 멍한 얼굴로 돌아보았다.

자료 제일 위에는 '샤먼'을 헤드라인으로 삼은 신문이 놓여 있었다. 신문 아래에는 '샤먼이란 무엇인가'를 특집으로 삼은 시사 잡지가 있었다.

"본인을 뭐라고 생각하세요?"

신영희는 여성잡지 에세이, 담화문, 시사 칼럼, 의원 인터뷰를 뒤적였다. 시킨 대로 '샤먼'마다 꼼꼼하게 동그라미가 쳐 있다. 이제 이 단어는 아군뿐 아니라 내 적도 인용한다. '**샤먼**'이라고 중상모략을 하는 사람들', '**샤먼**이라니 말도 안 되는 소리', '**샤먼**이면 어쩔 건가'. 이제 그들도 내 프레임에 속한다. 세상이 내 언어를 쓴다.

"사람의 생각을 지배할 수 있다고 생각하세요?"

조교는 화가 단단히 나 있었다.

"설마."

안다고 생각하면 그때부터 위험해지지.

"선거에 변수가 한둘인가. 이건 총력전이고 각자 제 위치에서 열심히 하는 거지. 나는 구상을 할 뿐이고, 쓰는 건 그네들이고."

"그 사람은 좋은 사람이에요."

"나도 알아. 하지만 전쟁에 뛰어들었으면 감수를 해야지."

조교는 입을 꾹 다물고 문을 쾅 닫고 방을 나갔다.

신영희는 벽을 보았다. 이제 저 벽은 자신이 아니면 그 흐름과 관계도를 파악할 수도 없다. 가운데에 자리 잡은 색 바랜 '무정부주의자', '테러'를 중심으로 사방을 '샤먼'이 둘러싸고 있다. 인해전술로 공격하는 군병처럼 어느 자리에든 붙어 있다.

전쟁이라니. 설마. 저들이 적군도 아니고. 이건 그저 고객유치지.

신영희는 눈 오는 역전에 앉아 있던 그 친구를 떠올렸다. 그 사람의 마음을 자신의 것이라고 상상했다. 그러자 어수선했던 마음이 고요해졌다. 머리에 눈이 쌓였고 어깨에도 내려앉았다. 희뿌연 하늘에서 눈송이가 음악처럼 흘렀다.

*

"졌네요."

조교의 말을 듣자 긴장이 풀렸다. 벽을 채운 마음의 지도도 같이 쭈글쭈글해 보였다.

"그러네."

신영희는 어째 홀가분한 기분으로 답했다.

"시대는 변했어요. 사람들은 이제 말에 홀리지 않아요. 말장난으로 사람을 지배하려 드는 교수님 같은 분들은 이제 구시대로 밀려날 거라고요."

신영희는 답하지 않았다. 조교는 제 짐을 다 챙겨 들고 승리자처럼 뚜벅뚜벅 걸어나갔다.

마인드넷은 축제 중이었다. 10퍼센트의 지지율에서부터 올라온 당선자의 주위에 수십 수백의 생각이 은하처럼 맴을 돌았다. 당선자는 벌써 일을 한다. 내각에 어울릴 사람을 찾고 할 일을 고민한다.

신영희가 은하의 중심에 다가서자 생각이 흘러들어 왔다. 언어는 선형적이고 독립적이다. 하지만 마음의 대화는 서로 섞였다. 호수에 물이 흘러드는 것처럼.

다양하고 다채로우면서도 질서 있었다. 그 옛날의 종로 거리에서처럼. 자신이 지금 지키는 것이 고귀하고 자랑스러운 것이라 믿는 사람들만이, 삶을 축제로 여기리라 다짐하는 사람들만이 가질 수 있는 생명력으로 넘쳐났다.

그릇이 없으면 물은 어디에 담길까. 담길 자리가 없으면 마음은 어디로 갈까.

물, 계곡, 실개울, 도랑, 낙수, 빗방울, 이파리에서 떨어지는 이슬, 생각의 강이 인파의 계곡을 따라 흐른다. 바위를 휘감고 자갈을 타넘고, 물거품을 일으키며 떨어지고 미끈한 경사면을 내려가며, 모래사장에 머물고 퇴적하며 강으로 모여들고 바다로 흘러간다.

세상이 너무 많이 변하지 않았으면 좋겠는데. 신영희는 씁쓸한 기분으로 생각했다. 얘네들 입장에서야 자신들에게 익숙한 세상이 이어지는 것이겠지만, 내게도 익숙한 수준에서 돌아갔으면.

신영희는 접속을 끊고 소파에서 일어났다.

벽에 다가가 '무정부주의자'에 손을 대었다. 생각은 거기서부터 출발했다. 매직으로 그은 붉고 미끈한 선을 따라, 거미줄처럼 이어진 노선을 따라 심상이 기차처럼 달렸다.

'샤먼'의 폭격 속에 숨겨진 잠재심상, 선지자, 예지자, 구원자, 구도자, 새 시대, 희망, 빛, 변화, 진실, 거짓 없는 시대, 하나된 마음. 반대로, 조롱과 놀림과 욕설 속에 숨겨놓은 교묘한 자폭

장치. 도리어 말하는 사람을 비웃게 만드는 심상, 몰락, 위기, 부패, 무너진다. 사라진다.

좋은 심상은 저쪽에, 부정적인 심상은 이쪽에 둔다. 악기를 배치한다. 화음을 듣는다. 오케스트라 지휘자처럼 연주한다. 반대하고 반박하고 지속적으로 언급하며 오히려 주목하게 한다. 말은 남지 않는다. 심상만 남는다.

신영희는 머리를 쓰다듬었다. 보는 사람도 없는데 쑥스럽게 웃었다.

"나 참, 이처럼 멋들어진 패배로 마무리 지은 승리라니."

내 말로써 말의 시대를 저물게 해버리다니.

나 때문에 이겼다고 할 것도 없다. 누가 모자라서 졌다고 할 것도 없다. 변수는 많았고 나도 그 변수 중 하나였을 뿐이지. 모두가 제 위치에서 할 수 있는 것을 다했고 나도 그랬을 뿐이니까.

신영희는 전장을 함께 헤쳐 나온 동료에게 예를 갖추듯이 벽을 향해 가볍게 허리를 굽혔다.

니엔이 오는 날

◇ 2018년 중국 미래사무관리국(未來事務管理局)(Future Affairs Administration)의 부존재일보(不存在日報)(The Non-Exist Daily)에 수록

◇ 2018년 〈브릿G〉에 게시

'가족을 만나러.'

여행목적과 도착지를 쓰는데 역사가 소란스러워졌다.

나는 창밖을 내다보았다. 붉은 옷의 군중이 파도처럼 밀려난다. 니엔(年)이 하나 열차에서 내린 모양이다. 오랜만의 일이다.

언제 보아도 휘황찬란한 놈이다. 집채만 한 몸집, 샛노랗고 부리부리한 눈, 날카로운 이빨, 황금빛 갈기로 덥수룩한 목, 비늘이 더덕더덕한 몸.

졸던 스님들이 황급히 일어나 연등을 흔들기 시작했다. 어설프게 사자와 용을 합친 듯한 모습의 연등이다. 아직도 저런 것에 속아 넘어가는 니엔이 있으려나. 이제 니엔들도 저것이 이계의 괴물 같은 게 아닌 줄을 잘 안다. 연등은 니엔을 놀라게 하기 위해서가 아니라 군중의 동요를 막으려 마련하는 것이다. 연등을 이제 무시무시한 모습 대신 우스꽝스럽거나 귀여운 모양으로 만드는 것도 그래서다.

내 서류를 본 역무원은 감탄했다.

"가족이 다 종착역에 있나 보네요."

나는 창에 시선을 두며 건성으로 고개를 끄덕였다. 니엔이 왔거나 말거나 사람들은 짐을 이고 진 채 가족끼리 손에 손을 꼭 붙잡고 발을 옮긴다. 이제부터 떠날 여행에 대한 기대에 한껏 부풀어서는. 붉은 옷으로 무장했으니 니엔을 겁낼 일은 없다. 다들 속옷까지 빨간색일 것이다.

"집안이 좋으신가 봐요."

역무원은 말하다가 내 남루한 차림을 보고 고개를 갸웃했다. 하지만 더 묻지는 않는다. 내 재력은 옷차림이 아니라 차표 값이 말해주지 않던가.

"저도 열심히 돈을 모았지만 지금 모은 돈으로는 20년 뒤로도 못 가요. 사실 20년 뒤에 세상이 뭐 얼마나 나아질지 잘 모르겠어요. 뭐, 어딜 가든 여기보다야 낫겠지만요."

내 서류를 더 보던 역무원이 다시 고개를 갸웃했다.

"982년 뒤의 세계에 땅 한 평을 사셨네요. 한 평을 어디다가 쓰시게요?"

나는 답하지 않고 서류를 구겨 쥔 채 역사 안으로 들어섰다.

내게는 큰 꿈과 작은 꿈이 있다.

두 꿈이 다 종착역에 있다.

으슬으슬한 바람이 내 새빨간 목도리 사이로 비집고 들어왔다. 나는 손을 호호 불며 주홍색 모자를 눌러쓰고 붉은 가방을 고쳐 들었다. 역에는 잘 익은 홍시 같은 다홍빛 연등이 주렁주렁 걸려 찬란한 빛을 뿌린다.

새로 온 니엔은 갈피를 잡지 못하고 역내를 서성인다. 군중은 학교에서 배운 대로 조심조심 니엔을 피해 걷는다. 니엔은 역을 가득 채운 단백질 향에 취해 코를 벌름거리다가도 붉은빛에 닿으면 몸서리치며 피한다. 공감각(共感覺) 지각이 있는 니엔은 색에서 맛을 느끼는데, 붉은색에서는 쓴맛이 난다던가. 서(西)베이징 역을 채운 군중은 하나같이 피처럼 붉은 옷이다. 사실 가장 좋은 방법은 붉은 속옷을 입는 것이다. 속옷은 잘 벗겨지지 않아서 삼키려다가도 뱉어내기 때문이다.

쿵쿵거리던 니엔이 돌연 나를 낚아채 올렸다. 뜻밖의 사태에 놀라 군중이 우왕좌왕했다. 역무원이 당황해 무전기를 들었다.

"니엔이 사람을 공격합니다…… 아니요…… 제대로 입었는데요……. 최근엔 이런 일이 없었는데……."

나는 높이 들어 올려져 저 아래를 내려다보았다. 사람들이 가득한 역은 흐드러지게 붉은 꽃이 만발한 꽃밭처럼 보였다.

나는 놀라지 않았다. 맛있어 보여서 집어 든 것이 아닌 줄을 아니까. 익숙한 냄새를 맡은 것이다. 내게서 자신과 같은 시대의 냄새가 났을 것이다. 내게도 익숙한 니엔이다.

니엔은 왜 내가 여기에 있는지 궁금해하는 눈으로 한참 보다가 도로 얌전히 내려놓았다. 사람들은 그제야 안도의 한숨을 쉬며 바삐 제 갈 길을 갔다.

춘절(春節).

니엔이 오는 날이다. 매년 이날 단 하루 열차의 문이 열리고, 니엔을 비롯한 고대의 손님들이 쏟아져 나온다.

40여 년 전 베이징 서쪽 결계에서 문이 열리고 니엔이 쏟아져 나왔을 때는 나라에서 구역을 폐쇄하고 군대가 사방 100리 밖까지 진을 치고 도시 전체가 피난길에 오르고 난리였다. 하지만 니엔이 붉은색에 약하다는 것을 알게 된 이후로는 군대와 학자들이 붉은 갑옷과 방패로 무장하고는 슬금슬금 폐쇄구역 안에 들어와 조사를 시작했다.

학자들은 이내 문에서 나오는 이들이 고대의 요괴나 선조들이고, 나라를 둘러싼 보이지 않는 결계가 실은 빛의 속도로 달리는 열차라는 것을 알게 되었다.

선조들의 말에 의하면, 열차는 과학이 가장 융성했던 요순(堯舜)시대에 과학마법사들이 만들었다고 한다.

그들은 철로에서 마찰력을 지운 뒤 열차를 올려놓고 출발시켰다. 마찰력에 속도를 빼앗기지 않은 채로 1년쯤 가속하자 열차는 빛의 속도에 이르렀다. 빛의 속도로 달리는 열차에서는 시간이 흐르지 않는다. 열차에 타면 눈 깜박할 새에 바깥세상에서는 수십 년이 흐르고, 열차에 탔다 내리면 먼 미래에 내리게 된다.

열차는 요순임금이 미래에 도원향(桃源鄉)을 만들기 위해 만든 것이라 한다. 그 시대의 미래역사학자들은 최소한의 개입으로 역사를 조정할 수 있었고, 우리는 그 역사 한가운데에 살고 있다. 열차에서 내린 선조들은 그런 이야기들을 해주고는 과학 마법을 이용해 홀연히 사라지곤 했다.

문이 열리면 이쪽에서도 열차에 탈 수 있다는 사실이 알려지자, 통제구역 안에 들어와 열차에 몰래 타는 사람들이 생겨나기 시작했다. 하나같이 붉은 속옷으로 무장하고는.

10년이 지나자 통제가 풀렸고 다시 10년이 지나자 역이 들어섰다. 지금은 다른 시대로 이주하려는 사람이며, 과거에서 올지 모르는 제 선조를 맞이하려는 사람들이 벌떼처럼 모여들어 북적인다. 나라에서는 천문학적인 가격에 차표를 팔기 시작했지만, 사람들은 아무리 비싼 표라고 해도 아낌없이 돈을 바쳤다.

열차에 대한 소문은 무성하지만 무엇 하나 확실한 것이 없다. 귀빈 차량에 요순임금이 타고 있다든가, 공자나 맹자나 묵자 같은 각 시대의 사상가들이 도원향에 가기 위해 타고 있다는 말도 들린다.

어떤 이들은 이건 다 사기극으로, 내려온 선조들은 가짜요, 열차는 나라에서 인구조절을 위해 만든 장치고, 탔다가는 천 길 낭떠러지로 떨어진다든가 상상도 못 할 생지옥에 내려 중노동을 하게 된다고도 한다.

하지만 알 길은 없다. 열차에 탄 사람들은 다시는 내리지 않는다. 그 이유도 곧 알려졌다. 열차의 입구와 출구가 반대라는 것이다. 안에서 열차를 탄 우리는 열차가 만드는 폐곡선 바깥, 즉 나라 밖에 내리게 되는 셈이다.

이 말이 퍼지자 역에는 사람들이 더 몰리게 되었다. 설령 원하지 않는 곳과 시대로 떨어진다고 해도, 적어도 나라 밖으로 나갈 수는 있지 않겠는가.

"안과 밖의 문제라면 말이죠."

딸애가 한번은 내게 말한 적이 있다.

딸애는 내가 지방도시 어딘가에 있는 이름 없는 절에 옛 조각상을 갖다 놓고 나온다든가, 몽골 사막 한가운데에서 여행객을 상대하며 몇 달씩 보내다가 미련 없이 일을 접고 나온다든가 하는 기행을 꽤 재미있어하며 쫓아다녔다.

"열차에 한 번 탔다 내리면 '밖'에서 내리는 거죠. 거기서 다시 탔다 내리면 결국 '안'으로 돌아오지 않나요? 니엔과 선조들처럼요."

"옛날에는 가능했지. 이제 차표는 한 사람당 한 번밖에 사지 못한다."

"누가 그런 규칙을 만들었는데요?"

"요(堯) 임금이 아니겠느냐."

"임금께서 왜 그런 규칙을 만들었을까요?"

"안과 밖이 소통하면 계산할 변수가 너무 많아져서일 거다."

딸애는 그 말을 듣고 몽골 사막의 짙푸른 지평선을 묵묵히 응시했다.

"으흠. 임금께서 열차를 이용해서 역사를 조정해 도원향을 만든다는 거죠. 적당한 시대에 이런저런 일을 시킬 사람을 내리면서요."

그 애는 그러면서 나를 힐끗 보았다. 나는 짐짓 시선을 피했다.

"아버지는 그게 마음에 안 드시죠?"

"그래."

내가 답했다.

"어째서요?"

"자연스럽지 않으니까."

그건 내 큰 꿈이었다.

딸애는 스물다섯이 되었을 때 내 곁을 떠났다.

"현재에는 희망이 없어요."

딸애는 아이들이 흔히 하는 말을 했다.

"어딜 가든 지금보다는 낫겠지요. 성공해서 터 닦고 기다리고 있을게요."

아내는 그다음 해에 떠났다. 산에 갔다가 넘어져 허리가 주저앉은 뒤였다. 평생 앉은뱅이로 살 수도 없고, 내 수발을 받으며 살 생각도 없다고 했다. 미래로 가면 의학이 좀 더 발전해 있지 않겠느냐며.

아내는 떠나면서 자기 없이 괜찮겠냐고 물었다.

"그리울 거야."

내가 말했다.

"나도 마찬가지야."

아내는 나를 끌어안으며 자기를 만나러 오겠느냐고 물었다. 나는 그러겠다고 했다. 하지만 다른 가족들과 다 함께 만나자고 했다. 아내는 이해했지만 정말로 이해하지는 않았다.

"당신이 왜 아직도 그 사람들을 그리워하는지 모르겠어."

아내가 물었다.

"그리 좋은 사람들이 아니었잖아."

그건 내 작은 꿈이었다.

열차 앞에는 한 여인이 서 있었다. 선배였다. 직접 나올 줄은 몰랐기에 조금 놀랐다.

나는 내가 그간 해 온 일을 적은 수첩을 내밀었다. 어느 오지에서 찬 샘물을 마신다든가, 어느 눈 덮인 산에서 홀랑 벗고 춤을 춘다든가 하는 괴이한 임무도 있었다. 미래역사학을 다 배우지 못한 나로서는 내가 한 일이 일으킬 나비효과의 원리를 다 알지 못한다. 하지만 그녀는 만족한 모양이었다.

"너는 늘 일을 잘하는 편이었지."

"그랬지요."

"그래, 생각에 변함은 없느냐?"

"예."

그녀는 보이지 않는 열차 앞에 서서, 역을 가득 메운 붉은 옷을 입은 군중을 바라보았다.

"영원한 도원향은 결국 내 힘으로도 만들지 못했다."

요(堯)가 말했다.

"도원향은 어느 특정한 시기에 2백 년 동안만 유지될 것이다. 그래도 홍수로 터전을 잃은 내 백성들이 잠시 살기엔 괜찮은 시간일 것이다."

요가 말을 이었다.

"그 후의 미래는 나도 알지 못한다. 열차가 멈추면 나라를 둘러싼 결계도 풀린다. 그때에는 내가 만들어둔 모든 변수가 망가진다. 종착역 이후의 세상에는 어떤 혼란이 기다릴지 알 수가 없다. 그래도 그 시대로 가려 하느냐."

"그래서 가려 합니다."

내가 말했다.

"그래야 비로소 당신의 치세를 떠나 제 치세를 열게 될 테니까요."

그건 내 큰 꿈이었다. 요는 빙그레 웃으며 말했다.

"바라는 것이 그것뿐은 아닌 줄로 아는데."

"제 가족이 어느 시대에 내렸는지 알 수 없으니까요."

내가 이어 답했다.

"하지만 종착역에서는 그들을 다 모을 수 있겠지요. 유해뿐이라도."

그건 내 작은 꿈이었다.

요는 이해했지만 정말로 이해한 것은 아니었다.

"순(舜)아, 나는 잘 모르겠다."

요가 말했다.

"그리 좋은 가족이 아니었지 않으냐. 어찌 그리 그리워하느냐."

아버지는 내가 지붕을 고치는 동안 집에 불을 질렀다. 나는 미리 마련해둔 짚단 위로 뛰어내렸고 다리를 절뚝거리며 방에 들어와 아무 일 없었다는 듯이 아버지와 같이 식사를 했다. 새어머니는 나를 우물에 집어넣었다. 나는 미리 파둔 굴을 통해 밖으로 나왔고 마찬가지로 아무 일 없었다는 듯이 아침상을 차렸다. 동생이 내게 독을 먹였을 때 나는 미리 준비해둔 혈청으로 살아났다. 내가 아무 일도 없었던 것처럼 살자 그들도 자신들이 한 일을 잊고 살았다.

살기 위해서였다.

내겐 집이 필요했고 땅이 필요했다. 그날그날의 먹을 것이 필요했다. 그들이 가진 것들이 내게 필요했기에 최선을 다했다. 살아남고자 대비했고 살아남고자 웃었고 살아남고자 잊은 척했다.

내가 그리하자 사람들은 내가 효를 행한다 했고 인덕이 있다고 했다. 그 소문이 왕의 귀에까지 들어가자 왕이 내게 관심을 두었다. 뜬금없이 집에 나타나 내 아내가 되어준 여인이 왕의 딸이었다는 것을 알았을 땐 아연실색했다. 요의 과감함은 내가 따라가기 힘든 면이 있다.

요는 나를 왕위에 앉힌 뒤 내 가족들을 열차에 태워 각자 다른 시대에 내리게 했다. 그들은 가장 척박한 시대로 추방되었다. 요는 내가 그러기를 원한다고 생각했다.

하지만 그렇지 않았다.

"무의미하다는 면에서는 다르지 않습니다."

내가 답했다.

"이리 애써 이상향을 만들어도 결국 영원하지 않습니다. 그 시대가 다하면 그 백성들은 또 어디로 데려가시렵니까."

요는 웃었다.

"연민이지. 내 이기심이다."

"저도 그렇습니다."

"내가 왜 너를 후계자로 삼았는지 아느냐?"

요가 내게 손을 내민다.

"우리 둘은 서로 닮았다. 민초를 사랑하는 것은 투쟁과 같으니, 가족 간의 사랑도 마찬가지라."

내가 그의 손을 잡았다. 이제 우리가 다시 한 열차에 탄다.

요와 그의 백성들은 요가 만든 도원향에 내릴 것이다. 요가 나라의 전 역사에 관여하여 만든 이상향. 범죄도 없고 악인도 없고, 서로 미워하는 사람도 없는 곳, 가진 자와 가지지 못한 자, 어린 자와 늙은 자, 똑똑한 자와 어리석은 자가 함께 어울려 살아가며 모두가 행복한 곳. 모두가 꿈꾸는 낙원.

나는 그 시대를 떠나 종착역으로 간다.

열차가 멈춰 경계가 사라지는 때로. 안과 밖이 소통하여 요가 만들어놓은 모든 변수가 사라지는 때로. 요의 치세가 끝나는 때로. 그리하여 비로소 나의 치세가 시작되는 때로.

그리고 그곳에서 내 가족의 유해를 모으리라.

내가 그대들을 그리워함은 우리가 사랑했기 때문이 아니다. 아직 채 사랑하지 못했기 때문이다. 나는 내가 받은 상처로 그대들을 그리워하며 내가 준 상처로 그대들을 그리워한다. 우리가 함께 행복하지 못한 시간 때문에 그대들을 그리워한다. 우리가 아직 가져보지 못한 그 행복을 그리워한다.

우리는 내일을 말하고 어제를 말하며 한 번도 오늘을 살지 않았다. 우리의 시간은 다 그렇게 모래처럼 손가락 사이로 흘러내렸다. 내가 그대들을 그리워함은 우리가 함께한 시간들이 형편없었기 때문이다. 나는 형편없지 않을 수도 있었던 그 시간들을 그리워한다. 이제 내가 영영 잃어버리고 만 그 기회를 그리워한다.

내가 거기서 그대들을 다시 찾으리라. 이 시간 저 시간에 흩어져 죽었을 그대들을 모아 내가 마련한 작은 땅에 가족의 유해를 뿌리리라. 우리의 재가 거기서 함께 어우러지리라.

세상에서 가장

빠른 사람

◇ 2015년 《이웃집 슈퍼 히어로》(황금가지) 수록

◇ 2015년 제2회 SF 어워드 중단편부문 우수상 수상

매캐한 연기와 잿내가 주변을 뒤덮고 있다. 흙먼지가 자욱하다. 여의도 일대는 큰 망치로 두들긴 듯 납작하게 내려앉아 있다. 구조대며 영웅을 찾는 아우성이 귀에 꽂힌다. 국회의사당은 반으로 갈린 채 땅에 박혀 있다. 어디선가 위태하게 기울어져 있던 전신주 하나가 픽 쓰러지고 전선을 두둑거리며 당겼다. 쿵 하고 자동차 하나를 깔아뭉개는 것과 동시에 어둠이 퍼져나갔다. 이른 저녁인데도 하늘은 먼지에 번져 온통 피처럼 붉었다.

"딸애 보고 싶네."

나는 그 앞에 선 채 머리에서 노란 잿먼지를 털어내며 말했다. 너덜너덜한 소매에서 살점처럼 천을 뜯어내었다. 실이 섬유근처럼 쭉 뽑혀 나왔다.

"수원역에 두고 왔는데."

1분 전

속보가 뜨면 이미 늦장이다.

방송국에 제보가 폭주하고 그치들이 사실 여부를 확인하고, 요새 물오른 예능 프로 대신 내보내도 시청자들이 오냐오냐 TV에 붙어 있을 만한 사건인가 위에서 타진해보고, 당직 아나운서가 대기실에서 불려 나와 목청 가다듬고 옷매무새 한번 쓰다듬을 시간이면.

나는 그새 열 번도 더 다녀왔어야 했다.

좀 전부터 살얼음판이 된 길 위로 싸락눈이 춤을 춘다. 젖은 하늘에는 아직 희뿌연 해가 남아 있다. 나는 눈발이 두려웠다. 해는 그나마 위로가 되었다.

"후딱 다녀오면 되잖아."

딸애가 속삭였다. 옛날 저기 무슨 혼인잔치에서 아들의 손을 감아쥐며 '애야, 포도주가 떨어졌다는구나.' 하고 속삭였던 여인네처럼. 전능자의 귀여운 투정을 다독이는 것이 그를 보필하는 자의 소소한 시련이겠거니 하는 눈으로.

"예지야, 아빠 가기 싫어. 저기 너무 멀고……."

"아빠 일이잖아."

TV 속의 마트는 연기에 뒤덮였고 눈에 띄게 기울어져 있었다. 연기보다 기울어짐이 기괴했다. 상황은 아직 파악되지 않은 모양이다. 그래서 여지가 있다. 상황 파악할 만큼 시간이 지났다면 사람 구할 가망은 없는 거니까. 3층에서 사다리차를 타고 내려오는 사람들이 카메라에 잡힌다. 4층 창에서는 손들이 아우성친다. 돌아가는 것이 녹화영상인 걸 보면 지금 상황은 더 악화되었을지도 모를 일이다.

속보가 뜨면 이미 늦장이다.

속보가 떴는데도 여지가 남아 있다면 뭐든 일이 매끄럽지 않게 돌아갔기 마련이다. 대피방송이 늦었거나, 대피로가 막혔거나, 누군가 자기 선에서 일을 처리하려다 신고가 늦었거나. 일이 매끈하게 돌아가면 내 선에 닿기 전에 끝난다. 좋은 방향으로든 나쁜 방향으로든.

전철은 어디 무슨 대단한 일 났냐는 듯이 한가로이 역에 안착했다. 문이 열리자 승객들은 세상에 이보다 더 대단한 일이 있겠냐는 듯 종종걸음으로 차량 안으로 사라졌다.

"집에는 갔다 가야 할 텐데. 너는 데려다주고……."

"얼른."

예지가 내 손가락을 감아쥐었다. 예지의 유치원 가방에 달린 번개인형이 탈랑탈랑 춤을 춘다. 인형은 뿔테 안경을 쓰고 꽃무늬 몸뻬 바지에 빨간 후드티를 둘러쓰고 있다. 내가 언젠가 어쩔 수 없이 모습을 드러내야 했을 때 근처 옷가게에서 대충 챙겨 입은 모습이다. 빨간 실로 만든 입이 배시시 웃는다.

"다녀와."

"응."

우리는 10초 뒤에 다시 만날 것이다.

내가 돌아온 뒤에도 TV는 아직 녹화 영상을 돌리고 있을 것이다. 예지는 내 손을 감아쥔 손 모양을 한 채 서 있을 것이고 나는 그 앞에 조금 허름해져 앉아 있을 것이다. 예지는 눈을 깜박이다가 활짝 웃고는 내 머리를 쓰다듬으며 물을 것이다.

"다녀왔어?"

"응."

나는 건성으로 답하며 예지의 가방에 나처럼 조금 허름해진 번개인형을 매달 것이다. 인형은 실이 좀 해졌어도 여전히 배실배실 웃을 것이다.

"것봐, 간단한걸."

"그러게."

TV는 그제야 속보자막을 띄우고 우리가 전철에 탈 때쯤에야 새 화면을 내보낼 것이다. 내가 만든 잔상이 건물을 휘감고 있을 것이다. 사람들이 바람처럼 건물에서 휙휙 들려 나와 마트 앞마당에 일렬로 눕혀지는 진풍경은 전철 안에서 스마트폰으로 볼 것이다. 다른 뉴스로 넘어가면 조용히 끄고 창밖에 구름이나 보자고 할 것이다.

10초만 지나면.

✳

"겨우 10초 사이에."

사회자가 '그런데 말입니다'를 앞에 붙이고는 입을 열었다.

"어떻게 그 많은 일을 할 수 있었을까요?"

사회자 뒤로는 수십 개의 CCTV와 블랙박스 영상이 돌아간다. 잔상, 혹은 돌연한 바람, 아니면 초현상이 분명한 무엇인가들. 극소 안개가 꼈거나 녹화 화질이 나쁜 것과 구별이 안 되는 영상들.

"달릴 수는 있었다 칩시다. 세상에서 가장 빠른 사람이니까요. 하지만 생각은 언제 하죠? 그 짧은 새에 그렇게 많은 판단을 할 수 있었을까요?"

"화질이 영 별로네요."

패널 중 하나가 말했다.

"뻔히 눈앞에서 돌아다니는 사람이잖습니까. 갈 만한 곳에 초고속 카메라를 설치하면 찍을 수 있지 않습니까? 그럼 뭘 하는지도 알 수 있을 거고요."

"못 찍습니다. 번개는 빛의 속도로 움직이니까요."

무슨무슨 대학 무슨무슨 교수라는 자막이 붙은 대머리 아저씨가 말했다.

"시간이 멈춘 가운데 움직인다는 뜻입니다."

"말하자면……?"

사회자의 질문에 교수가 설명을 덧붙였다.

"지금 시간이 멈췄다고 가정해봅시다. 지금 제가 팔을 한 번은 왼쪽으로 뻗고 한 번은 오른쪽으로 뻗겠습니다."

교수는 국민체조를 하듯이 손을 쭉 뻗어 좌우로 쭉쭉 움직였다.

"그럼, 저는 지금 손을 어느 방향으로 뻗고 있겠습니까?"

주위에 앉은 패널들은 '우리가 아무래도 잘못 불려 나온 모양입니다.' '아뇨, 어리둥절한 표정 지으라고 불려 왔죠.' 하는 표정을 교환

했다.

"좌우로 빠르게 움직이나요?"

사회자가 다시 물었다.

"시간이 흐르지 않는다니까요. 제가 왼쪽으로 손을 뻗은 것과 오른쪽으로 뻗은 사이에 시간의 변화가 없습니다. 그러면 두 사건은 동시에 일어난 겁니다."

"팔이 네 개로 보일까요?"

"알 수 없습니다."

배경음악이 있었다면 누가 심벌즈를 차라랑 쳤을 법한 여운 속에서 교수가 말했다.

"어떤 중첩 상태에 있을 겁니다. 우연히 그중 한 동작을 볼 수 있을지는 모르지만, 그렇다 해도 뭘 볼지는 알 수 없어요. 그것마저도 동작을 두 가지만 했을 때 이야기입니다. 실제로 번개는 그사이에 무수한 동작을 하고 수많은 곳에 가 있겠죠. 그러니 그때에 번개가 어디에 있는지, 무얼 하는지 우리로서는 알 수가 없는 겁니다."

"참치김밥을 먹었습니다!"

종교방송에서 목사가 호통을 치며 연단을 내리쳤다. 청중 사이에서 자그마하게 '할렐루야' 하는 화답이 들렸다. 목사는 기름과 김 부스러기가 묻은 쿠킹포일을 청중을 향해 좍 펴 보이며 호통을 쳤다.

"참치김밥을요!"

어디서 '아멘' 소리도 들렸다.

"이게 사람이 할 짓입니까? 사람이 나자빠져 죽어가는데 앞에서 김밥 먹을 정신이 있어요? 현장에는 애들도 있었어요. 번개가 김밥이나 먹는 사이에 심장마비나 뇌졸중이 왔을 수도 있어요. 그 앞에서 이 악마는 지 배나 채우고 있어요!"

"많이 먹어야 할 겁니다……."

〈생생정보 비타민쇼〉에서 여의사가 볼을 긁적이며 말했다.

"그러니까, 힘은 질량에 가속도를 곱한 값이죠. 속도를 내려면 에너지가 필요해요. 사람으로 치면, 칼로리죠. 밥을 먹어야 한다는 겁니다."

의사는 주섬거리며 '운동별 칼로리 소모량'과 '식품별 칼로리'라고 적힌 도표 두 개를 꺼내 탁자에 세웠다.

"사람이 1킬로미터를 달리면 대강 제 체중만큼의 칼로리를 씁니다. 60킬로그램의 사람이라면 60칼로리쯤 필요하겠죠. 참치김밥 칼로리가……, 580칼로리 정도 되는군요. 그냥 김밥보다 열량이 높네요."

의사는 도표와 카메라를 번갈아 보느라 연신 고개를 기웃거리며 말했다.

"말하자면, 번개가 김밥 한 줄을 먹으면 10킬로미터쯤 달릴 수 있다는 겁니다."

방청객들은 김밥에 그런 놀라운 기능이 있는 줄 몰랐다는 듯 고개를 끄덕였다.

"그러니까, 우리가 번개를 볼 수 없어도 먹은 양을 보면 얼마나 움직였는지 알 수 있다는 거죠."

오오, 그렇군요. 방청객들이 연신 감탄했다.

"번개는 이번 현장에서만 김밥천국 하루 치 재료를 거덜 냈어요. 더해서 주점 하나와 파리바게트 하나, 편의점 네 개를 털었죠. 피해액 보고에 따라 칼로리 계산을 해보면⋯⋯."

의사는 더듬거렸다.

"⋯⋯번개는 10초 사이에 대략 만오천 킬로미터를 달렸습니다. 서울에서 부산까지 열여섯 번은 왕복했어요. 초속 천오백 킬로미터. 음속의 4천4백 배, 제트기의 2천2백 배⋯⋯."

내가 가속하자 썰물처럼 소리가 쏠려나갔다. 멀리 전나무 가지가 바람과의 실랑이를 멈췄다. 부스스 흘러내리던 눈꽃이 느려지더니 멎었고 예지의 가방 지퍼에 묶여 찰랑이던 번개인형은 크게 널을 뛴 채로 허공에 붙었다.

TV 앞에서 저거, 저거, 하던 사람은 '저'라는 입 모양을 남긴 채로 멈췄다. TV는 막 화면이 전환하려는 잔상을 남긴 채 멈췄다. 시계의 초침이 딸깍이다가 정지했다. 사람들은 전위예술의 한 장면처럼 제각기의 자세로 서 있다. 뭔가에 걸려 넘어지려던 사람이 중력의 법칙에서 벗어난 채 공중에 기울어져 있다. 그의 종이컵에 담겨 있던 커피는 공중에 퍼진 채로 멎어 있다.

예지의 숨이 멎었다. 눈을 깜박이지 않고 심장도 뛰지 않는다. 다음번 박동까지 시간이 많이 남은 것뿐이지만 섬뜩한 느낌은 다르지 않다. 나는 순간적으로 인형에 눈을 두었다. 최소한 그건 그대로였고 그래서 위로가 되어서였다. 나는 반쯤 충동적으로 인형을 떼어 뒷주머니에 넣었다.

나는 쭈그리고 앉아 내 가방을 내려놓고 늘 들고 다니는 꼬깃꼬깃한 지도를 꺼냈다. 짐을 새로 싸야 한다. 필요 없는 것이 많으니까. 전력을 쓰는 건 다 소용이 없다. 스마트폰이나 인터넷이야 말할 것도 없다.

잠실이라, 걷기엔 빠듯하지만 차를 탈 수도 없다. 거리의 차들은 다 서 있을 것이다. 기이한 원리에 의해 조금 좁아지고 기울어졌을 뿐이다. 버스 문을 열고 들어가 차표를 낸다 한들 운전사는 내가 탄 줄도 모른다. 차 열쇠를 돌려볼 수는 있지만 그뿐이다. 차 입장에서는 0초 사이에 시동을 건 것이라, 뭔가 '안 일어난 셈' 치는 것 같다.

신갈로 빠져 탄천을 따라 걸어가면 하루쯤 걸릴 거다. 아니, 지금 하루라는 단위는 없다. 해도 지지 않고 지구도 돌지 않으니까. 김밥으로 계산하면 서너 줄, 두세 끼니, 그만하면 번거롭지만 갈 만하지.

단지 비전(vision)이 마음에 걸렸다.

가속하자마자 온갖 TV쇼가 눈앞을 지나갔다. 그보다 먼저 잿더미가 된 여의도 앞에 서 있는 내 모습이 있었다. 사방이 불바다였는데 사람 구할 생각도 하지 않았다. 마치 내가 이 나라를 뒤엎어버리기라도 하는 것처럼.

의사가 말하는 만오천 킬로미터 부분도 영 껄끄러웠다. 계산을 역으로 해보면 나는 이번에 대강 천오백 개의 김밥을 먹는다는 뜻이 된다. 하루에 필요한 김밥을 다섯 개로 치면 삼백일, 열 달.

이해할 수 없는 시간이다. 아무리 현장이 답이 없어도 그렇지. 내가 그렇게 오래 일할 리가 있나. 열흘이면 사람 호의는 다 쓴 거다. 사람이 제 깜냥이란 게 있는데…….

나는 고개를 저었다. 비전은 비전일 뿐이다. 잘 맞곤 하지만 늘 맞진 않는다.

'시간이 멈췄기 때문에 일어나는 인과율의 혼선일 거예요.'

가속할 때 미래의 풍경이 보인다는 말에 상담 선생이 해준 말이다.

'아무래도 시간이 흐르지 않으면 미래도 과거도 동시에 일어나는 거나 마찬가지니까요. 그래서 보게 되는 환상이 아닐까요. 왜, 빛은 자기가 갈 곳을 미리 안다잖아요.'

그러더니 기운차게 내 어깨를 두드렸다.

'뭐 좋죠. 미래가 보이면 대비할 수 있잖아요.'

그래, 대비하면 되지. 뭐 좋잖아.

역을 나서니 멈춰 선 군중 너머로 광고탑이 눈에 들어왔다. 빨간 망토를 두른 근육질 녀석이 새하얀 이를 드러내며 상큼하게 웃는다. 얼굴 팔린 친구들 중에서도 유명한 놈이다. '악당이 되지 맙시다'라는 말풍선을 달고 '가까운 초인 전문 클리닉에 연락하세요'라는 팻말을 들고 있다. '예방이 최선입니다'라는 글귀도 보였다.

벌써 예지가 보고 싶었다.

10초 전, 혹은 넉 달 전

"안 되잖냐."

'운석'이 운을 떼었다.

"뭐가 안 된다고?"

"우리 같은 능력은 우리뿐이잖아. 니 딸이 무슨 수로 여기 오냐."

나는 김밥을 입안 가득히 넣은 채 잠깐 이 놈팽이는 누구고 지금 뭔 소리를 하는 거며 내가 어디에 와 있는 건가 생각을 더 듬었다.

우리는 마트 앞마당에 천막과 담요와 매트리스를 내와 꾸린 진지에 앉아 있었다. 운석의 매트에는 녀석이 도서관에서 들고 온 무협지와 판타지 소설이 쌓여 있다. 사이에 《초인 능력 활용법》, 《초인 세계에서 살아남기》 같은 애들 학습만화도 얼핏얼핏 보인다. 내 옆에는 싸리비에 걸어 둔 번개인형이 배시시 웃고 있다. 싸리비는 고정하지 않았는데도 꼿꼿이 서 있다.

진지는 벌써 꾸릿꾸릿하다. 바람이 없어 먼지가 날아와 쌓일 일은 없지만 사내 둘이 비척거리니 슬슬 때가 탄다.

우리 뒤로는 반쯤 기울어지고 새카매진 7층짜리 마트가 그림처럼 서 있다. 터진 살처럼 쩍쩍 금이 가 있다. 연기구름은 피어오르지도 부풀지도 커지지도 않은 채 허공에 붙어 있었다. 흙먼지는 가라앉지 않고 소방차에서 솟구친 물줄기도 얼음처럼 붙어 있다.

나는 좀 전에 마트에서 사람을 오십 명째 업고 내려와 마당에 깔아놓은 참이었다. 오십 명째였고 파김치였다. 맨땅인 것이 마음에 걸리지만 달리 둘 데도 마땅찮다. 제각기의 모양으로 우그러져 있는 것이 보기 언짢아서 눈을 감기고 일렬로 바르게 눕혀 놨는데, 그래놓으니 다른 의미로 고약한 장난으로 보인다.

길가에는 구경하는 사람들이 바글바글하다. 내가 보이지야 않겠지만 앞에서 먹고 싸고 하자니 기분상으론 동물원 원숭이 신세다.

"안 되는 거 생각하지 마라. 그러다 정신 나간다."

좀 전에 단무지를 씹다가 예지가 보고 싶다고 중얼거린 기억이 났다. 하는 말이지, 그걸 또 진지하게 대꾸하고 앉았냐.

운석은 마트 앞에 미리 와 있었다.

마지막으로 본 것이 열다섯이었나, 이제는 스물은 넘겼을 터인데, 젖살은 여태 오동통하고 키만 훤칠하니 컸다. 볼엔 아직 여드름 자국이 다닥다닥했다.

놈을 보자마자 머릿속에서 칠백오십 개의 김밥을 지웠다. 입이 둘이면 사백오십 끼니, 다섯 달. 그럼 좀 덜 이상하지. 이 자식이 내 두 배 먹을 수도 있어. 한창 먹을 때잖아. 그러면 석 달. 아직도 길잖아. 얼마나 처먹은 거야. 나는 제 망상에 혼자 열을 냈다.

'어쩐 일이냐.'

'와야지.'

내가 묻자 놈이 답했다.

'내 사랑하는 전 주인님이 악당이 된다는데.'

"같은 능력 아냐, 한데 얽지 마라. 넌 중력이고."
"알아, 새꺄."
운석이 거들먹거렸다.
"중력과 가속도가 겉보기에 같은 힘이잖냐."
내가 가르쳐준 것이다. 내 밑에 있을 때.
그걸 알기 전까지 녀석이 할 수 있던 일은 도망치는 도둑 발
느려지게 만들어 잡는 정도였다. 그나마도 어릴 때 우연히 한번
해봤다 들었다. 그렇겠지, 사람 살면서 도둑하고 마주칠 일이 얼
마나 있겠나. 그냥 찌질이 능력자였다.
열다섯에 녀석은 사람 넷을 죽였다. 경상자를 포함한 부상자
는 수십이 넘었다.
회사를 조퇴하고 가보니 술집은 아수라장이었다. 물건은 다
산산이 깨어졌고 천장과 바닥은 운석이 내리꽂힌 것처럼 움푹
들어가 있었다. 중력의 중심에 있던 사람들은 뼈가 조각조각 내
려앉았다. 평생 다리나 팔을 못 쓰게 된 사람도 부지기수였다.
중력파는 수 킬로미터 밖까지 퍼졌다. 이론적으로는 음파와 마
찬가지로 우주 전체로 퍼져나갔을 것이다. 근처 오피스텔에서
자던 사람까지도 의식을 잃고 실려 나갔다.
'중력은 무게를 무겁게 하는 게 아냐.'
내가 놈을 내 손으로 잡아다 경찰에 넘긴 뒤에, 녀석이 오피
스텔까지는 자기 짓 아니라고 저항했을 때 대충 설명해주었다.

'시공을 왜곡하는 거지. 조절하지 않으면 한 곳만 무거워져도 세상 전체에 영향이 간다.'

'영웅은 못 될 팔자였네.'

녀석은 고개를 끄덕이고 일어났다. 그게 마지막이었다.

나는 놈이 불편했다.

놈이 살인자라는 것 이상의 문제였다. 우리 같은 놈들에게는 쇠사슬처럼 치렁치렁한 상성(相性)이 있다. 금속 쓰는 놈은 불 쓰는 놈이 잡고, 불 쓰는 놈은 물 쓰는 놈이 잡는다.

애새끼는 내 포식자였다. 그건 일대일로 맞붙었을 때 놈이 나를 잡는다는 뜻이다. 다시 말해 녀석이 지금 나를 죽이지 않는 까닭은 최소한의 인간의 도리, 양심, 뭐 그딴 것밖에 없다는 뜻이다.

"일 도와줄 거 아니면 집에 가. 정신 사납다."

"싫어. 악당 하나 잡으면 포상금이 얼만데. 나도 팔자 한번 펴보자."

능력이 같으면 이래서 성가시다. 내가 본 비전은 이 녀석도 같이 보았을 것이다. 잿더미가 된 도시와 그 앞에 서 있는 내 모습을. 내가 세상을 다 무너뜨린 미래의 풍경을.

"그냥 환각이야. 내가 미쳤다고 그러고 설치겠냐."

"누군 날 때부터 미친놈이냐. 정신 나가는 거야 한순간이지."

나는 소방차로 다가가 소방호스에서 뿜어져 나온 물보라에 입을 축이고 수건을 적셔 고양이 세수를 했다. 아껴 쓰는데도 벌써 많이 썼다. 이게 떨어지면 석촌호수까지 양동이를 지고 날아야 할 판이다. 생각만 해도 힘이 빠졌다.

"힘 빼지 마. 해 기운다.'

놈이 말했다.

"기울었어?"

나는 하늘을 올려다보았다.

"'삐끗' 기울었어. 반 초쯤 지났을 거야."

"그게 보이니."

"해를 왜 보냐. 그림자를 봐야지."

그런가. 아니, 그런다고 보이나. 생각하다 농이라는 걸 알았다. 내가 속도를 줄이면 이 녀석 입장에선 내 쪽이 멈춘 것처럼 보였을 거다.

✳

"우울증은 위험합니다."

〈생생정보 비타민쇼〉의 여의사가 진지하게 말했다.

"보통 사람들이 마음에 병이 나면 가족만 힘들고 끝나죠. 초인들은 병이 도지면 국가적 재난이 될 수도 있어요. 전에 외국에서 도시 하나 박살난 것도 박쥐소년의 우울증 때문이었죠? 예방이 최선입니다. 악당이 되면 늦어요. 평상시에 밥 잘 먹고 항상 낙관적인 마음을……."

마트가 기울어진 쪽 지반은 푹 꺼져 있다. 땅이 퍼석퍼석하다. 벽은 금방이라도 녹아내릴 듯 벌겋고 쩍쩍 갈라져 있다. 옥상 물탱크는 한쪽에 몰려 있다. 처음부터 하중이 쏠려 있었을 거다.

기둥마다 천장을 반쯤 뚫고 들어가 있다. 바닥이 물렁거리는 게 꼭 젖은 골판지 같다.

대뜸 건축 비리를 연상했지만 요새 이쪽 동네 땅 쑤셔댄 걸 생각하면 문제는 하나가 아닐 수도 있다. 아래쪽은 연기와 흙먼지로 시커멓다. 화재 원인은 더 조사해봐야 알겠지만 배관파이프가 눌리며 커진 압력에 열이 올랐을 거란 생각을 했다. 전기선이 눌렸거나. 이런 상황에서 불은 어디서든 붙는다.

화재가 대피를 방해했지만 건물이 넘어가는 것도 어쩌다 막은 모양이다. 하중이 쏠리는 방향에서 일어난 폭발이 건물을 조금 들어 올렸다. 2층이 먼저 주저앉기 시작했는데 뭔가 단단한 게 걸려서 잠시 멈춘 듯하다. 철책상이라든가, 냉장고라든가. 하지만 그게 뭐든 얼마나 가겠나.

이런 일이 있을 때마다 사람들은 누가 잘못했는지 알고 싶어한다. 책임자를 추궁하고 흑막을 찾는다. 하지만 내 경험에 의하면 이런 일은 누가 잘못했을 때가 아니라 잘한 사람이 하나도 없을 때 일어난다. 경로에 줄 서 있는 수백 수천의 사람 중 그 누구도, 아무도.

뒷돈을 준 놈도 해먹은 놈도 있겠지만 밝히려면 하세월일 거다. 다 형동생 하는 사이며 남의 목숨줄이 제 목숨줄이라 조개같이 쉬쉬한다.

뿔 달고 연두색 옷 입은 놈이 반짝반짝하며 날아와 내가 그랬지롱 내가 했으니 나만 잡아가두면 되지롱 하고 다녀주기라도 하면 나도 얼마나 일하기 편할까.

눈발이 불길하더니만 아니나 다를까. 날이 이른데도 침침해서 전력이 끊긴 건물 대부분은 어둠에 묻혀 있다. 집이 기울었으니 다들 바닥에 있을 것이다. 어둡고 음습한 곳에. 통로에도 몰려 있을 것이다. 마찬가지로 음습한 곳에.

지금은 사람과 사물이 구별되지 않는다. 똑같이 조용하고 똑같이 생기가 없다. 빙하 속에 얼어붙은 화석처럼.

그리고 나는 빛을 만들 재간이 없다. 이곳에서는 손전등은 물론이고 부싯돌조차도 제 기능을 하지 않는다. 코앞에 사람을 두고도 지나치기 일쑤일 거다.

작년에도 비슷한 일을 했다. 그때엔 지하 마트 창고에 매몰된 직원들을 건져 올렸다. 같은 기업이다. 같은 놈이다. 건설일 하는 친구 녀석이 한번은 거나하게 취해서 내게 꼬장을 부렸다. '시바 너 때문이다, 영웅새꺄. 그때 사람이라도 죽어 나갔으면 돈에 눈 벌게진 영감탱이들이 망해 뒤지기라도 했을 텐데.'

병원에서 약을 타기 시작한 게 그때쯤이었던가.

"안 되겠다."

누워 있는데 운석 녀석이 등 뒤에서 말했다.

"뭐가 또."

나는 매트리스 구석에서 수면 안대를 쓰고 잠을 청하던 참이었다. 안대는 놈이 어디서 구해다준 것이다. 백야에서 지내는 생활이라, 신체주기를 안정시키기 위해 쓰라고 가르쳐준 것이다. 지 것은 평범한 걸 들고 와서는 나는 곰돌이 안대를 준다. 예전에는 내가 반대로 줬는데. 싫었나 보다. 말을 하지.

"너 맘만 먹으면 어디서든 도망칠 수 있잖아."

"그게 왜."

"호송차에서도 문 열고 내리면 그만이고, 어디 넣어놔도 문 따고 나오면 되고, 아무리 먼 데 갖다 놔도 다 걸어서 돌아올 거고. 조심조심하면 물 위도 걸을 수 있잖아."

뭐 그렇기는 하지. 세상에 똑똑한 놈은 많으니 결국은 못 잡겠냐 싶지만, 지성을 가진 빛을 붙잡는 건 간단한 일이 아니다. 흔한 말로 내 위치와 속도 둘 중 하나는 파악할 수 없다지 않던가.

"나도 그때 다 빠져나올 수 있었다. 니가 불쌍해서 그냥 잡혀줬지."

"그래서."

내가 녀석의 말 너머에 있는 것을 듣고 대꾸했다. 잿더미가 된 세상의 환영이 눈앞에 어른거렸다.

"전에 초인 법회에 다녀왔는데, 왜 월정사에서 하는."

"너 불교도 아니잖아, 왜."

"거기서 설법을 들었는데, 잡아 못 가둘 악당은 우리끼리 처리해야 한다더라. 안 그러면 우리 애들이 세상에 발붙이고 살 수 없다고. 들어보니 맞구나 싶더라."

안대 너머가 붉게 변했다.

놈은 기분이 안 좋으면 빨갛게 된다. 파랗게 될 때도 있다.

'중력은 빛을 당기니까. 빛 색깔은 파장 때문이고, 파장은 당

기면 늘어나고. 그러니까 녀석이 힘을 쓰면 빛을 쭉 당겨서 빨개지는 거야. 저녁노을처럼.'

친구들은 내 설명을 듣고는 착각이라며 이마를 두드리며 웃었다. '빛이 빨려 들어가면 다른 건 안 빨려 들어가냐.'

"상성이 맞는 초인들끼리 하라는 거다. 상성표도 나눠주더라. 보니까 너는 그 누구더라, 얼음 쓰는 아가씨 말고는 나밖에 없더라. 하긴 니 속도를 누가 따라잡냐."

나는 안대를 머리에 쓰고 일어나 녀석의 눈앞으로 걸어갔다. 몸이 무거웠다. 기분 탓만은 아닐 거다. 녀석이 눈을 말똥말똥 뜨고 나를 보았다.

"할 수 있겠냐."

"왜, 넷 죽인 놈이 하나 더 못 죽일까 봐."

"그것과는 다를 텐데."

"너도 선 한번 넘어봐라. 세상 박살 내는 것도 맘속에선 쉽더라."

녀석이 히죽 웃었다.

"내가 맴이 착해서 안 하는 거지. 그리고 빌런 죽이는 건 살인 아냐. 영웅질이지. 너도 그럴 맘으로 그때 나한테 덤볐잖나. 죽는 줄 알았다, 씨바야."

"그래."

내가 답했다.

"지랄 맞은 일이었어. 다시 해도 지랄 맞을 거다."

순간 눈앞이 핑 돌았다. 누가 내 창자며 폐며 심장을 움켜쥐고 사타구니 아래로 끄집어내리는 것 같았다. 나는 속이 뒷구멍으로 다 튀어나올 것 같은 기분을 느끼며 털썩 주저앉았다. 앉아 있자니 척추가 뚝뚝 우그러지는 것 같아 그대로 엎어졌다. 눈앞이 흐려졌다. 흐려진 시야에 녀석의 무표정한 표정이 들어왔다. 녀석 뒤로 거리에 선 사람들이 눈에 불안을 잔뜩 담은 채 우리를 지켜본다.

내가 열 살 땐가 가르쳐준 것이다. '꼬맹아, 악당 잡으려면 힘 많이 쓸 것도 없다. 중력이 커지면 피부터 아래로 쏠린다. 머리에서 피가 빠지기만 해도 사람은 정신을 놓는다.' 그러면 녀석은 '와씨, 그러다 죽으면 어떡해요.' 하고 몸서리를 쳤다.

"그랬냐."

녀석이 무감정하게 물었다. 납작 엎드려야 했는데 손을 잘못 짚는 바람에 새끼손가락이 짓눌렸다. 고통 가운데 뚝 하고 어긋나는 소리가 났다.

"손……."

"뭐."

"일해야 해. 부러지면……."

"뭘, 부러져도 놔두면 다 나아."

나는 눈을 감았다. 하지만 녀석은 힘을 더 들이지는 않았고, 한참 놔두다 풀었다. 나는 납작해졌던 폐에 황급히 바람을 쑤셔넣고는 머리를 털고 일어났다. 그대로 내 자리로 돌아가 누웠다. 쌕쌕거리는 숨소리를 안 들키려고 이불을 뒤집어썼다.

"야."

등 뒤에서 초능력 살인마 새끼가 불렀다.

'왜, 또.'

말은 했는데 숨이 차서 입 밖으로는 안 나왔다.

"뭐 필요한 거 있으면 말하고 그래라. 그래도 악당 안 되는 게 낫지. 혹시 아냐, 밥이라도 잘 챙겨 먹으면……."

"예지……."

나는 반쯤 '헤히'로 들리게 말했다. 등 뒤에서 확 숨 몰아쉬는 소리가 들렸다. 왈칵 겁이 나서 쭈그러들었다.

"딸밖에 생각나는 게 없냐, 병신아."

"너도 애 낳아봐라."

"지랄."

✳

"문은 어떻게 부쉈을까요?"

사회자가 뻥 뚫린 2층 비상구 문 사진을 보면서 질문했다.

"번개가 보통 사람보다 힘이 센 건 아니라고 들었는데요."

"보고서에 의하면 이 문은 0.1초 사이에 최소한 1백 번 타격을 받았습니다. 물방울이 바위에 구멍을 내는 원리와 비슷합니다. 작은 타격이라도 반복되면 충격이 쌓이죠."

무슨무슨 교수가 답했다.

"빠바바박 하고 말이죠."

사회자가 필름을 빨리 돌리는 시늉을 하며 허공에 헛손질을 했다. 거참, 하고 패널들이 어처구니없다는 듯 웃었다. '물방울이 바위에 구멍을 내는 것처럼'이라는 자막이 고딕체로 떴다.

깡.

나는 망치로 문을 쳤다. 한 번.

깡.

두 번.

스무 번 치고 한 바퀴 돌고 올 생각이었다. 그러고 다시 스무 번을 칠 생각이었다. 힘을 많이 쓸 필요는 없다. 결국은 부서지니까. 필요한 곳만 구멍을 낼 거다. 맘 같아선 다 들쑤시고 싶지만 나중을 생각하면 그럴 수도 없는 노릇이다.

지하 마트에 매몰된 사람들 구할 때 해본 적이 있다. 힘 좋은 동료를 불러야 하는 일이었는데 붕괴 직전이라 시간이 없었다. ……다른 의미로 말이다. 열 끼를 먹고 나니 콘크리트에 구멍이 났다.

이 문은 누가 잠갔을까. 저 혼자 잠기진 않았을 테니 누군가 잠갔겠지. 그래도 덕분에 유독가스가 계단을 따라 오르는 것은 좀 막은 것 같다. 행운이랄 것도 없는 우연.

나중에 그런 짓 한 놈 찾아서 왜 그랬느냐고 물어본들 본인도 모를 것이다. 사람은 목숨이 경각에 이르면 머리가 날아간다. 머리가 나간 사람이 제대로 움직이려면 몸에 익히는 수밖에 없다. 훈련하고, 연습하고, 일어나지 않을 일에 돈을 쓰고.

요새 어디에서도 그런 일은 하지 않는다. 소화기라도 하나 좋은 거 비치할라치면 웃대가리들이 노발대발한다. 그게 영웅들 할 일이지 어디 내 피 같은 돈 쓰려 드느냐고. 슬금슬금 그리 되더니 관행이 되었다. 듣기론 어디 초인들 없는 나라에선 학교에서 소방훈련 같은 것도 한다는데.

아는 친구 중에 힘 좋은 녀석이 하나 있었다. 그 녀석은 원주에 살았는데 동네에 별로 사건이 없었는지, 건설현장 같은 데에 불려다녔다. 처음에는 동네 우물 팔 때며 밭 고를 때 도우러 다니는 정도였다. 아주머니들이 포크레인 한번 부르려면 돈이 얼만데, 우리 동네엔 참한 애 하나 있어서 살기 편하지, 하고 감자며 쌀이며 갖다 줬고 속이 없는 놈이라 좋다고 다녔단다. 그러다 나중에는 지자체에서 하는 공사에서 부르기 시작했다던가. 요새 예산이 없다는 말에 그러려니 했다고 했다.

그러다 어디서 예산 편성 한푼 없이 녀석 이름 하나 넣은 대규모 레저단지 광고를 때리기 시작했다. 그 친구에겐 일언반구 없었고 기사 보고 알았다고 한다. 그놈은 국회의원들 주루룩 모여 사진 찍는 자리에서 해실해실 웃으며 구경하다가 현장에 큰 구덩이만 하나 파놓고 모습을 감췄다.

악당이 된다.

상상해보지 않은 것은 아니다. 간단한 일이다. 달리는 차에 들어가 운전석에서 운전사를 슬쩍 차 밖으로 밀어내면, 운전사는 영문도 모르고 뒤에서 달려오는 차에 깔릴 거고 연쇄 추돌사고를 일으키겠지. 사무실에서 사람을 들어다 창틀에 얹어 놓기만 해도. 지하철 어디다 폭탄을 놓고 나온들 누가 제지할까. 단순히 칼로 쑤시고 다니기만 해도.

하지만 악당이 되는 데에는 영웅이 되는 만큼의 용기가 필요
하다. 세상을 부술 배짱 이전에 제 삶을 부술 배짱이 필요하다.
제 아이의 삶을 부술 배짱까지도.

할 만한 일이 아니다.

✳

"예전 현장에서 신원확인이 안 된 혈흔이 발견된 적이 있지요. 보다
시피 상당한 피를 흘렸습니다."

무슨무슨 교수가 얼룩덜룩한 아스팔트 사진을 보며 설명했다.

"번개는 회복력이 빠르다고 하지 않습니까?"

"예, 아무래도 신진대사가 빠르니까요."

"별거 아냐."

운석이 얼기설기 내 다리를 꿰매면서 말했다.

"지금은 세균도 바이러스도 다 죽어 있으니까. 감염은 안 돼.
감염 안 되면 지혈만 되면 되지. 나도 더럽게 많이 다쳐봤는데
다 낫더라."

그것도 내가 해준 말이다. 따지지는 않았다.

깨진 유리 조각이 작은 칼처럼 허공에 박혀 있는 것을 모르
고 지나가다 제대로 그었다. 한참 일하다 보니 살이 덜렁거렸다.
진지로 돌아와서는 반짇고리를 꺼내서 수그리고 앉아 꿰매는데
피가 빠져서인지 눈앞이 어리어리했다. 그 꼴을 보던 운석이 내
손을 툭 치우더니 바늘을 쥐었다. 내버려두었다.

부상은 낫는다. 시간이 필요할 뿐이다.

이 녀석이 나를 죽이려 들어도 한 번에 목을 끊어야 할 거다. 나는 도망치면 어떻게든 회복할 테니까.

도망치는 게 관건이다. 내가 조절하는 건 속도뿐이고 이놈은 별의별 걸 다 하지 않는가. 속도를 늦추는 건 맨몸뚱이를 내어주는 짓이다. 내 쪽이 멈춘 것으로 보일 테니까. 피하려면 지금보다 빨리 달려야 하지만 우리는 둘 다 지금 최대속력…….

"더 빨리 달리면 되잖냐."

"뭘 어쩌라고?"

내가 펄쩍 뛰는 바람에 바늘이 상처를 푹 찔렀다. 운석이 '뭐 하는 거야, 병신아.' 하는 눈으로 치켜보았다.

"빛보다 빨리 달려서 과거로 갈 수 없냐. 전에 설문조사 보니까 니가 그게 될 법한 초인후보 1위더라."

머릿속에서 TV 속보가 흘러나왔다. '서울 한복판에서 초인 간 대결이 펼쳐졌습니다! 번개와 운석이 맞붙은 모양인데요, 잠실 일대는 화염으로 가득합니다! 1급 재난입니다! 시민 여러분, 대피하십시오! 특파원 인터뷰에 의하면, 이 재난은 번개가 운석의 헛소리에 열 받아서 덤벼든 것이 시초로…….'

"과거로 갈 수 있으면 딸애도 보고 올 수 있잖아."

이게 무슨 소리인가 한참 생각해야 했다. 무슨 말인지 깨닫고 나서는 헛웃음이 났다.

"내가 과거로 갈 수 있으면 그냥 이 일을 막는 게 낫겠다."

운석은 눈을 끔벅이다가 무슨 생각을 했는지 피식 웃었다.

"못 막을걸."

말은 없었지만 눈이 말을 한다. 내가 알아보았고 녀석도 내가 알아본 줄을 안다.

어떻게 막을까. 얽혀 있는 게 한둘이 아닌걸. 뇌물 먹은 공무원, 빚에 쪼들리는 건설업자, 해 처먹은 중간직원. 한 명 한 명 파고 들어가면 제각기 되도 않는 빚더미에 치여 있어 뭐랄 건덕지도 없는 사람들.

"빛보다 빨리 달릴 수 없어서 과거로 못 가는 게 아냐. 과거로 갈 수가 없어서 빛보다 빨리 못 달리는 거지."

"그게 그런가."

운석이 이빨로 실을 끊고 목에 건 스카프를 풀더니 내 다리에 둘둘 말았다. 괜한 심술로 꽉 묶어 통증을 주고는 일어났다.

"니 꼴이 안 보이지?"

안 보인다. 하지만 녀석 꼬락서니는 보였다. 후줄근하고 너덜너덜하다. 아무리 미생물계가 다 죽어 있다 해도, 우리 몸에 들어 있는 것들은 여전히 왕성한지라 나름 닳을 대로 닳았다. 퍼질러 노는 녀석이 저 모양이니 내 꼴은 어떨까.

"병신아, 난 니가 미치는 게 하나도 안 이상하다. 벌써 반은 정신이 나갔어. 나갔는데 그냥 관성으로 일하고 있다. 지금 그냥 때려쳐라. 때려치면 딸도 만나고, 악당도 안 되고. 그게 세상도 구하는 거다."

녀석 등 뒤로 내가 들어다 마당에 옮겨놓은 사람들이 눈에 들어왔다. 모두 시신처럼 빳빳하게 굳어 누워 있다. 백네 명까지는 세었다. 얼마나 남았는지 알 도리도 없다. 내게 실종자가 몇 명이라고 알려주는 사람도 없고.

"건물이 다 비틀렸어. 내가 풀면 바로 무너질 수도 있어. 어두운 데는 아직 손도 못 댔어."

내가 말했다.

"소방수 다 와 있잖아. 걔네들 뒤처리시켜."

"전에도 내가 떠나고 나서 바로 철수했어. 나로 끝내면 내 책임이지만 지들이 뭐라도 더 하면 자기들 책임이거든. 요새 하는 꼬라지 보면 사상자 수 속이려고 바로 밀어버릴지도 몰라."

"그게 니 잘못이냐."

"내 잘못인 거랑 무슨 상관이야. 결과가 같은데."

녀석이 마트로 눈을 돌렸다. 나도 같이 보았다. 건물은 아귀처럼 배고파 보였다. 속에 있는 것을 다 집어삼키고 싶어 안달이 난 것 같다. '복수다.' 마트가 속삭이는 듯했다. '나를 이렇게 만들어놓다니. 다 무너뜨릴 것이다. 내가 무너지는 것으로 다 무너뜨릴 것이다.'

"미리들 알았을 거야."

녀석이 말했다. 녀석의 눈이 말을 했고 내가 알아보았다. 놈이 내가 알아본 줄을 알아본다.

건물도 산 것이다. 경고를 한다. 병든 사람처럼 열이 오르고 기침을 한다. 안에 사는 사람들이 그걸 몰랐을 수가 없다. 직원 오백이 다 입을 다물었을 뿐이다. 이런 데서 일하는 우리 참 대단해, 하고 웃음 지으며 제 용기와 기백을 자랑삼았을 것이다.

그렇게 된다. 낙관 외에 달리 붙들 만한 것도 없다.

"계속 요 모양 요 꼴이겠지. 사람 안 죽으면 어차피 아무도 신경 안 써. 늙은이들이 손해 봤다고 노발대발이나 하고 다음에 그 손해 메꾸려고 더 해 처먹겠지."

순간 무시무시한 예감이 시뻘건 맨몸뚱이로 눈앞에 내리꽂혔다.

"다 죽게 냅둬야 정신머리를……."

녀석은 말을 잇지 못했다. 내가 뺨따귀를 날렸기 때문이다.

"다시 한 번 그딴 말 입에 담으면……."

나도 말을 잇지 못했다. 녀석의 주먹이 내 명치에 꽂혔기 때문이다. 매웠다, 시발. 비틀거리며 물러나다가 쿵 하고 엉덩방아를 찧었다.

"시바, 니 주먹만 주먹이냐?"

일어나려는데 몸이 쿵 하고 짓눌렸다. 자존심을 꾸역꾸역 챙기며 기를 쓰고 앉아 있다가 척추에 무시무시한 통증이 오는 바람에 옆으로 넘어졌다. 시발시발거리며 도로 일어나 앉았다. 방금 꿰맨 자리가 터지며 스카프가 축축해졌다. 썩을, 열 살 땐 귀엽더니만.

"죽을라고. 씨."

놈의 말이 내 뒤통수에 길게 꽂혔다. 놈이 힘을 풀자 나는 넘어졌고 한참 널브러져 있다가 일어났다. 놈의 앞에 비틀거리고 서서는 반대쪽 뺨을 다시 날렸다.

운석은 벌겋게 되어 나를 노려보았고 나는 그냥 기다렸다.

왠지 이번에는 아무 짓도 하지 않아서 절룩거리며 다시 일하러 갔다.

＊

2층은 도무지 진전이 없었다. 반쯤 내려앉은 데다 연기와 먼지로 시커메서 보이는 게 없다. 먼지를 걷어내도 여전히 어둡다. 이래서는 물건 하나 함부로 치울 수가 없다. 책상 너머에 버티고 있는 것이 솜이불이나 옷가지가 아니라 사람일 수도 있다. 치운답시고 치우다가 너머에 있던 사람 뼈가 부러질 수도 있다. 물컹 하고 밟은 것이 쏟아진 국그릇 같은 것이 아니라 사람 머리일 수도 있다.

어둠, 어둠이 문제였다. 빛을 만들 수만 있다면. 어디서 잠깐 끌어다 쓸 수만 있다면.

전에 지하 마트도 이 꼴이었다. 손으로 더듬어 뒤지자니 답이 없었다. 손전등과 굴착 장비가 있는 팀에게 넘기는 게 맞을 것 같았다. 집에 돌아와 기절하듯 만 하루를 잤다가 깨어나 목욕을 하고 저녁을 지을 무렵에야 소식을 들었다. 내가 떠나고 아무도 안 들어간 모양이었다. 나중에 현장에 지휘본부만 열다섯이었다고 들었다. 아무도 아무 지시도 내리지 않았다. 그렇게 이틀을 방치되어 있다가 내려앉았다. 나중에 안에서 시신 다섯 구가 나왔는데 둘은 부검해보니 이틀간 그 안에서 살아 있었다고 한다. 나머지는 시신이 어디로 빼돌려지는 바람에 죽은 날짜를 영영 알 수가 없게 되었다.

이틀간 살아 있었던 사람 부모 중 하나가 내 계정을 통해 메일을 보내왔다. 첫해는 매일 보냈고 지금도 매달 보낸다. 자식의 유품과 현장에서 발견된 피투성이 옷 조각도 배달되어 왔다. 그때도 약을 먹었다.

한동안 나라에선 날 영웅 만들려고 야단법석이었다. 매일 특집을 방영하고 분석프로그램을 내놓았다. 훈장 받으러 오라는 메일도 계속 왔다. 그때도 약을 먹었다.

'네가 일을 잘하면 사람들은 네가 일을 한 줄도 모른다.'

아버지께서 돌아가시기 전에 하신 말씀이다. 초인질에 관해 그분이 가르쳐준 유일한 것이었다.

네가 일이 커지기 전에 막을 테니까. 뭐가 일어난 줄 알기도 전에 해결할 테니까. 사람들은 세상이 본디 그리 돌아가는 것이라 할 것이다. 대충 신이 저를 사랑하는 줄로 알 것이다.

그보다 못하면 비난을 받을 거다. 왜 제 소중한 소지품이며 귀한 것들을 챙겨주지 않았느냐든가, 공연시간에 늦었는데 어떻게 배상해줄 거냐든가, 애가 놀라서 우는데 어쩔 거냐든가. 네가 말도 못 하게 일을 못 하면 이름을 날릴 거다. 목숨이라도 살려주셔서 감사하다고 무릎을 꿇고 절하는 사람들을 볼 것이다. 환호하며 이름을 연호하는 사람을 볼 것이다.

그보다 못하면요. 그러자 아버지는 뚱한 얼굴로 말씀하셨다.

그보다 못하면 악당이지.

한 끗 차인데요. 한 끗 차이지. 삐끗이네요.

그래 영웅은 다 악당이 되고야 만다. 되지 않은 놈은 일찍 간

놈뿐이여.

'시발롬아.'

운석이 친구들에게 들은 말이 그거였다고 들었다.

'어차피 다 너 유명해지자고 하는 짓 아냐.'

운석은 내내 말을 바꾸었다. 뭔가 자신 혹은 초인 전체를 향한 있을 수 없는 모독과 괄시를 당한 양 굴었다. 그런 작은 도발에 벌인 일이라는 걸 스스로도 믿을 수 없는 듯했다. 직면하는 데 오래 걸렸다. 진상을 토하고 나서는 내내 초라했다.

자기가 흔한 인간이라는 것을 인정했다. 영웅다운 짓이었다. 악당이면 못 했을 거다. 진짜 악당이었다면 지금도 어디서 세상이 왜 나를 알아주지 않느냐며 불을 싸지르고 소란을 피우고 다녔을 거다.

영웅다운 녀석이었는데 악당이 되고 말았다.

한 끗 차이다. 삐끗이다.

8초 전, 혹은 일주일 전

그날 나는 5층 장난감 코너에서 마음이 무너진 채 앉아 있었다.

내려앉은 물건들을 치우고 통로를 기어들어 가보니 레고와 미미인형이 쏟아져 내린 구석에 선생 하나와 유치원생들이 어깨를 맞대고 모여 앉아 있었다. 애들 선생이 주도한 모양이었다. 벽과 바닥에 크레파스로 '번개님 고마워요' '어서 구하러 오세요'

라고 써놓고 기다리고 있었다. 무슨 크리스마스 산타 할아버지 기다리는 애들처럼. 번개는 빨리 읽으니 도움 요청이나 감사 인사를 써놓고 기다리라는 캠페인이 돌았던 적이 있다.

그걸 보자 마음이 무너졌다.

이유를 묻자면 다 설명할 도리도 없다. 하지만 사람도 건물이나 마찬가지 아니던가. 사람이 무너지면 주위에서는 어쩌다 그리되었는지 묻지만, 결국 이유는 언제나 하나뿐이다. 그 마음에 있는 수많은 것들 중 아무것도 도움이 되지 않고, 뭐 하나 아무 일도 하지 않으면 그리되지 않던가.

나는 오지 않을 수도 있었다. 예지 등을 떠밀며 아무것도 못 본 양 전철을 타고 집에 갈 수도 있었다. 애가 왜 안 가느냐고 울면 어디서 말대답이냐고 호통을 치고 방에 밀어 넣었을 수도 있었다. 충분히 그럴 수 있었다.

사람의 알량한 인성 따위에 목숨을 내맡기고 널브러져 있다니.

그러고 있는데 사박거리는 소리가 계단을 올라왔다. 몇 번을 멈추고 잠잠해졌다가는 도로 올라왔다. 내가 만든 통로로 기어 들어와서 주위를 둘러보고는 내 앞에 섰다.

"왜."

내가 물었다.

"안 내려와서."

"쉬는 중이야."

"끼니 두 번 걸렀어."

운석이 끼니로 시간을 재는 것도 내게 배운 것이다. 늘 정확한 시간에 먹고 자게 했다. 제 몸뚱이로 시간을 알 수 있도록. 나는 내가 끼니를 두 번 걸렀다는 말을 이해할 수 없었다. 내 몸 외에는 시간의 흐름을 알 수 없는 공간이라는 것도 뒤늦게 떠올랐다.

"너 좀 느려진 건 알아? 시간 쬐금 간다."

"냅둬."

"밥 먹자. 참치김밥 좀 말아갖고 왔어."

"나가 있어."

녀석은 내 말 대신 그 안에 있는 말을 들었다. 그걸 알아본 뒤에야 나도 내 생각이 보였다. 남의 머릿속인 양 감이 멀었다.

"여기서 깔려 죽으면 기다린 나는 뭐냐. 그렇게 죽을 바엔 내 손에 죽으면 나한테나마 도움이 되지. 이럴 거면 그냥 집에 가, 새꺄. 누가 너더러 여기 있으랬냐. 니가 뭐라고 이러고 있어."

확 열이 받아 덤벼들었지만 속이 비어서인지 힘이 없어 손도 닿지 못하고 풀썩 넘어졌다. 갑자기 무슨 생각이 들었다.

"너, 이 건물 들어 올릴 수 있지."

"쳐 돌았냐. 나 악당이야."

나는 다리에 힘 풀린 김에 허둥지둥 무릎을 꿇었다. 무릎을 꿇은 김에 머리를 조아렸다.

"부탁해……. 내가 부탁한다. 내가 부탁하면 더 싫어? 잘못했어, 내가 다 잘못했다. 내가 죽일 놈이다. 뭐 하면 기분이 풀릴 거 같아? 창밖으로 나가떨어질까?"

그러라면 그럴 생각이었다. 뭐 그게 세상에 좋은 일인 듯싶었다. 운석은 떨떠름한 얼굴로 나를 내려다보다가 말했다.

"나 시간 돌아갈 땐 힘 안 써. 맹세했다."

나는 잠깐 멈췄다. 의외의 말이었기 때문이다. 하지만 이상하지는 않았다.

"그리고 못 들어. 중력을 없애는 거지."

"없애면 돼. 그럼 시간을 벌 수 있어. 다른 동료들이 올 거야."

"지금 그나마 물건들 붙어 있는 것도 중력이야. 다 해체될 거야."

"해체되어도."

"산소가 순식간에 유입되면 화재는 폭발이 될 거야. 다 터져나갈 수도 있어. 먼지 일어날 거 생각하면 분진폭발도 무시 못 해."

녀석은 조근조근 말했다.

"생각 안 해본 거 아냐, 병신아."

힘이 풀렸다. 괜히 희망을 품는 바람에 두 배로 기력이 빠졌다. 운석의 발밑에 머리를 감싸고 누운 채로 반쯤 정신을 놓았다.

집에 가고 싶었다. 예지와 전철에 올라 해가 기울고 구름이 흐르는 것을 보고 싶었다. 따듯한 물로 목욕하고 금방 빤 새 옷을 입고, 가스 불 위에 올려둔 냄비에서 국이 보글보글 끓는 소리며 밥통이 칙칙거리며 김을 뿜는 소리를 듣고 싶었다. 예지가 입에 밥풀을 잔뜩 묻힌 채 크게 한 숟갈 뜨고는 그거 오물거리는 시간이 심심해 밥상 밑으로 기어들어 가 칭얼대는 것을 보고 싶었다.

그리고 그것만으로 나는 끝장이 날 거란 생각이 들었다. 이 잔해에서 또 얼마나 죽을 건가, 그건 나를 또 어디까지 무너뜨릴까.

운석이 내 앞에 쭈그리고 앉았다.

지금 해치우려는 걸까. 그래, 악당이 되는 것보다야 그게 나을지도 모르지. 그나마 내가 정신이 반은 붙어 있을 때 해야지. 돌아버리고 나면 순순히 죽어주지도 않을 테니까. 어쩔 건가. 천장에 올려붙일까, 바닥에 깔아뭉갤까.

"야."

녀석이 말했다.

"나 블랙홀 하나 만들어볼까?"

마음 저편에서 아나운서가 먼지를 일으키며 달려왔다. '재앙이 일어났습니다, 시민 여러분!' '지구가 잠실로 빨려 들어가고 있습니다!' '대피…… 아니, 대피할 수 없습니다! 세계 멸망입니다! 태양계가 멸망합니다!'

"그거 무지 작은 점에 중력을 집중하면 되는 거잖아. 안 해봤지만 될 거 같다."

"그렇게 무지막지하게 안 죽여도……."

나는 완전히 쫄려서 말했다. 시밤탱아. 아무리 내가 미워도 그렇지. 그러니까 이게 이렇게 되는 거구나, 비전은 이걸 말하는 거였구나. 이렇게 망하는구나.

운석은 뭔 소리야 하는 얼굴로 나를 바라보았다.

"블랙홀이 있으면 웜홀 만들 수 있지 않냐."

오케스트라 음악이 울려 퍼지는 가운데 내가 태양계와 함께 웜홀로 쪼르륵 빨려 들어갔다. 거대한 중력으로 갈가리 부서지고 엿가락처럼 늘어나면서 무한히 느려진 시간 속으로…….

"야, 괜찮을 것 같다니까, 지금 내가 정지한 시간에 들어온 것도 대충 블랙홀이다, 알아? 지금은 괜찮아. 세상이 안 일어난 셈 친다고. 너랑…… 에, 빛만 영향이 가게 할 수 있어. 둘이 같은 속성인 거 같긴 하지만."

그래서? 그래서 어쩌라고?

"웜홀에 들어가서 과거로 가서 예지를 보고 오라고."

나는 품 하고 침을 뱉었다. 운석이 야 더러워 하고 손을 휘젓는 동안 누워 끅끅거리다가 땅을 팡팡 쳤다. 그러다 뒤집어져 발을 굴렀다. 유치원생들이 '번개님 환영합니다' 문구를 들고 환하게 웃었다.

"아, 왜 웃어, 사람이 기껏 생각했구만. 왜, 안 돼? 못 하나?"

몇 끼니 지나 나는 처음 밥투정을 했다. 나는 운석에게 네 대가리에는 김밥하고 삼각김밥 말고는 든 게 없냐고 따졌고 녀석은 국그릇 냄비째 들고 오려면 얼마나 힘든 줄 아느냐고 쏘아댔고, 나는 저번엔 심지어 단무지도 안 들고 왔었다고 성토를 했다. 둘이 머리를 맞대고 이 공간에서 뭔가 보글보글하고 따끈한 걸 요리할 방법은 없을까 한참 고민하다가 결국 녀석이 어디서 술을 한 아름 들고 오는 것으로 싸움이 끝났다.

술이 돌고 따끈따끈하게 풀어져 드러누운 뒤에는 지난 이야기도 좀 했다. 각자 살아온 시간이 실제로 헤어진 시간보다 길었다. 서로 동안이라고 놀리다가 세균이 없으면 노화도 느려진다는 제법 그럴듯한 분석도 했다. 그러다 우리가 본 비전 이야기가 나왔다. 도시를 얼마나 엉망으로 부숴놨는지 영화 이야기 하듯 떠들다가 운석이 키득키득 비웃었다.

"너한테 그런 배알은 없는 줄 알았는데."

"누구더러 배알 타령이냐."

"악당이 되려면 배알이 있어야지."

"그 짓 네가 한다는 생각은 머리에 없나 보네."

운석은 키득 웃었다.

"시발, 난 아냐. 너지."

"사람들은 네가 나랑 같은 능력이 있는 줄도 몰라. 네가 해도 나라고 생각할 거야."

"나 아냐, 시바. 내가 왜……."

그러고 멈췄다. 잔상이 흔들리다 자리를 잡았다. 시끌시끌하던 녀석이 사라지니 유난히도 잠잠하다. 나는 몸을 조금 털고 일어나 앉았다.

"그야 나도 모르지."

나는 들리지 않을 녀석에게 말했다.

"하지만 내가 아니면 너겠지."

운석은 전부터 미묘하게 느려진 내 속도에 맞추느라 속도를 줄였다. 그렇게 시간이 좀 지났으니 살짝 까먹었겠지. 차이의 크기는 중요하지 않다. 그게 백만분의 1나노초라 해도. 그야 지금 내 눈에 녀석이 멈춘 것처럼 보이는 것처럼 녀석 눈에도 내가 빨리 움직이는 것처럼 보이겠지만, 사람의 신경전달 속도에는 한계가 있고…… 이런 말을 내가 하니 좀 웃기지만, 사람 머리가 돌려면 더 오래 걸리고, 녀석의 반사 신경이 아무리 빨라도 깨닫는 데 몇 초는 걸릴 거다. 몇 초라는 건 내게 우주가 끝나는 만큼의 시간이나 마찬가지다.

"이게 맞겠지."

나는 과도를 쥐고 녀석의 옆에 사이좋은 친구처럼 나란히 앉았다.

"너도 같은 생각을 했잖냐. 세상에 해될 놈은 미리 제거해야지."

너도 나름대로는 그래서 왔겠지. 복수가 99고 그게 1이라 해도, 없는 마음은 아니었겠지.

"괜찮아. 죽는 줄도 모를 테니까. 많이 힘들진 않을 거야."

나는 녀석의 등을 툭툭 두드렸다. 목을 꺾거나 연수를 끊어내면 될 거다. 뇌에 남아 있는 산소로 잠깐은 살아 있을지도 모르지만 그때 가서야 뭘 어쩌겠나. 아니, 괜히 손에 피 묻힐 거 있나. 손발 묶어 흙에 파묻으면……, 아니, 살아 있으면 어떻게든 빠져나온다. 나도 그럴 테니까. 묻어도 목은 따야 한다. 심장을 도려내 쓰레기통에 버리든가…….

거기까지 생각했을 때 속이 안 좋아졌다. 기분도 지랄 맞아졌다. 이만큼 기분이 지랄 맞기는 두 번째다. 첫 번째는 이놈을 잡아다 넣었을 때였고.

문득 아버지를 생각했다. 아버지는 물을 쓰는 분이셨다. 원래 대학 청소부로 일하셨는데, 어디 산불 났을 때 일 다 내팽개치고 내려가셨다가 한 달쯤 지나 돌아오셨다. 도저히 혼자 할 만한 일이 아니었다. 지자체에서는 입만 벌리고 앉아 있었다. 돌아와서는 해고되셨고 얼마 안 되어 돌아가셨다. 부검해보니 속이 다 곯아 있었다. 속이 곯아 뒤진다는 게 진짜 있는 일이라는 걸 그때야 알았다.

'우리가 해야 하는 일 아니잖아요.'

사촌 중에 성질이 불같은 불돌이가 장례식에서 언성을 높였다.

'어디서 다 집어먹는 놈이 있는데 그놈들도 다 배고프다고 지랄이래요. 뭐 사실일 것 같아요. 다 피골이 상접하게 만들어놨으니 이젠 피 빨아도 먹을 게 없는 거죠. 살점까지 뜯어먹다 배고프니 뼈까지 고아 먹어요. 이러다 다 사달날 거예요.'

불돌이 녀석이 펄펄 뛰었다.

'우리가 다 일 그만두면 정신들 차릴 거예요.'

그 말에 장례식장이 다 조용해졌다.

'우리 이거 다 그만해야 해요.'

경청하던 아주머니와 아저씨 몇 분이 말씀하셨다.

'그 말이 맞는지도 모르겠네, 배운 사람 말이 맞것지.'

'그래도 사람이 어째 그래. 내 눈에 밟혔는데…….'

나는 팔달구에, 영통에, 수지에 사는 변변찮은 영웅들을 생각했다. 그 한두 명이 동네 하나를 다 지킨다. 직업도 변변히 못 갖고 근근이 살다가, 왜 그 동네만 지키냐는가, 우리 동네는 안 오냐든가 하는 비난을 듣다가, 제 앞가림도 못 하고 흔한 일인 양 숨을 놓는다. 다음에는 뭐 좋은 세상에서 나겄지, 하면서. 그러고 나면 동네는 몰락하는데 사람들은 이유도 모른 채 그저 요새 경기가 안 좋나보다 한다.

　그래도 사람이 어째 그래. 내 눈에 밟혔는데…….

　다 흔한 사람들이다. 그만큼의 선의, 그만큼의 깜냥. 그만큼
만 강한 사람들. 그건 말도 못 하게 강하다는 것과 같은 의미일
지도 모르겠지만.

　힘이 있다는 이유로 죽어야 한다면, 먼저 죽어야 할 놈들은
따로 있겠지. 진짜로 힘 가진 놈들. 네가 여의도를 잿더미로 만
든다 한들 그놈들이 등골 빨아먹으며 죽인 사람 숫자만 할까.

　나는 칼을 내려놓고 기다렸다. 기다리다 보니 멈춰 있던 운석
의 뺨에 생기가 돌았다.

　녀석이 옆에 앉은 나를 돌아보았다. 삽시간에 몸이 진땀에 젖
는 것이 보였다. 뭘 겁내고 있어. 진땀은 이제 내가 흘려야 하
는데.

　유일한 기회였다. 다시 쓸 수 없는 방법이다. 하다못해 그 상
태로 놔두기라도 했어야 했는데. 머리 잘 돌아가는 놈이니 내가
뭘 하려 했는지도 이제 다 눈치 깠을 텐데. 하긴, 다 소용없겠지.
나는 언젠가는 느려져야만 하니. 시도했다면 끝내야 했다. 그만
둔 시점에서 이미 엎어진 물이었다.

　녀석은 뱀이라도 피하듯이 후다닥 일어나 섰다. 나는 그냥 앉
아 있었다. 할 말도 없었고 변명할 것도 없었다.

　"물어볼 필요 없어. 두 번이나 죽이려 했다."

　놈의 시선이 송곳처럼 내게 꽂혔다. 땅이 기웃했다. 내가 넘

어지거나 흔들린 건 아니었다. 실제로 땅이 일어났다. 사람의 몸은 자연스레 중력이 당기는 방향이 아래라고 생각하니까.

나는 경사진 세상에 앉아 있었다. 운석이 서 있는 쪽은 지평선까지 펼쳐진 쪽 고른 산으로 보였고 내 뒤쪽은 그만치 펼쳐진 계곡으로 보였다. 보는 새에 더 기울었다. 매트리스를 손으로 붙들고 발힘으로 버텼지만 이내 등을 세우는 것조차 힘들어졌다.

등 뒤를 힐끗 보았다. 곧 내가 앉은 이곳이 천장도 바닥도 없는 무한의 벽이 되리라는 걸 알 수 있었다. 백 미터쯤 떨어진 곳에 기울어진 채 드러누운 마트가 보였다. 저기 패대기쳐지겠군. 그것도 운이 좋을 때 이야기고, 주변이 휑하니까 그 너머로 굴러 내려가면 어디 잠실역쯤 가서야 부딪칠까. 그때쯤엔 이미 갈가리 찢겨 남은 것도 없겠지.

나는 좀 더 가까이 있는 소방차를 눈여겨보았다. 저기를 목표로 구르면 잠깐은 살까. 아니, 그보다 앞에 있는 가로등에 매달리면 팔에 힘 빠질 때까지는 살까. 왠지 아직도 살 궁리를 하는 자신이 우스워 피식 웃었다.

갑자기 땅이 툭 내려앉았다. 멀미가 났다. 녀석을 보니 벌게져서 볼을 실룩거렸다.

"왜."

"……쌤쌤."

녀석이 숨통을 확 트며 답했다. 그리고 울음이 터졌는데 긴장이 풀려서 그랬는지, 원망이 커져서 그랬는지. 나는 고개를 끄덕였다. 둘 다 나쁜 놈이라 미안할 것도 받을 것도 없었다.

그날

내가 번개인형을 만지작거리며 매트리스에 누워 있는데 운석이 말을 걸었다. 《초인, 당신도 될 수 있다》, 《우리 아이 초인으로 키우는 법》같은 책을 옆에 잔뜩 쌓아두고.

"너, 진짜 딸내미 보고 싶냐."

"왜, 초광속 우주선 만들어보게?"

"중력렌즈라는 거 알아?"

멀리서 아나운서가 옷 꾸려 입는 소리가 들리는 듯했다. 해일과 화산과 지진도 같이 달려왔다. '시민 여러분, 또 대피하십시오! 둘 다 미쳤습니다! 이제 진짜 망합니다!'

"사막에서 신기루가 어떻게 생기는지 알아보니까 말야."

"하지 마."

그 말만 간신히 나왔다. 멀리서 지평선이 흔들리는 것이 보였기 때문이었다.

"뜨거운 공기에 빛이 휘어져서 그런 거더라고. 중력도 빛을 휘게 하는데……."

"하지 마. 그게 뭐든 하지 마."

운석은 팔 모양으로 땅에서 나오는 빛이 곡선을 그리면서 위로 올라가는 시늉을 했다. 시늉과 동시에 녀석의 팔꿈치 방향에서 지평선이 일어났다. 마치 둥근 지구가 오목한 그릇 형태로 변해가는 것처럼.

나는 인형을 놓쳤고 매트리스를 꽉 쥐었다. 쥔다고 이 대참사에서 도망칠 방법이야 있겠느냐마는. 머릿속에서 달려오던 아나운서도 겁에 질려 짐을 꾸려 달아나는 것 같았다. '다 끝났습니다! 세계가 멸망합니다! 비전은 사실이었습니다!'

"놀라지 마. 빛만 휜 거야. 그냥 저렇게 보이는 거야."

놀란 표정의 군중 뒤로 바닥이 일어섰다. 한강과 탄천 줄기가 폭포처럼 치켜 올라가고 아스팔트와 건물들이 기울어졌다. 세상이 다 일어나고 나니 중간에 둥글게 이어진 부분만 없다면 지평선 가까운 쪽은 높은 산에서 내려다보는 풍경처럼 보였다.

"그러니까……. 에. 아, 시야 거지 같네."

운석이 눈앞에 떠 있는 눈송이를 치우며 말했다.

"저쪽이 수원역이다. 보이지, 저기 니 딸 있다."

운석이 히죽 웃었다. 맥이 탁 풀리면서 머리가 지끈거렸다.

"야이 미친 새꺄."

"애썼잖아, 이만하면."

"시발, 오줌 싸겠다."

진짜로 좀 지렸다. 나는 주섬주섬 지퍼를 열고 일어나서 근처 화단에 갈겼다. 갈기면서 잠시 오줌은 언제까지 '나'인가 생각도 했다. 요도 안에 있을 때까지인가, 아직 물줄기로 이어져 있을 때까지인가.

갑자기 엉뚱한 생각이 머리를 스쳤다. 나는 잠깐 그 생각에 빠져 있다가 바지 섶도 안 잠그고 허둥지둥 돌아왔다.

"너, 멀리 있는 게 왜 작아 보이는 줄 알아?"

"니 작은 거부터 집어넣고 말해."

운석이 내 허리띠 아래를 가리키며 말했다. 나는 지퍼를 올리며 답했다.

"빛이 퍼져서 그런 거야. 다른 거 없어."

운석은 눈을 끔벅였다.

"수원역에서부터 여기까지 빛을 모을 수 있어? 내가 시공을 어떻게 꿰야 하는지는 모르겠지만……."

운석이 내 눈을 들여다보는 사이에 옆에서 세상이 우리를 향해 달려오기 시작했다. 모든 것을 뚫고 달리는 초고속 기차에 탄 것처럼.

사람들이 가득 들어찬 버스가 우리를 뚫고 지나갔다. 밥상에 앉은 식구들이, 목욕탕에 드러누운 할아버지가, 화장실에서 엉덩이를 까고 힘을 쓰는 사람이 지나갔다. 카페에서 수다를 떠는 연인들이, 밥집에서 국을 내오는 아주머니가, 신문지를 덮고 벤치에 널브러진 사람이, 학교에서 돌아오는 아이들과 회사에서 나오며 인사하는 사람들이 지나갔다. 전철 하나가 통으로 다 지나갔다. 스마트폰을 들여다보는 학생이, 노래를 부르며 걸어가는 장님이, 장갑을 파는 행상이.

선로에 선 전철이 우리를 지나쳐가자 흐름이 멎었다. 나는 예지 앞에 서 있었다. 시간이 되돌아갔다. 오래전에 떠났던, 도대체 언제였는지 모를 그날로.

과거의 풍경.

'얼른.'

예지는 빨간 가방을 멘 채 입 모양으로 말했다. 아직 내가 자리를 비운지도 모르는 눈이다. 모르겠지. 신경 전달 속도…….
에이, 집어치우자. 나는 예지를 향해 손을 내밀었다. 손이 허공
을 짚는 바람에 자리를 다시 잡았다.

예지가 한없는 확신과 신뢰의 눈빛을 하고 나를 바라본다. 내
가 영웅임을 믿어 의심치 않는 얼굴로, 영웅으로 돌아올 것 또한
의심해본 적이 없는 얼굴로. 아무것도 변하지 않았고 모든 것이
다 괜찮다고 말하듯이.

속에서 뭐가 울컥 솟구치는 바람에 입을 막았다.

"햐."

운석 녀석이 뒤에 앉아 예지 머리를 쓰다듬었다.

"얘 많이 컸다."

그러다 뭔가 생각났다는 듯 여드름이 다닥다닥한 얼굴을 찡
그렸다.

"그냥 니네 집에 가서 사진이나 하나 들고 올걸."

나는 눈을 크게 떴고 침묵 속에서 운석을 바라보았다.

"우리 집……, 멀잖아."

"아, 멀지."

녀석이 말을 끝내자마자 나는 흐흐흐 웃기 시작했다. 그러다
가는 배를 쥐고 웃었다. 녀석도 웃다가 매트리스에서 굴렀고 나
중에는 서로 배를 치고 머리를 박으면서 뒤엉켰다.

뒤엉키다 정신이 들고 보니 느낌이 이상했다. 주변이 뭔가 변
해 있었다. 너무 오래 본 나머지 꿈에서조차 빠져나갈 수 없었
던 풍경이. 초대형 망원경이 놓이고 세상이 오목한 그릇에 담긴

것과 다른 문제로. 아니, 바로 그 문제로.

"밝아."

내가 중얼거렸다.

"응?"

"밝아졌어."

나는 설명을 요하는 얼굴로 운석의 눈을 바라보았다.

"왜 밝아진 거지?"

"왜냐니……."

나는 머리 위를 보았다. 하늘이 접시처럼 모여 있다. 빛이 머리 위에서 내리꽂힌다. 그림자가 내 발아래 작게 뭉쳐 있다. 오목한 거울 아래에 빛이 모이듯이. 낮이 밝은 것은 태양 빛이 강해지기 때문이 아니야. 빛이 수직으로 내리꽂히면 통과하는 대기층이 얇고 쏟아지는 면적이 작아져서…….

나는 마트를 돌아보았다. 녀석이 내 시선을 따라가더니 입을 막았다. 으아아 하고 소리 지르더니 허둥거렸다.

"잠깐, 나 일부러 안 한 거 아냐. 조금 전까지만 해도 이런 건 상상도 못 했고……."

나는 녀석을 확 당겨 품에 끌어안았다.

"잘했다, 새꺄! 네가 다 한 거야. 진짜 잘했어! 진짜 영웅이다, 네가!"

운석의 몸이 확 뜨거워졌다. 또 날 죽이려 들려나 하고 물러났다가 그냥 얼굴이 달아올랐을 뿐일 줄을 알고 머쓱해져서 손장난을 했다. 그리고 그냥 토닥거리고 마트로 달려갔다. 가다가

한 번 넘어졌다.

마트 안은 눈부셨다. 기울어진 바닥에서부터 창이 없는 통로까지 빛으로 가득했다. 벽에도 천장에도 바닥에도 빠짐없이 빛이 새어 들어왔다.

아무 힘도 들이지 않고 2층에 들어섰다. 문틈과 창틈으로, 갈라진 벽 너머로 스며든 햇살이 반쯤 내려앉은 공간을 밝힌다. 하루에 한 걸음이나 들어갈까 했던 공간을 제왕처럼 서서 둘러보았다. 오랫동안 태산처럼 자리를 비키지 않고 있던 것이 넘어진 냉장고였다는 것을 알자 웃음이 났다.

숨을 크게 쉬고 그걸 빈 공간으로 밀어젖혔다. 젖히고 나서는 기쁜 나머지 땅을 팡팡 치며 소리 내어 웃었다. 소방관에게 빌린 마스크만 하나 걸쳐 쓰고 안을 거침없이 돌아다녔다. 마음이 즐겁고 평온했다.

그래, 비전은 이걸 위한 거였다. 가벼운 자극. 그게 우주의 의지든 뭐였든, 나를 도와주려 벌인 작은 장난. 이 우스꽝스러운 기적을 위한 성실한 준비.

이제 금방 끝나겠지. 끝나면 예지를 보러 가야지. 딸애에게 뽀뽀해주고, 아무 일도 없었다는 듯이 집에 가야지. 따끈한 물에 같이 목욕도 하고, 이불 둘러쓰고 한잠 푹 잔 뒤에…….

흥겨운 기분으로 상상하는 사이에 눈에 사람 그림자가 들어왔다. 아, 구조할 사람이구나, 하고 반가운 심정으로 보았다가 그 사람이 천장에 등을 붙인 채 서 있는 것을 알고 어리둥절해졌다.

사람이 서 있었다. 도저히 사람이 서 있을 곳이 아니란 생각에 몇 번이나 지나쳤던 곳에. 뭔가 기둥 아니면 철제 책상 같은 것이 걸려서 내려앉는 게 잠깐 멈췄나보다 생각한 지점에.

그걸 본 순간 마음이 우두둑 끊어져 나갔다. 시커먼 어둠이 밀려와 머리를 집어삼켰다. 생각 속에서 마트가 굉음을 일으키며 무너져 내렸다. '복수다.' 마트가 아우성쳤다. '나를 이렇게 만들어놓다니.'

교복을 입은 여자애가 등으로 천장을 받친 채 서 있었다.

화재가 났다. 폭발력이 건물이 넘어지는 걸 잠시 들어 올렸다. 일부러 냈거나, 힘의 여파였거나. 누가 뒤에 남아 안에서 문을 닫았다. 통로로 유독가스가 올라가지 않도록. 행운이랄 것도 없는 우연. 다행히 아래에 뭐가 걸려서 더 내려앉지는 않았는데. 그래서 내가 올 때까지 건물이 서 있었는데.

애가 혼자 건물 하나를 다 떠받치고 있었다. 내가 수원역에서 가기 귀찮다고 실랑이하는 동안. 책임져야 할 사람이 다 튀어버리고, 신고도 않고 대피방송도 없이, 지금도 어디선가는 내 잘못 아니라고 책임이나 떠넘기고 있는 동안.

내가 안 왔으면 여기서 며칠을 있었을까. 아니, 몇 달을 있었을까. 숨이 다하도록 버텼을 거다. 숨이 다하고도 버텼을 거다. 이대로 파묻혀버렸을지도 모른다. 아니, 그랬을 거다. 내 뒤로 아무도 오지 않았겠지. 번개가 사람 다 구했다는 속보나 한 줄 나가고, 영웅 만들어줄 궁리나 하다가 덮어버렸을 것이다. 사건 키우지 않으려고 실종자 수색도 끝까지 안 했겠지.

애를 잃은 엄마가 법원 앞에서 시위를 해도 아무도 신경 쓰지 않을 거다. 거기 서 있는 것 말고는 아무것도 못 할 줄을 안다. 꽃밭이나 차도 한번만 잘못 밟아도 범법자로 착실히 집어넣어 오지 않았던가. 집안에 초인 있었으면 시선도 곱지 않을 거다. 혼자 일 도맡아 하다 뒤처리 못 한 일만 들이대도 줄줄이 엮여 나올걸.

"어, 뭐 좀 찾았어?"

운석이 제 흥에 겨워 휘파람을 불며 구경꾼들과 왈츠 추는 시늉을 하다가 물었다. 내 얼굴을 보더니 순식간에 낌새를 채고 달려왔다.

나는 여자애를 내 매트리스에 눕혔다. 애가 빠지면 건물은 내려앉겠지만 그딴 거 내 알 바 아니었다. 내려앉으라지. 다 무너져버리라지.

애 어깨는 나갔고 추골은 크게 휘어져 있었다. 팔다리에도 골절이 온 것 같았다. 상처를 보려고 옷을 들춰볼수록 더 엉망이었다. 갈비뼈도 네댓 개 부러졌다. 운석이 구급상자를 열고 붕대와 부목을 건네주었지만 손이 떨려 계속 놓쳤다. 팔에 부목을 대려면 어깨가 덜렁거리고 어깨를 대려면 팔이 덜렁거렸다. 이미 죽었을까, 곧 죽을까, 알 수가 없었다. 나는 어찌할 바 모르다가 그냥 애를 껴안고 웅크려버렸다.

"심장이 안 뛰어."

"당연하잖아."

"맥이 안 잡혀."

"야, 정신 차려."

"병원에 데려다주고 와야겠어."

"지금 가서 뭐하려고."

해가 삐끗 기울었다. 일렬로 누워 있는 사람들 몸에 드리워진 그림자가 일제히 군대처럼 움직였다. 둘러싼 군중들의 눈이 느리게 깜박였다. 마트 옥상이 물에 젖은 골판지처럼 우그러졌다. 연기가 부풀어 오르고 눌린 바닥에서 흙먼지가 싸하게 일어났다.

"그만해야겠어."

진심이었다. 말을 하자마자 운석이 붉게 변했다.

"병원 가서 얘 사는지 봐야겠어."

"나중에."

운석이 내 팔을 붙들었다. 목소리가 변했다. 낮고 무거웠다.

"나중에 언제!"

나는 녀석의 손을 뿌리쳤다.

"이게 다 무슨 소용이야! 지금 사람 구하면 뭐해. 다음 달에도 또 뭐 하나 무너지겠지. 그다음 달에도. 돈 끌어안고 사는 새끼들은 계속 사람 갈아먹으며 살 거고, 사람 몇이 죽어 나가든 그게 뭔지도 모르겠지. 결국 너도 죽일 거야, 예지도, 내 가족을 다!"

하늘이 내려앉으며 사방이 침침해졌다. 내가 세워둔 싸리비가 툭 쓰러졌고 늘 배시시 웃던 번개인형이 데굴데굴 구르다 운석의 신발 코에 가 부딪쳤다.

"진정해."

"안 진정하면."

나는 과도를 콱 집어 들었다.

"누가 어쩔 건데?"

나는 칼을 든 채 드러누운 시쳇더미를 향해 달려갔다. 누구라도 쑤실 생각이었다. 아무렴 어때. 내가 구한 목숨이다. 내 것이다. 다 내 것이다. 내가 못 할 건 아무것도 없다. 다 뒤엎어버릴 것이다. 지금 죄를 지은 자들과 앞으로 죄를 지을 자들을 포함해서.

발을 디디는데 발이 땅에 붙지 않고 얼음이라도 밟은 듯 획 미끄러졌다. 미끄러지는 동시에 몸이 돌았다. 도는 대로 멈추지 않고 허공에서 계속 돌았다. 팔을 휘저어보았지만 소용없었다. 몸에 닿는 것이 없자 결박당한 것이나 마찬가지가 되었다. 밀 것도 잡을 것도 디딜 것도 없었다.

세상이 천천히 회전하는 채로 보자니 운석이 시퍼런 채로 매트리스에 앉아 있다. 혈색이 빠져 눈가가 거무튀튀했다. 나는 성질에 못 이겨 허우적거리고 소리를 질렀다. 악을 쓰다가 잠잠해졌다.

그러고 있자니 제 꼬라지가 우스워 킥킥 웃음이 났다. 웃고 나서는 눈물이 났다.

죽음이 서러워서가 아니었다. 기이한 말이지만 그건 아직 일어나지 않은 일이었다. 내 선이 끊겼고 돌이킬 수 없는 것으로 변해버렸고, 이전과 다른 것이 되어버렸다는 사실에 울었다. 악당이 영웅이 될 때도 어쩌면 이리 울겠지. 그래도 소중한 제 마음이었던, 소멸해버린 자신을 애도하면서.

운석은 내 울음이 잦아들 때까지 기다렸다. 사람 비참하게 만드네.

"뭐 해."

내가 재촉했다.

"빨리 끝내. 쪽팔려."

"맘 가라앉혀. 너 괜찮을 거야."

나는 녀석을 돌아보았다.

"처리해. 나 내리면 너 다신 나 못 잡아. 기다려도 되지만 달라지는 건 없어. 지금 날 없애지 않으면 사람 하나둘 죽는 걸로 끝나지 않아. 꼬맹이 악당아."

녀석이 슬픔에 빠져 나를 보았다. 나도 슬펐다. 속내를 고백하지 않고 마음 가라앉힌 척 속이면 됐을 것을. 아직 알량하게나마 뭐가 남아는 있나 보지. 이게 맞는지는 모르겠지만, 아니 이제 영원히 모르겠지만, 그래도 세상에 기회는 줘야지.

녀석은 답이 없었다. 심정은 이해가 갔지만 갈수록 쪽팔렸다.

심심해져서 노랫가락이라도 흥얼거리려는 차에 녀석 목소리가 들렸다.

"괜찮을 거 같아."

"뭐가."

"그게……."

녀석은 머리를 긁적였다.

"난 벌써 악당이잖아."

시신처럼 일렬로 누워 있던 사람들이 피식피식 웃는 듯싶었다. 그 오랜 시간 동안 놀란 얼굴로 우리를 둘러싸며 지켜보던 사람들도 헛웃음을 지으며 손가락질하는 듯싶었다.

"사이드킥 하나 필요할 거야. 보조도 하고. 김밥도 갖다주고. 나 어차피 나이도 차고 경력도 없고 해서 받아주는 데도 없어."

부부 사기단, 아니 부자 악당. 뭘 붙여도 뽀대는 안 나지만 뭐 언제는 났던가.

"그래도 하나만 더 살리고 하자."

의외의 제안이었다. 하지만 이상하지는 않았다. 나는 그 문제를 곰곰 생각했다.

"할 수 있겠어?"

"그래……, 아니, 아냐. 잠시 놔둬. 할 수 있을 때 내려달라고 할게."

"네."

녀석은 깍듯하게 답하고 고개를 숙였다. 그리고 나를 내버려둔 채 어린 영웅을 제 자리에 누이고 옷에 묻은 재를 털었다. 몸을 곱게 펴고 부목을 대고 붕대를 감는다. 여자애 몸은 긴장으로 딱딱했다. 여전히 건물 하나를 온몸으로 떠받들고 있을 거다. 한 명이라도 더 살기를 기원하면서.

하나만.

하나를 더 살리고 나면 하나쯤 더 살릴 수 있겠지. 또 휙까닥 돌면 애녀석한테 잠깐 묶어두라고 하지 뭐. 그러다 보면 여기 하나쯤은 내 영웅으로서의 마지막 정리로 해놓고 떠날 수도 있겠지. 의미는 있을 것 같다. 한 명의 삶, 한 명의 인생.

10초만 있으면 다들 일어나겠지.

볼에 발갛게 혈색이 돌고 생기가 돌며, 긴장한 몸을 풀고 몸과 얼굴을 더듬으며 일어날 것이다. 잰 웃음소리를 내며 얼싸안겠지. 한구석에서는 주머니를 뒤지며 제 신분증이며 신용카드 없어졌다고 화를 버럭버럭 내는 사람들이 소란스러울 것이고. 아이들은 아무 일도 없었다는 듯 일어나 총총거리며 엄마나 아빠를 부르며 집으로 돌아갈 것이다. 눈을 깜박였다 뜨기만 하면.

그 10초 뒤에 내가 세상을 다 무너뜨릴지라도.

로그스 갤러리, 종로

◇ 2018년 《근방에 히어로가 너무 많사오니》(황금가지) 수록

로그스 갤러리(Rogues' gallery) 범죄자 사진대장을 뜻하는 용어로 DC 만화의 악당들이 팀을 이룰 때에 주로 쓴다. 플래시와 대적하는 로그스 갤러리가 가장 유명해 흔히 로그스라 하면 이들을 부른다. 수장은 주로 얼음을 쓰는 캡틴 콜드다.

지금

"다 당신 때문이야."

소녀가 말한다.

말라깽이에 몸집이 작은 소녀다. 어디서 몸싸움을 했는지 팔과 다리에 상처가 수두룩하다. 주머니가 두둑한 얇은 잠바를 걸쳤는데, 교복은 단추가 뜯겨 나갔고 어째서인지 온통 물감투성이다.

푸른 빌딩 숲 사이에 부자연스럽게 자리한 누릿누릿한 건물 꼭대기 층이다. 1970년대 즈음 하천을 시멘트로 덮어 그 위에 올린 건물인데, 이후로 하천 위에 집을 짓지 못하게 법이 바뀌어 헐지도 다시 세우지도 못하고 미적지근하게 방치된 건물이다. 이번에 겨우 재건축 허가가 나와 안을 다 뜯어낸 참이다.

인부들이 퇴근한 건물은 적막하다. 내벽은 다 헐어놓아 숨을 곳도 없다. 벽마다 층층이 쌓인 자재들이 숨을 죽이고, 인부들이 썼을 법한 반쯤 탄 장작이 담긴 드럼통이 무심한 심판처럼 덩그러니 놓여 있다.

"다 당신 때문이야, 번개."

소녀가 창을 등지고 서서 말한다.

"당신이 세상을 다 무너뜨렸어."

"보기에 따라서는."

'번개'라 불린 사람이 침침한 벽 안쪽에 앉아 자조 섞인 목소리로 답했다. 고린내가 진동하는 꼬질꼬질한 잠바에 다 해진 청바지 차림이다. 얼굴은 곰보처럼 얽어 있고 수염이 거뭇거뭇하다.

"모든 초인을 배신했어."

"어쩌면."

번개라 불린 사람은 귀찮은 얼굴로 창문에 시선을 꽂는다.

나와의 약속이 아니었다면 그 사람은 100분의 1초도 안 되는 사이에 소녀의 목을 꺾을 수도 있었을 것이다. 그럴 마음만 먹는다면.

창밖이 보일 위치가 아닌데도 남자의 시야에는 바깥 풍경이 들어온다. 실은 창에 선다 해도 보일 위치가 아니건만.

남자는 어둠 속에 앉은 채 시청광장과 남대문에 들어찬 해일 같은 군중의 물결을 본다. 나는 그의 눈을 통해 군중을 본다.

비전(Vision).

미래의 풍경. 환시(幻視)라고나 할까. '속도'의 능력을 가진 초능력자가 갖게 되는 일종의 부작용.

청계광장에서부터 시청광장까지 빼곡하다. 성난 고함이 거리에 가득했다. 높이 들어 올린 손마다 쥔 종이에는 노란색 전력 마크에 붉은 금지표시가 박혀 있다. '번개를 죽여라', '초인을 지옥으로' 같은 문구도 눈에 띈다. 거리 한가운데에서는 붉은 옷을 입힌 짚단 인형을 태운다. 해병대 옷을 입은 노인들이 '초인의 악행'이라는 붉은 문구를 가득 쓴 현수막을 들고 행진한다. 확성기를 든 사람이 "초인관리법을 제정하라", "초인은 이 나라를 떠나라" 하고 고함을 지른다.

번개가 창문에서 눈을 떼자 미래의 풍경은 사라진다. 번개는 지루한 얼굴로 엉덩이를 툭툭 털며 몸을 일으켰다.

"넌 나를 못 막아."

번개가 소녀에게 말했다.

"얼음은 빛을 이기지 못해."

"당신이 정말 '빛'이라면."

'얼음'이라 불린 소녀가 양 주먹을 꾹 쥐었다. 소녀의 숨이 뿌옇게 흐려졌다. 냉기가 안개처럼 피어올랐다. 공기가 내려앉으며 창에 눈꽃이 자라났다. 축축한 콘크리트 벽에 소름처럼 하얀 얼음 결정이 맺혔다.

자, 둘이 맞붙기 전에,

어쩌다 이리되었는지 설명을 해야 하겠지.

흠, 어디서부터 시작하면 좋을까.

7년 전, 용산구청에 한 떼의 사람들이 피켓을 들고 민원실로 몰려간 적이 있다. 나는 그때 열두 살이었고 아이스크림을 문 채 엄마 손에 붙들려 끌려갔다. 아빠는 치킨 튀기는 집게를 들고 갔고 옆집 아저씨는 고기 굽는 부지깽이를 들고 갔다. 공무원 아저씨가 많이 무서웠을 거다. 돌아올 때 아저씨들이 돌아가며 나를 목말을 태워주었고 가끔은 헹가래도 쳐주었다. 거기서부터 시작해볼까.

　아니, 5년 전에 있었던 학술대회 풍경에서부터 시작하는 것도 좋겠다.
　○○대 사회과학대 대강당에 이런 현수막이 걸려 있다.

(사)한국사회심리학회
주제: 초인 대 일반인─혐오를 어떻게 막을 것인가
발제: 박○○ 교수

　모인 사람들은 당혹스러운 얼굴로 수군거렸다.
　"저게 뭐야?" "지금 말하는 게 말이 돼?" "아니, 이런 전국구 행사에 심리학자 다 모아놓고 무슨 재난이래?" "저걸 진짜 한대요?"
　무대 위의 교수는 아랑곳하지 않고 강연을 계속한다. 모니터 화면에는 이렇게 쓰여 있다.

혐오 대응팀 구성하기
부제: 로그스 갤러리(Rogues' gallery)

아니면 1년 전의 풍경에서부터 시작하면 어떨까.

나는 덜컹거리는 버스 좌석에 앉아 졸고 있다.

밖에는 소낙비가 쏟아지고 있고 나는 털이 보송보송한 큰 귀 마개형 헤드폰을 쓰고 음악을 듣고 있다. 내 책가방에는 작은 배지가 줄줄이 달려 있다. 옛날식 다이얼 전화, 옛날식 라디오, 무전기, 삐삐, 옛날에 사라진 통신 도구들. 모두 내 소장품이다. 우리 같은 사람들 80퍼센트는 제 능력에 관계된 굿즈를 사 모으는 것을 좋아한다고 한다. 그렇게 되지 않겠나.

창밖으로 보이는 버스정류장에 붙은 학원 광고에는 연예인이 활짝 웃는 사진 옆에 '당신의 아이가 초인이라면 어떻게 하시겠습니까?'라는 문구가 보인다. '잠재적 악당이라면?'

나는 무엇엔가 놀라 가방을 끌어안았다. 이어 경찰차가 사이렌을 울리며 버스에 붙었다. 버스가 길가에 서자 승객들은 어리둥절해서 하얗게 김이 서린 창을 커튼과 옷으로 닦으며 내다본다. 비에 젖은 경찰들이 소란스레 올라와 나를 둘러싼다.

"잠깐 같이 가주셔야겠습니다."

나는 고개를 저었다.

"싫어요."

"별일 아닙니다. 잠깐만 내리세요."

경찰이 손을 내밀자 나는 몸을 웅크리며 애처롭게 애원했다.

"현이 아버지, 싫어요."

경찰의 낯빛이 확 식는다.

"윤식이 삼촌, 저 데려가지 마세요."

경찰들은 서로 얼굴을 마주 본다.

"보고서대로군. 끌어내."

나는 책가방을 끌어안으며 몸을 웅크린다. 내가 소리를 지르고 그 소리가 버스 안에 퍼지기도 전에 나는 자취를 감춘다. 내 비명의 잔재만이 떠돈다. 나는 돌풍도 없이 사라진다. 경찰들이 혼비백산한다.

"번개다!"

그러자 승객들이 따라 혼비백산한다.

"번개입니다! 슈퍼악당 출현입니다! '긴급초인재난발령'입니다. 모두 대피하세요!"

아이가 울음을 터뜨리고, 비명이 퍼져나간다. 사람들이 다투어 밀치며 넘어지고, 밟히고, 울고, 버스에서 내린다.

흠, 잠깐 정지.

이건 내 이야기가 아니다. 애초에 저기서 번개와 맞짱을 뜨고 있는 친구는 내가 아니다. 내가 하려는 건 그 녀석 이야기다. 아무래도 처음부터 다시 시작하는 게 좋겠다.

"파원(波源)."

'EBS 수능 국어 특강' 자막이 상단에 붙은 TV 화면, '족집게' 배지를 가슴에 단 젊은 강사가 칠판에 분필로 밑줄을 쫙 쳤다.

"호수에 돌을 던지면 파문이 일죠. 그 파문의 시작점이 파원입니다. 초인 커뮤니티 은어로 '분위기를 주도하는 인물'을 말합니다. 밑줄 쫙. 말하자면 유행의 선두주자죠. 14년, 15년 모의고사 기출문제. 1970년대에는 이 친구가 유행을 주도했죠. 이상한 옷 입는 유행이 돌았고요."

강사는 파란 스판덱스 옷을 입고 새하얀 치아를 활짝 드러내며 웃는 건장한 남자 사진을 잠깐 들어 보였다.

"이 '파원'이 누구냐에 따라 초인 사회의 분위기가 변합니다. 좋은 사람인가, 소시민인가, 혁명가인가…… 악당인가."

마지막 단어에 강세를 두며 강사는 엄숙한 얼굴을 했다.

"초능력이 없는 우리 '정상인'이라면 영향력을 갖는 사람은 비슷합니다. 정치인이나 재벌, 연예인. 그러니까…… 힘이 있을 만한 인물이죠. 하지만 초인에게 주어지는 힘은 무작위거든요. 누가 힘의 중심이 될지 모릅니다. 이 친구는 뭐랄까, 소시민이었지요."

강사는 스판덱스 남자 사진을 손가락으로 콕콕 찔렀다.

"평범하게 직장 다니며 동네에서 길고양이나 돌봤지요. 그 시절에는 초인들도 전반적으로 온화했죠. 하지만 이 파원이 죽거나 은퇴하면……."

강사는 사진을 옆으로 치우며 말했다.

"초인 사회 전체가 변합니다. 여기에 미신적인 신념까지 더해지면서 이 '파원'은 구한말부터 이어진 초인 간 길거리 대결의 구실이 되었습니다. 1970년대만 해도 파원을 제거해 세상을 바꾸겠다고 거리에서 결투하는 초인들을 흔히 볼 수 있었지요. 패싸움도 많았고요."

강사는 '아무튼 초인들이란' 하고 말하듯이 고개를 도리도리 저었다. '여러분은 그러지 마세요' 하고 다짐하는 눈빛도 보내었다.

"그래서, 지금의 파원은 말입니다."

"사상 최악의 테러리스트입니다!"

KBS 리포터가 목젖이 튀어나오도록 고함을 질렀다.

"보십시오, 이 처참한 풍경을!"

리포터가 뒤를 가리켰다. 소방차와 경찰차가 빙 둘러싼 가운데 국회의사당에서 뭉실뭉실 연기가 피어오른다. 초록색 반원형 뚜껑은 무처럼 뚝 썰려 바닥에 처박혔고 기둥 두 개는 밑동이 나갔다. 오른쪽 벽은 케이크를 잘라 먹은 것처럼 뚝 썰려 나갔다. 정면에는 스프레이로 그린 노란 전력 표시가 조롱하듯 남아 있다.

"번개는 지난 한 해 동안 각 시·도청, 경찰청, 주요 정부청사 스물세 곳에 눈 뜨고 보기 힘든 끔찍한 테러를 자행해왔습니다!"

"에…… 눈 뜨고 보기 힘든 테러라기엔 말이죠."

인터넷 방송 VJ 두 사람이 이마를 맞대고 노트북을 보며 말했다.

"천장에 낙서를 한다든가, 물건 위치를 다 바꿔놓는다든가."

"경찰청 벽을 전부 빨간색으로 칠하거나."

"눈 뜨고 보기 힘들긴 하죠. 빨라서 안 보이니까."

"국회의사당은 너무 나갔죠. 번개가 제 무덤을 팠네요."

"나치나 IS에 비유하는데, 실제로 사람을 죽이거나 해치지 않은 사람에게 그 이름을 붙이는 게 정당할까요?"

"만약 저 테러를 보육원이나 병원에 했다고 상상해보세요……."

"잠깐만, 그런 식으로 비유하면 안 돼요."

"하지만 최근 젊은층을 중심으로 이런 범죄자를 동경하는 유행이 번지고 있어 빈축을 사고 있습니다."

리포터가 말을 이었다.

"속 시원하잖아요. 번개 형 짱!"

중학생으로 보이는 소년이 카메라를 향해 손가락으로 V자를 만들어 흔들어 보였다. 모자에는 번개 마크를 자수로 박아놓았다. 뒤로는 반 친구들이 똑같은 모자를 쓰고 같이 V자를 만들어 흔들어 보였다.

"아이들이 배울까 무섭고……."

시민 김○○ 씨가 말했다.

"초인이 다 이렇다는 편견이 퍼질까 걱정입니다."

얼굴을 고양이 가면으로 가리고 고양이 장갑을 낀 초인 '들고양' 씨가 말했다.

"이제 국회의사당까지 왔습니다. 다음에는 어딜까요? 이 테러범이 청와대에 들어가 대통령을 암살하지 않는다고 누가 장담하겠습니까? 1초 만에 세계를 멸망시킬 수도 있는 악당이 버젓이 거리를 활보하는데, 수사당국의 대응은 지지부진하기만 합니다. 지금까지 KBS의

○○○ 리포터······."

"말처럼 쉬운 일이 아닙니다."

여의도구 경찰서장이 헛기침하며 말했다.

"초인 하나를 잡으려면 실상 초인 경관 하나가 필요합니다. 어디 소매치기 하나를 잡으려 해도요. 하지만 초인은 공식적으로 경관이 될 수 없습니다."

"초인은 어떤 공직사회에든 진출하기 어렵지 않습니까?"

반대편에 앉은 앵커가 펜을 빙글빙글 돌리며 물었다.

"공정성 문제입니다. 초인은 능력이 천차만별인 데다가 무슨 능력을 숨기고 있는지 몰라요. 모든 초인에게 적용되는 공정한 시험체계를 만들 도리가 없지요."

"예산편성을 하지 않으니까······."

"더해서 번개는 0등급 초인입니다."

경찰서장이 앵커의 말을 끊고 말했다.

"0등급이라는 용어에 대해 좀 더 설명해주시겠습니까?"

"초능력이 아닌 이상 그에 대응하는 힘을 일반인이 만들 수 없다는 뜻입니다. 예를 들어, 그저 힘이 센 초인이라면 장비를 끌고 가면 됩니다."

두 사람 뒤편의 모니터에 가면을 쓴 레고 장난감 인형 그림이 나타났다. 레고가 바위를 번쩍 들어 올리자, 옆에서 포클레인이 나타나 같이 돌을 번쩍 들어 올렸다. 레고는 놀라 바위를 던지고 줄행랑을 쳤다.

"하지만 번개는 빛의 속도로 움직입니다."

화면이 바뀌었다. 이번에는 가슴에 번개 마크를 단 레고 인형이 나타나 주변을 휙휙 둘러보다가 사라졌다. 옆에는 물음표 마크가 떴다.

"현대과학은 아직 중력권에서 전자보다 큰 물질을 빛의 속도에 이르게 하는 방법을 알지 못합니다. 다시 말해서……."

경찰서장은 뜸을 들였다.

"지금으로서는 공권력이 번개를 잡을 방법이 없습니다."

침묵 속에서 둘 사이에 눈빛이 오갔다.

'그거 큰일이군요.'

'정부 책임이 아닙니다. 초인은 천재지변입니다.'

'사건사고가 나면 다 시민 초인운동가들이 수습하게 만들고 잠만 처자고 있잖습니까.'

'이런 좌파 빨갱이.'

"번개의 테러 행각이 언론에서 과장되었다는 비판은 좀 있습니다만, 테러리스트인 것만은 변함이 없지요."

앵커가 말을 이었다.

"그러면 질문이 있는데, 이 나라에, 아니 지구상에 현존하는 장비와 인력을 다 동원해도 번개를 잡는 것이 불가능하다면, 어떻게 번개를 체포할 계획이신지 감이 잘 안 오는데요."

경찰서장은 바로 그 답을 하기 위해 여기 나왔다는 듯 근엄한 얼굴을 하며 책상을 톡톡 쳤다.

"국제규약에 근거하여 0등급 악당은 CAC(Citizen's Arrest-allowed Criminal), 즉 시민이 체포할 수 있는 범죄자로 분류됩니다."

"좀 더 자세히 말씀해주시겠습니까?"

"악당 번개에 한해서, 일반 시민이 경찰 대신 체포하는 것을 국가가 허용한다는 뜻입니다."

앵커는 펜대를 턱에 괸 채 상대를 지그시 노려보았다.

"별로 좋게 들리지 않는군요. 유신정권 때 그 법령은 절차 없이 무고한 시민을 잡아들이기 위한 계엄령과 유사한 역할을 했는데요."

"하하, 요새 시대가 어느 시대인데 그런 걱정을 하십니까."

경찰서장은 껄껄 웃었다.

"원래 현행범은 일반 시민도 체포할 수 있습니다. 단지 보안법이 적용되어서 정당방위의 폭이 넓게 적용되고 기물을 파손해도 보험 적용이 되지요. 체포에 기여한 시민에게는 최대 10억 원의 포상금이……."

일주일 전

"완전 로또잖아!"

'서리'가 스마트폰을 보다가 환호성을 질렀다.

"10억이래, 10억! 이 돈만 있으면 새집으로 이사 갈 수 있어!"

그래, 바로 이 친구다.

내가 지금부터 이야기하려는 친구. 아이스커피, 팥빙수. 3학년인데 아직 1학년 과제였던 각얼음도 못 만드는 친구. 졸업해도 사이드킥으로 누가 주워 가기나 할까.

"응? 새집? 무슨 지입? 간식 나왔어?"

서리의 등에 기대어 졸던 '요드'가 퍼뜩 잠이 깨어 헛소리를 했다. 요드는 서리보다 더 신경 쓸 것 없는 친구다. 아니, 그냥 아예 아무 관심도 주지 말기 바란다.

"내가 잡을 거야!"

서리가 체육관 밖에서 소란스레 쿵쾅거리는 소리가 들리는 가운데 말했다.

"봐, 봐! 궁합 보면 내가 우리나라에서 번개를 잡을 수 있는 유일한 초인이야!"

서리가 요드에게 스마트폰을 보여주었다. 화면에서는 한복을 입은 곰돌이가 '더 상세한 초인 궁합을 원하시면 결제 버튼을 누르세요'라는 팻말을 들고 꾸벅 인사를 했다.

"유료궁합 봐야지이, 무료궁합 안 맞아아."

요드가 하품을 하며 치마를 허리까지 끌어올려 양반다리로 앉으며 말했다. 나는 교과서에 집중하려다가 참다못해 책을 덮고 끼어들었다.

"말도 안 되는 소리 마."

전교생이 아침부터 체육관에 대피해 있던 날이었다. 선생들이 학생들 사이로 소리를 지르며 돌아다녔다. 뭘 해야 할지 몰라서 괜히 열을 맞추라거나 조용히 하라거나 하며 소리만 질렀다. 강남 학교에선 소방서와 경찰서에서 한 달에 두 번 초인사태 대응훈련도 하고 그런다는데.

체육관 벽은 연신 지진이 난 것처럼 흔들렸고 밖에서는 사방에 폭탄이 떨어지는 것처럼 펑, 펑 하는 굉음이 쏟아졌다. 선생님들과 달리 재난에 익숙한 우리는 누워서 폰으로 만화를 보거나 음악을 들으며 땡땡이를 즐기던 참이었다.

"번개는 아무도 못 잡아. 번개는 빛이야. '빛'을 무슨 수로 잡아?"

"빛을 왜 못 잡는데?"

서리가 눈을 댕그랗게 뜨고 물어봐서 열불이 터진 게 화근이었다.

✳

"전국 각지에서 초인들 간 결투가 벌어지고 있습니다. 이번 ○○고교 인근에서 대결을 벌이다가 체포된 초인 '폭탄마'는 번개의 동료로 보이는 초인을 찾아서 정보를 캐내던 중이었다고 항변했습니다."

"폭탄마는 옛날에는 악당으로 분류되던 사람이죠?"

"이에 시민들은 영웅을 풀어주라며 법원 앞에서 항의시위를 하고 있습니다. 시민들은 테러리스트를 잡기 위해서라면 다소간의 희생은 감수할 수 있다는 입장입니다."

"그런데, 폭탄마가 공격한 초인이 번개의 동료라는 의혹이 있다는 건 폭탄마 쪽 주장이 전부가 아닌가요?"

"그만큼 번개에 대한 시민들의 분노가 크다고 해야겠지요. 한편, ○○고교 학부모들은 초인으로 등록된 아이들을 따로 분류해 교육시킬 것을 요구하고 있습니다."

"아무래도 걱정이 되겠지요."

"강남 ◇◇초등학교에서 분반을 한 것이 시작이었습니다. 학부모들은 정상인 아이들의 안전을 생각하면 당연하다는 입장입니다."

"번개는 빛의 속도로 달려."

나는 교실 바닥에 전지를 깔고 그림을 그려 가며 설명했다. 서리와 요드는 전지 반대쪽에 웅크리고 앉아 구경했다.

"그게 무슨 뜻인지 알아?"

"무슨 뜻인데에?"

요드가 댕청한 얼굴로 복숭아 쿨피스를 빨대로 쪽쪽 빨아먹으며 느릿느릿 물었다. 다시 말하지만 이 녀석은 기억할 필요도 없다.

"번개보다 빠른 사람이 세상에 없단 뜻이야."

내가 말했다.

"빛보다 빠른 건 없고 빛의 속도로 달리는 것도 빛밖에 없어. 빛의 속도에 근접하게 달리는 것마저도 입자보다 큰 물건은 번개밖에 없고. 그러니까 번개보다 빠른 사람도, 기계도, 뭐든 번개를 쫓아갈 수 있는 건 세상에 없다는 뜻이야. 자, 그럼 누가 무슨 수로 번개를 잡지?"

"그러면 거울로 반사시키면 되겠네!"

서리가 반짝반짝하며 말하는 바람에 다시 열불이 터졌다.

"'빛'이 아니라 '사람'이거든!"

그때 복도에서 "번개를 때려잡자" 하는 함성이 들려왔다. 학생들이 복도에서 시위를 하는 모양이다. 학교마다 테러범을 향한 시위는 허락한다는 공문이 내려와서 다들 신바람이 났다. 일주일 전부터는 얼굴에 문신을 하고 등교하는 학생도 있었고 가면이나 망토를 두르고 오는 애들도 생겨났다. 오늘은 테러 반대

독후감 대회와 그림 대회 공문도 붙었다. 복도 창문에는 그저께부터 'JUSTICE'라는 글자가 층마다 붙었다.

우리가 있는 곳은 외진 교실이다. 칠판에 '자습'이라고 크게 쓰여 있고 주위에는 낙서가 가득하다. 여긴 특수학급이고, 특성화고도 아닌 일반고라 학교에 초인은 우리 셋뿐이다. 1학년 때 전기 능력이 있는 기간제교사가 전기 스파크 일으키는 법을 가르치다 간 이래로는 외부 교사 특강이 세 번 있었던 게 우리가 배운 '특수교육'의 전부다. 두 번은 의상디자이너가 옷 만드는 법을 가르쳐주고 갔고, 한 번은 동사무소 공무원이 이중신분증 신청하는 절차를 가르쳐주고 갔다.

"서리, 넌 1학년 때 숙제였던 각얼음도 아직 못 만들면서!"

"그건 그냥 못 해."

서리가 입을 뾰루퉁 내밀었다.

"난 얼리는 것만 된다고. 모양은 못 만들어."

"애초에 지금이 무슨 구한말인 줄 알아."

내가 허리에 손을 올려놓고 말을 이었다.

"초인들이 거리에서 패싸움하면서 세력 다툼하던 시절이 아니라고. 원시사회와 문명사회의 구분이 뭔지 알아? 폭력을 국가에 위탁하는가, 아닌가야. 사적제재 금지, 자경단 금지. 약은 약사에게, 범죄자는 경찰에게."

"'교과서'답네."

요드가 배실배실 웃으며 놀리는 바람에 나는 발끈했다.

"누가 교과서야?"

196

"너 그거잖아. 초인 되고 싶어서 초능력도 없는데 '미정' 이름 달고 공부만 죽어라 하는 애들 말이야."

나는 화가 머리끝까지 치밀어올라 이마를 까 올리고 요드를 향해 전진했다.

"요드보다 미정이 백 배 덜 쪽팔린다? 지금이라도 쪽팔린 줄 알면 너도 미정으로 이름 바꾸시지?"

"야아, 핵폭탄 터졌을 때 갑상선암 예방하려면 요오드 먹어야 한다? 너 그때 살려달라고 매달려도 안 살려준다?"

"핵폭탄 터졌는데 누가 요오드를 찾아?"

요드는 이름 그대로, 요오드 합성능력자다. 내가 본 중에는 얼굴색을 초록색으로 바꿀 줄 알았던 초등학교 시절 친구 이래로 가장 쓸모없는 능력자다. 가끔 이런 의미 없는 능력을 가진 애도 초인 타이틀 하나 달게 하겠다고 커밍아웃하는 집이 있는데, 괜히 애만 고생이지.

나는 '미정'이다. 윤미정.

'서리'와 '요드'가 둘의 본명이 아니듯이 이것도 내 본명이 아니다.

'미정(未定)', 능력이 정해지지 않았다는 뜻이다.

어느 학교에든 성만 다른 미정이들은 꼭 있다. 요드 말처럼 초인이 아닌데 초인인 척 허세 부리기 위해 이 이름을 쓰는 애들도 있다. 나는 허세를 부리는 쪽으로 알려져 있고, 반 애들은 나를 계단에서 밀거나 머리에 물건을 떨어뜨려보거나 의자에 압정을 놔둬보고는 대충 그런 결론을 내렸다.

말해두지만 커밍아웃해봤자 고생이다. 힘은 숨기는 게 좋다. 어른들이 괜히 가면 쓰고 다니는 게 아니다. 나라에서는 어릴 때부터 힘을 밝혀야 제대로 교육을 받을 수 있다고 계속 광고 때리지만, 이 나라는 일반인도 제대로 교육한 적 없는 나라다. 고전적인 방식이라도 능력 비슷한 초인 어른 하나 잡아서 도제처럼 밑에서 일 배우는 게 제일 낫다.

"웅, 이상하네. 그럼 왜 얼음이 빛을 잡는다고 나왔지?"

서리가 스마트폰을 꾹꾹 누르며 고개를 갸웃하며 물었다.

"아, 맞다아, 신문에서 봤는데, 극저온에서는 빛도 느려진다더라아."

요드가 말했다.

"빛은 물에만 들어가도 느려지거든."

내가 말했다.

"그리고 사람은 극저온까지 가기 전에 얼어 뒈진다."

내가 친절하게 설명해주는데도 요드는 멍청한 소리를 멈추지 않았다.

"그럼 움직이기 전에 얼려버리면 안 되나?"

"움직이기 전엔 총으로 쏴도 되거든! 그걸 어른 초인들이 몰라서 1년을 못 잡았겠냐?"

"얘들아, 이거 괜찮은데!"

나와 요드가 논쟁을 벌이는 동안 서리가 스마트폰을 톡톡 두드리며 끼어들었다.

"카이스트 IT 동아리에서 개발한 앱이래!"

요드가 "어디, 어디" 하고 나를 밀치며 폰에 얼굴을 들이밀었고 나는 한숨이 나서 이마를 짚었다.

"봐! 주위에서 물건이 없어지거나 순간이동을 할 때 그걸 발견한 시간과 위치를 발송하면, 앱이 데이터를 모아서 궤적을 찾고 예상 경로를 알려준대."

"오오, 좋은데에."

"특히 먹을 것이 없어졌을 때 신고하래! 번개는 움직일 때 무지막지하게 먹어대니까."

"흥, 허위신고 쏟아져서 망할 각이군."

내가 뒤에서 냉랭하게 말하자 서리는 "감안해서 보정한대." 하며 스마트폰을 두드렸다. 나는 서리가 룰루 콧노래를 부르는 것을 지켜보다가 홱 폰을 빼앗아 들었다.

"너 이거 하지 마라."

"왜?"

"네 실시간 위치를 온 세상에 알려주는 거잖아. 안티 초인들한테 스토킹당하고 싶어?"

나는 돌려달라며 파닥거리는 서리의 머리를 손으로 꾹꾹 누르다가 멈칫했다. 실수로 열어버린 서리의 페북 게시글에 줄줄이 댓글이 달려 있었다.

'꺼져.' '죽어라.' '괴물은 나가라.' '귀물귀물.' '시발, 우리 학교는 왜 귀물들 퇴학도 안 시켜?' '클린한 학교 좀 다니고 싶다.'

나는 눈을 깜박깜박하는 서리의 얼굴을 힐끗 보고는 헛기침을 하고 폰을 돌려주었다. "아!" 하고 서리가 엄청 좋은 생각이 떠오른 얼굴로 말했다.

"번개를 좇아갈 수 없다면, 거꾸로 우리 있는 데로 오게 하면 어때?"

사흘 전

"신인 아이돌 신○○ 씨는 과거에 자신이 번개를 응원했던 것에 대해 사과하며 자필사과문을 내놓았습니다. 과한 대응이 아니냐는 우려와 함께, 잘 손절했다는 칭찬도 쏟아지고 있습니다."

"수영선수 배○○ 씨는 자신이 초인이라는 루머가 끊이지 않자, 자발적으로 정밀초인검사에 응하겠다고 나섰습니다. 이 선수가 의심을 받는 이유는 10년 전 번개의 사인 사진을 블로그에 올린 것을 들켰기 때문입니다. 배 선수는 '당시에 번개는 악당이 아니라 영웅이었고, 아이들 사이에 우편으로 초인의 사인을 받는 게 유행이었다'라고 썼다가 비난이 쏟아지자 즉시 게시물을 내리고, 다시 그때에는 어려서 철이 없었다고 사과했습니다. 하지만 시민들의 반응은 여전히 싸늘합니다."

서울 시청과 주요 언론사들이 포진한 종로거리. 높이 솟은 건물마다 붙은 대형 스크린은 종일 번개와 관련된 뉴스를 쏟아내고 있었다. 올해 설치된 가장 큰 스크린에서는 부서진 국회의사당 화면이 24시간 나오는 중이다.

서리는 세종문화회관과 경복궁, 남대문에서부터 광화문광장, 청계광장, 시청광장까지 뱅글뱅글 돌았다. 서리는 폰을 뚫어지게 들여다보며, 요드는 양손에 빵이 잔뜩 담긴 비닐봉지를 들고 종종걸음으로 그 뒤를 쫓았고, 나는 가까이 있고 싶지 않다는 티를 팍팍 내며 멀찍이 떨어져 교과서에 눈을 꽂은 채 따라갔다.

"서리야. 빵을 길에 놔둬서 미끼로 쓰는 건 아무래도 아닌 것 같아."

요드가 땀을 뻘뻘 흘리며 말했다.

"그런가? 탐나지 않을까? 공짜인데? 번개는 엄청 많이 먹잖아."

서리가 난처한 얼굴로 말했다.

"내가 번개라면 니들에게 잡히느니 쪽팔려서 자살할 거다."

내가 뒤에서 음울하게 말했다.

더운 날이다. 시청광장은 하얀 플라스틱 의자로 빼곡히 채워져 있다. 빈 의자로 가득 채운 광장의 모습은 유령도시처럼 기이했다. 의자 숫자에는 미치지 않았지만 오십여 명쯤 되는 사람들이 제각기 지루한 얼굴로 의자를 채우고 있다.

7년 전에 시청광장에서 큰 집회가 있었던 이후로 나라에서는 이곳을 매일 의자로 채워놓고 있다. '우리 아이를 위한 초인 악당 대책 범국민대회'라는 현수막이 붙은 무대에는 확성기를 든 사람이 연설을 하고 있었다. 사람들의 피켓에는 '초인과 결혼금지 법안을 만들라', '우리 아이가 위험하다' 같은 글씨가 쓰여 있었다.

"1초만."

서리가 손가락을 반짝 들어 올리며 말했다.

"딱 1초만 내가 번개를 만날 수 있으면 돼! 그럼 내가 파팍

하고 얼려버리는 거지. 그리고 바로 112에 전화하는 거야. 그럼 딩동댕!"

"그런데에, 1초든 1시간이든 번개가 너를 뭐하러 보러 오겠냐아?"

요드는 녹은 버터처럼 빈 의자에 얼굴을 올려놓고 누워서 늘어지는 목소리로 말했다. 그리고 서리가 방금 만들어준 얼음을 동동 띄운 콜라를 쪼록쪼록 마셨다. 나는 가능한 한 멀리 떨어져 앉아 모르는 척 문제집에 집중했다.

"테러범은 기본적으로 관심종자야."

서리가 으스대며 말했다.

"자기를 드러내고 싶어서 안달이 나 있는 사람이라고. 하지만 번개는 아무도 볼 수 없지!"

"아하, 그래서 테러를 하는 거구나아, 자기 좀 봐달라고오."

요드가 콜라 컵을 손가락으로 토닥이며 작은 박수를 치는 흉내를 내다가 고개를 갸웃했다.

"그런데 그거랑 번개가 널 보러 오는 거랑 무슨 상관인데에?"

"내가 디시인사이드 로그스 갤러리에 어제부터 '번개를 잡는 초인은 얼음능력자다. 종로에서 기다린다. 겁쟁이가 아니라면 와라.'라는 게시물을 도배해놨어."

"어어……, 그건 좀 위험하지 않을까아?"

"위험은 감수해야지! 악당을 잡는데!"

나는 바보 수치가 하늘을 뚫는 것을 더 참지 못하고 벌떡 일어났다. 문제집을 휙 내던지고 두 사람에게 뚜벅뚜벅 걸어가서 서리에게 주먹을 휙 내밀었다.

"얼려봐."

"어?"

"내 손을 얼려보라고!"

내 눈을 본 서리의 눈에서 웃음기가 가셨다. 순간 나도 마음이 서늘해졌다.

서리가 내게 시선을 꽂는 사이 내 손에서부터 손목 사이가 붉게, 이어 푸르뎅뎅하게 변했다. 얼음물에 손을 집어넣은 것처럼 주먹에서부터 한기가 밀려 올라왔다. 한기는 열기로 바뀌었고, 감각이 없어지다가 이내 격렬한 통증으로 변했다. 통증이 몸을 뒤덮었다. 몸에 지진이 난 것처럼 통제할 수 없이 떨리기 시작했다.

'이런 아이스커피 같으니라고.'

나는 눈을 질끈 감았다.

"그만."

내 말에 서리가 퍼뜩 정신을 차렸다. 나는 손을 호호 불고 겨드랑이 사이에 넣고 폰을 들여다보며 시간을 확인했다.

"30초."

내가 숨을 거칠게 쉬며 말했다.

"내가 지금 30초를 견뎠어. 이게 무슨 뜻인지 알아?"

"……."

"한순간에 얼려 죽이지 못하는 이상 사람은 한동안은 버틴다고. 네가 번개가 추워 디지게 하는 데 30초가 걸리면, 그새 번개는 지구를 백 바퀴는 돌 거고, 너를 백 번은 더 죽일 거라고!"

서리는 입을 꾹 다물고 결의에 찬 눈으로 나를 노려보았다. 그 눈을 보자니 마음이 더 서늘해졌다.

"그래도 잡을 거야."

"너 바보냐? 저능아야?"

"번개는 1년 전까지만 해도 영웅이었어. 백화점이 무너지기 직전에 날 거기서 꺼내줬다고."

나는 입을 다물었다.

"그런데 1년 새 악당이 되어버렸어. 온 국민의 칭송을 받던 사람에서 한순간에 전 국민의 비난을 받는 사람이 되어버렸다고! 초인의 위험을 경고하는 대명사가 되었잖아! 매일 신문에 탈탈 털리고, 인터넷마다 번개에 대한 욕이 난무한다고. 난 이 이상 그 사람이 미움받는 건 못 봐. 그러니까 내가 잡을 거야."

"……."

'지금 영웅이라 해도 초인은 언제 몹쓸 악당이 될지 모릅니다!' 무대 위의 남자가 소리쳤다. '당신 옆의 어린애가 언제 돌변해 당신을 죽이는 살인범이 될지도 몰라요!'

한낮의 태양이 작열하는 텅 빈 시청광장에서는 무대에서 홀로 남자가 열변하는 목소리만이 들려왔다. 어린아이 하나가 풍선을 들고 깔깔거리며 지나갔고 아주머니는 유모차를 끌고 옆을 느긋하게 걸어갔다.

"그런데에."

여전히 녹은 버터처럼 의자에 늘어져 있던 요드가 끼어들었다.

204

"왜에 서리는 사람을 한 방에 못 얼려? 이 얼음은 한 방에 만들었잖아."

요드는 말을 마치고 콜라를 달그락거리며 쪼르륵 마셨다. 나는 세계의 바보 수치를 낮추는 숭고한 임무에 영웅적인 노력을 기울이며 답했다.

"얼음은 그리 차가운 물질이 아냐. 실상 0도밖에 안 돼. 남극에서 발가벗고 있어도 사람은 잠깐은 버텨. 인간은 나름대로 36.5도짜리 난로니까."

"그러니까아, 그럼 온도를 더 많이 낮추면 어떻게 안 돼에? 서리는 그렇게 많이 온도를 못 낮추는 거야? 남극보다 더 낮게 내리면 안 되나? 남극 기온이 어떻게 되지? 마이너스 60도?"

"하지만……, 그러면 사람 다쳐."

서리가 시무룩하게 말했다.

내가 설명을 덧붙였다.

"마이너스 196도인 액체질소에 닿아도 아주 잠깐이라면 사람은 버텨. 아주 잠깐은 질소가 체온에 의해 끓어버리니까. 하지만 동시에, 사람 신체의 70퍼센트는 물이고, 그 물이 어는 온도에서도 사람은 죽을 수 있어. 말하자면 이런 뜻이지. 아무리 서리가 온도를 낮춰보았자 1초만에 사람을 얼리기는 어렵고, 까닥 잘못해서 사람이 죽기는 쉽단 말이야."

서리가 고개를 푹 숙이는 것을 보며 나는 말을 이었다.

"능력 쓰다 살인범 돼서 쇠고랑 차고 인생 통으로 망치고 싶냐."

"물이 얼면 뭐가 뭐라고?"

요드가 콜라를 달그락거리며 물었다. 나는 온 힘을 다해 내 끓는점을 낮췄다.

"물은 얼면 부피가 늘어나고, 부피가 늘어나면서 몸의 세포벽을 다 찢어버리게 된다고. 말하자면 몸의 하수관이 다 뻥뻥 터져버리는 거야. 그게 동상이고, 그래서 몸이 얼면 조직이 망가져서 썩어버리는 거지. 대체 왜 초인협회에서 얼음이 빛을 이긴다고 했는지 모르겠는데, 아무튼 얼음능력은 제압하는 데에는 시간이 많이 걸리고, 빠르게 제압하려다가는 사람이 죽⋯⋯."

"왜에 물은 얼면 부피가 늘어나는데에?"

요드는 눈을 멀뚱멀뚱 뜨며 계속 물었다. 이 요오드 용액 자식, 궁금한 게 아냐, 날 괴롭히고 싶은 거지. 날도 더운데 힘이 쪼록쪼록 빠지는 바람에 나는 주저앉아서 설명했다.

"자, 처음부터 가자. 물은 얼면 고체가 되지. 물질의 상태가 온도에 따라 기체, 액체, 고체가 된다는 말은 실은 별다른 게 아냐. 사실 세 상태가 되는 게 아냐. 그건 그냥 차가워질수록 분자가 점점 멈춘다는 뜻일 뿐이야. 실은 거꾸로 말해야 해. 분자가 점점 멈추는 걸 우리가 차가워진다고 표현하는 거지. 온도라는 건 실제로는 말이지⋯⋯."

"분자의 운동속도."

서리가 고개를 끄덕이며 답했다. 나도 고개를 끄덕였다.

"맞아, 분자의 운동속도."

"응, 난 온도를 낮추는 게 아니야."

서리가 말을 이었다.

"'분자의 움직임을 느리게 만드는' 거지. 안 그러면 내가 원하는 작은 영역만 얼리는 게 어떻게 가능하겠어?"

"그렇구나아아."

요드가 '이야, 너희들 모의고사 점수 잘 나오겠다.' 하는 얼굴로 감탄했다. 서리와 내가 동시에 입을 다물었기 때문에 요드가 콜라를 쪼록거리는 소리가 유난히 크게 들렸다.

"아."

서리가 깨달은 얼굴로 감탄사를 내뱉었다. 동시에 그 발밑에서 하얀 눈꽃이 피어올랐다.

푹푹 찌는 지글지글한 날씨에 흰 융단을 깐 것처럼 푸른 잔디 위로 하얀 서리가 달라붙었다. 우리 주위만 온도가 달라지자 주위로 휘이이 회오리바람이 불었다.

"잠깐……."

나는 말리려 했지만 서리는 넋이 나가 들리지 않는 듯했다.

"그렇구나. 속도……"

지금까지 한 번도 해보지 않은 능력발동 방식을 정신없이 머릿속에서 굴리는 것처럼. 서리를 맞은 잔디가 산들바람에 살랑거렸고 이어서는 더 거칠게 움직였다.

"할 수 있어! 내가 번개를 느리게 만들 수 있어! 내가 번개를 잡을 수 있다고!"

서리는 벌떡 일어나 요드를 끌어안고 방방 뛰었다.

"야아, 콜라아, 콜라아."

그때 벼락처럼 서리의 머리 위로 물이 확 끼얹어졌다. 나는 악 하고 소리를 질렀다. 차가운 물이 서리의 머리를 적시고 교복 옷깃을 타고 주룩주룩 흘러내렸다. 서리는 상황 파악을 못 하고 얼어붙었다.

"어디 백주대낮에 초인행각이야, 어린놈이!"

맥주 캔을 들고 얼굴이 벌겋게 달아오른 노인이 서리의 머리에 맥주를 들이붓고는 고성을 질렀다.

"낯부끄럽지도 않아!"

요드의 얼굴이 확 굳었다. 요드는 콜라를 내던지고 벌떡 일어났다.

"사과하셔야겠는데요."

요드가 장군처럼 발을 땅에 단단히 붙이고 고개를 쳐들고 서서 말했다. 요드가 그렇게 또박또박 말하는 모습은 처음 보았다. 우람한 몸집이 두 배는 커 보였다.

"요새 세상이 어떻게 되려고, 정상이 아닌 놈들이 창피한 줄도 모르고 아주 대놓고 거리를 활보하고 다녀. 이러다 나라가 초인들한테 다 먹히려고."

"사과하셔야겠어요."

"잠깐, 요드……."

나는 노인의 얼굴에 핏기가 가시는 것을 보고 말했다.

노인이 입을 다물었다. 노인의 얼굴이 하얗게 질렸다. 입에 거품을 물더니 목을 잡고 뒤로 물러났다. 입을 열어보았지만 허억허억 하는 바람 새는 소리만 들렸다. 노인은 뭐라고 말하려다가 그대로 나무토막처럼 뻣뻣하게 넘어졌다. 플라스틱 의자가 노인의 몸 뒤에서 부서지고 튕겨 나갔다.

무대에 선 남자가 확성기에 대고 소리를 높였다.

"초인들이 언제 돌변해 우리를 해칠지 모릅니다."

다섯 시간 전

"○○ 인권단체 홈페이지가 네티즌의 공격을 받고 있습니다. 과거에 불우 초인의 자녀를 지원한 전적이 의심받고 있습니다."

"청소년 사랑의 전화에 민원이 폭주하고 있습니다. 초인도 연락하면 도와준다는 답변이 문제가 되었습니다. 시민들은 초인을 돕는 것은 테러범을 지원하는 것이나 마찬가지라며, 민원을 넣어 업무를 마비시키는 형태로 항의를 하고 있습니다."

"인권조례가 수정되거나 폐기되어야 한다는 민원이 잇따르고 있습니다. 전국학부모연합은 '초능력이 있거나 없거나에 관계없이 평등하며'라는 문장을 문제 삼고 있습니다."

"서리야, 안에 있어?"

내가 교실에 들어서며 물었다. 안은 어두컴컴했다. 불을 켠 나는 숨을 훅 하고 들이쉬었다.

책걸상은 다 넘어져 뒹굴고 게시판은 온통 칼로 난도질이 되어 있었다. 누가 붉은 물감과 먹물을 사방에 뿌려, 마치 검은 피를 가진 괴물 몇 마리라도 도축한 듯 보였다. 칠판은 낙서로 도배가 되어 있었다. '참교육 실천', '괴물 퇴치', '모두 퇴치할 때까지 멈추지 않는다', '클린학교를 향해'. 그 한가운데 'JUSTICE'라는 글자가 대문짝만하게 자리 잡고 있었다.

"서리야."

교탁이 덜컹거리며 사람 하나가 안에서 빠져나왔다. 서리는 강아지처럼 꼬물거리며 기어 나왔다. 머리부터 발끝까지 물감으로 뒤덮여 엉망이었다. 서리는 아무 일도 없다는 듯 폰을 붙잡고 꾹꾹 누르고 있었다. 내가 다가가서 앞에 앉자 담담히 물었다.

"요드는?"

서리가 물었다.

"퇴학이래."

내가 답했다.

"그 할아버지가 요오드 과다중독 증세로 실려가게 해서?"

"그건 증명이 안 됐어. 원래 부정맥이 있었대. 하지만 요드가 트위터에 초인 인권에 대한 글을 쓴 게 들켰어. 학교 게시판에 민원이 쇄도해서, 어쨌든 논란이 있는 학생을 학교에 둘 수 없다는 결정이 떨어졌대."

서리는 아무 말도 하지 않았다. 하지만 손이 떨려 폰이 툭 떨어졌다. 나는 교복 소매로 폰을 슥슥 닦아 서리에게 주었다.

"번개를 잡아야 해."

서리가 고개를 숙인 채 말했다.

"그래야 이 난동이 다 끝나."

"……."

"이게 다 번개 때문이야. 그 사람이 세상을 다 망쳐놨어. 우리를 다 배신했어."

그 말을 들으니 슬퍼졌다. 나는 혹시 누가 들을까 싶어 주위를 두리번거리다가 손을 뻗어 서리를 끌어안았다.

"서리야. 아니야. 그렇게 간단하지가 않아."

나는 서리의 귀에 대고 속삭였다. 스스로도 내 목소리가 낯설게 느껴졌다. 서리도 이상한 기분이 들었는지 몸을 빼내려고 했지만 내가 잡고 놓아주지 않았다.

"내 말 잘 들어……."

나는 말을 이었다.

"7년쯤 전에 어느 구청에서 건물 하나를 무단 철거하려 했을 때 '정보수집자'가 미리 알고 막은 적이 있어. 요새 재건축 계획은 초인이 눈치채지 못하게 누가 주도하는지 알 수 없도록 해놓았는데도."

"정보수집자? '천리안'? 그 멀리 보고 사람 마음도 들여다보는 능력자?"

서리가 내 품 안에서 물었다.

"작년에 번개가 버스에서 납치해서 자기 부하로 삼았다는 그 천리안?"

나는 고개를 끄덕였다.

"원래 그 건물 자리에 세울 예정이었던 쇼핑몰에 대통령 일가가 돈을 들이부었거든. 그때 심히 열 받은 정부에서 심리전담팀을 꾸렸어. 그때부터 매일같이 인터넷과 언론에 초인에 대한 혐오 게시물을 쏟아냈어."

서리가 고개를 들어 칠판을 보았다. 난도질과 욕설 가운데 자리한 '정의'라는 글씨. '정의'의 정의가 변하고 있다. 자격이 없는 사람들이 그 이름을 가져가고 있다.

"나라에서는 초인들이 무서워 앞에 나서지도 못하면서 뒤에서 그딴 짓을 했어. 그렇게 사방에 뿌려놓은 것들이 지금 다 기어 나오고 있어. 걷잡을 수 없을 만큼."

"왜?"

서리의 숨이 얼음처럼 차게 볼에 와 닿았다. 몸이 너무 차서 사람을 안고 있다는 기분이 들지 않았다.

"그냥 한 거야. 어떻게든 사람들을 이상하게 만들어서 서로 돕거나 힘을 합치지 못하게 하려고."

서리가 너무 차가워져 나는 더 견디지 못하고 서리를 품에서 놓고 말았다. 서리가 차게 식은 눈으로 나를 바라보았다.

"번개는 못 잡아, 서리야."

"……."

"아무도 못 이겨. 번개는 시간을 지배하고, 마음만 먹으면 실상 뭐든 할 수 있어."

"그래서……."

"번개는 충분히 기다렸고 준비를 다 끝냈어. 이 미친 세상을 뒤엎을 거야. 그러니까 너도……."

나는 서리에게 손을 뻗었다. 그러다 손을 멈췄다.

서리의 입에서 하얀 숨이 새어 나왔다. 무릎을 꿇고 앉은 내 다리에 흰 서리가 앉으면서 몸이 바닥과 달라붙었다. 몸이 느려지고 굳었다. 서리가 능력을 거두지 않으면 몸을 떼어내려다 살이 떨어져 나갈 거란 것을 깨닫자 식은땀이 흘렀다.

"난 악당하고는 손잡지 않아."

서리는 또박또박 말했다.

"초인들더러 다 번개 편에 서라고 해. 그래도 난 안 해."

"바보야, 이건 옳고 그르고의 문제가 아니야! 생존의 문제야, 모르겠어?"

"……."

"번개는 시간 너머를 볼 수 있어. 천리안은 정보수집자고. 두 사람은 알아."

나는 말을 이었다.

"이대로 1년만 지나면 이 나라의 모든 초인은 다 악당으로 분류될 거야. 초인 인권단체에 기부했다든가, 초인에게도 노동권이나 투표권이 있다고 말한다든가, 그 초인과 친구라든가, 그 친구의 친구라든가. 그때엔 누가 길에서 초인을 때려죽여도 정당방위나 정의라고 불리게 될 거야. 초인을 가축처럼 격리하거나, 검은 두건을 쓰고 다니게 하거나, 일반인이라고 고백할 때까지 수용소에 집어넣고 교정교육을 할 수도 있어. 역사상 그런 일이 얼마나 많이 있었는지 알아?"

"그래도 난 안 해!"

서리가 소리쳤다. 형광등이 급격한 온도 저하를 견디지 못하고 갈라지다가 펑 하고 깨져나갔다. 창틀이 비틀리며 쾅 소리와 함께 창에 금이 갔다.

"내가 악당이 되면 이 애들이 하는 말이 다 진짜가 되는 거야. 나한테 했던 모든 악담을 진짜로 만들어버리는 거야. 이 애들에게 정의와 정당성을 쥐버리는 거라고!"

나는 입을 다물고 말았다. 공기가 차가워져서 무겁게 가라앉는 바람에 물안개가 피었다. 물안개 너머로 서리의 모습이 흐릿하게 보였다.

"내가 이 바보들에게 먼지 한 톨만큼의 정당성이라도 줄 줄 알아?"

"……이게 바로 그 바보들이 원하는 거야."

나는 내 몸을 끌어안고 이를 딱딱거리며 말했다. 젠장, 다음엔 '열꽃'이나 '난로'와 놀든가 해야지. 얘는 여름 한 철만 같이 놀고.

"우리에게 도저히 불가능한 윤리를 요구하면서, 성자나 성녀가 아니라는 이유로 학살하고 처형할 거라고!"

"……."

"기성세대들이 좋아서 영웅질 하고 사는 줄 알아? 어른들은 비초인들이 만든 정신의 감옥에 갇혀서 꾸역꾸역 희생하고 살았어! 그래 봤자 변한 게 뭐야! 어차피 비초인들은 우리를 인간으로 보지 않아! 자기들이 세상의 기준이고 주인인 줄 알아!"

"그래도."

서리는 답했다.

"그래도 난 안 해."

네 시간 반 전

사람 없는 복도에 저녁노을이 붉게 깔렸다. 나는 주머니에서 담뱃갑을 꺼내 손바닥에 톡톡 치고 한 개비를 빼 물었다. 다른 주머니에서 폰이 찌링찌링 울렸다.

"어때?"

폰 너머의 사람이 물었다. 남자의 굵은 목소리다. 지난 1년간 지긋지긋하게 들어온 목소리기도 하다.

"늘 당신 망상이 과하다고 생각했는데."

나는 그렇게 말하고는 안경을 만지작거리며 창밖을 보았다. 돌담과 학교 한쪽 벽은 부서진 채였다. 뻥 뚫린 학교 벽에 학생들이 스프레이로 쓴 글씨가 지저분하게 쓰여 있다.

"말이 안 통해. 믿을 수 없이 멍청하고."

나는 안경을 벗었다. 창에 비친 내 동공이 카메라 렌즈처럼 점으로 줄어들었다가 눈동자를 다 덮을 만큼 커졌다. 나는 부서진 벽 앞을 지나고 있는 한 학생의 마음에 접속했고, 5백 미터 밖 벽에 쓰인 글자를 눈앞에서 보듯이 읽었다. 담벼락에 펼쳐진 붉은 증오를 눈에 새겼다. 정의라 믿어 의심치 않는 증오.

"……영웅감이야."

"한 끗 차이지. 악당하고."

폰 너머의 사람이 말했다. 나는 늘 궁금하다. 사람이 인식조차도 없이, 변화의 고통조차도 없이, 그저 분위기에 휩쓸리는 것만으로, 간단히 마음에 선량함 대신 야만을 들일 수 있다면. 악의조차도 없이, 체험조차도 없이.

"묻고 싶은 게 있는데, 만약 멀쩡한 사람이 제정신으로 불의를 정의라 착각하는 게 가능하다면."

……사람은 무엇일까. 다 무얼까.

"내가 믿는 게 정의인지 아닌지는 어떻게 알아?"

"쉬워."

내 주인이 말했다.

"통쾌했으면 정의가 아니야."

"……통쾌했던 적 있어?"

"그럼, 자주."

나는 주인의 말을 들으며 담배를 후우 하고 빨았다.

이전에 주인은 '제 정의를 한 번도 의심해본 적이 없는 놈은 정의가 아니야'라고 했다. 그 이전에는 '그 사람이 제가 싸우는 상대보다 훨씬 더 강했고 그걸 알고 있었다면 정의가 아니야'라고 했다.

그보다 이전에는 '그 어떤 명제든 모든 상황에 적용하면 정의가 아니야'라고도 했다. 나는, 어쩌면 자신이 정의가 아닌 이유를 계속 찾아내는 것만이, 그 사람에게 남은 마지막 정의감일지도 모른다고 생각하곤 했다.

"난 네가 그 애가 나를 포기하도록 설득하겠다고 해서 기다려줬어."

"그래서, 죽일 거야? 서리가 당신을 죽일 수 있는 유일한 초인이라는 이유로?"

"상황에 따라서는."

내 주인은 무심히 말했다. 내 주인이 그럴 수 있는 사람인 줄은 안다. 내 주인이 거의 모든 것을 할 수 있는 사람인 줄도 안다.

"이건 옳고 그르고의 문제가 아니야."

내가 한참 만에 말했다.

"아니지."

"그 일이 내 맘에 드느냐, 마느냐의 문제야."

내 말에 주인이 침묵했다. 나는 침묵 너머의 생각을 읽었다. 그게 내 능력이며, 그게 내 주인이 나를 필요로 하는 이유다. 그리고 주인은 내가 필요하기 때문에, 내 생각을 크게 거스르지는 못한다. 어느 정도는.

"뭘 원하지?"

주인이 물었다.

"1초만."

내가 답했다.

"단 1초만이라도 좋아. 서리를 만나줘. 그다음에 죽여. 그게 내 조건이야."

전화를 끊자 서리가 비 맞은 강아지 꼴로 교실 문을 열고 나왔다. 우린 잠깐 상대방이 거기 있는지 몰랐다는 듯이, 처음 보는 사람들처럼 서로를 마주 보았다.

그때 정적을 깨고 우리 폰이 같이 울렸다. 나는 폰을 들여다보았다. 대학 동아리에서 만들었다는 그 번개잡이 앱 화면에 추적점이 따닥따닥 생겨났다. 점은 종로의 어느 재건축 중인 아파트 주위로 우스꽝스러우리만치 노골적인 궤적이 나타났다.

"번개가 나타났어……!"

서리는 뻔히 눈으로 보면서도 동의를 구하는 얼굴로 나를 보았다.

"좋아."

나는 고개를 끄덕였고 뚜벅뚜벅 서리에게 다가갔다.

나는 서리의 어깨에 손을 턱 올리고 말했다. 장수처럼, 아니, 일시적으로 주인을 바꾼 새 조수, 사이드킥처럼, 뭐가 됐든.

"우리가 그 썩을 놈의 자식을 박살을 내버리자."

자, 이렇게 된 거다.

이게 저 아이스커피와 번개가 맞짱을 뜨게 된 경로다. 달리 말하면, 사람을 제로의 시간 사이에 죽일 수 있는 번개가 저 바보 아이스커피와 만나준 경로다.

지금

지금 나는 재건축 중인 아파트 안에서 대치하고 있는 두 사람을 보고 있다.

나는 서리의 마음과 번개의 마음에 동시에 접속해 있다. 빈 건물 안에 자라나는 눈꽃과 창에 자라나는 흰 얼음의 그림을 본다. 눈앞에서 보듯이, 두 사람의 시야를 통해 둘을 동시에 본다.

∞

"진짜 번개는 어디 갔어, 이 가짜?"

서리가 하얗게 변한 주먹을 꾹 쥐며 물었다. 번개는 서리의 질문에 그리 놀라지 않았다. 대신 덥수룩한 머리를 쓸어 올렸다.

"죽었어. ……늙어서."

내 주인은 아직 앳된 여드름투성이 얼굴로 서리를 마주 보았다.

"그래서 유언대로 내가 이름을 이어받았어."

"전 세계적으로 초인들이 일으키는 사건사고가 국제적인 문제가 되고 있습니다."

국회의장이 단상에 서서 새 법안을 발표하며 말했다.

"한국도 예외가 아닙니다. 최근 번개가 일으킨 엽기적인 테러를 생각해보면, 이런 일이 일어나지 않도록 방지하기 위해서는, 전국에 초인 감시기구를 설치하여 초법적인 권한을 주어야 합니다."

연설이 끝난 뒤 야당 의원이 부스스한 머리를 하고 허둥지둥 단상에 올랐다.

"존경하는 의원 여러분, 초인감시기구를 설치한다 칩시다. 초인이란 누구를 말합니까? 엄밀하게 따지면 초인과 일반인의 경계는 희미합니다. 여러분은 초인과 일반인 두 종류로만 구분하지만, 사실 초인에는 여러 수준이 있습니다. 국내 최대 초인커뮤니티 '초밥'에서는 초인을 세분화하는 이름만 서른 개가 넘습니다. 독보적인 능력이 있으며 제어

도 할 수 있는 흔히 생각하는 초인, 일반인과 거의 구분이 안 되는 미
소 능력자, 일반인이지만 초인과 유사한 사람들, 이를테면 올림픽 선
수와 같은 천재적인 재능의 소유자, 평상시에는 능력이 없다가 위기 상
황에서 불시에 힘을 발휘하는 단발성 능력자, 능력을 통제하지 못하는
통제불능자…….”

“언제까지 할 겁니까?”

“초인을 감시한다는 건 국민 전체를 감시하는 것과 다름없다는 말
입니다.”

“그걸 다 들어야 할 이유가 있느냐고요.”

“작년에 원전에서 가스누출 사고가 있어서.”

내 주인이 무심한 얼굴로 말했다. 알려지지 않은 사고였다.
그럴 수밖에, 현실의 시간에서는 ‘아무 일도’ 없었으니까.

“언제?”

“모를 거야. 10초 만에 처리했으니까. ……세상 입장에서는.”

일어나지 않은 일은 아무도 모른다.

나는 그 순간 번쩍이며 서리의 머리에서 스쳐 가는 기억을
읽었다.

이미 사람들의 뇌리에 박힌 테러 영상들. 뉴스에서, 시청광
장에서 지금까지도 온종일 틀어주고 있는 내려앉은 국회의사
당, 어찌나 반복해서 보여주는지 그 자리에 뭐가 있고 누가 있
었는지 전 국민이 다 알아볼 수 있게 된 현장 영상들, 빨갛게 칠
한 경찰서 벽, 무의미한 낙서로 채워진 시청 천장, 물건이 다 자

리를 옮긴 홀.

정부에서 고용한 초인들이 글자를 지우기 위해 조작한 번개의 테러 현장.

내 주인이 지난 1년간 지치지 않고 남긴 메시지가 그곳에 있었다. 초대 번개가 어떻게 죽었는가, 무엇을 했는가, 원전에서 무슨 사고가 있었는가. 내 주인은 기사를 냈고, 민원을 냈고, 나중에는 정부청사 벽에 쓰기 시작했다. 나라에서는 사고가 났다는 사실 자체를 숨기기 위해 그 번개의 희생마저도 지웠다. 내 주인만큼 꾸준히, 성실하게.

"길었어."

내 주인은 주어 없이 말했다. 많은 것들이 다 길었다. 서리는 흔들리지 않고 고개를 저었다.

"번개는 당신이 이러는 걸 원하지 않아."

"그렇겠지."

내 주인이 무심히 말했다.

"내가 원하는 일이니까."

공사 중인 낡은 아파트가 내려다보이는 길 건너편의 높은 건물, 나는 그 옥상에 서서 길 건너편의 아파트를 내려다보았다.

눈으로 보지 않아도 머릿속에 다 떠오르지만 습관이라는 것이 있으니까.

내 뒤로는 동료들이 구경하러 와 있다. 장난으로 손끝에서 불을 일으켜보는 친구도 있고 심심풀이로 공중에 몸을 살짝 띄워

보는 친구도 있다. 애들도 있고 어른들도 있다. 초인의 좋은 점 하나는 능력과 나이가 관계가 없다는 점이지.

나는 오늘 이들에게 TV 역할을 하고 있다. 내가 본 것들을 모인 이들에게 전파하고 있다. 내가 수신한 풍경을 다른 사람들의 마음에 송신까지 하려면 꽤 신경을 써야 하지만, 초인 결투에는 증인이 필요하다. 불시의 재난을 막기 위해서라도. 잘못되었을 경우 뒤처리를 하기 위해서라도.

"누가 이길 것 같아?" "말이라고 하냐." "저 애송이는 싸움이 처음이라던데." 뒤에서 동료들이 속삭였다.

그 사이에서 누가 걸어와 내 옆에 섰다.

요드였다.

후줄근했고 늙어 보였다. 며칠 새 풍파에 시달리다 성장하고 회복까지 나름대로 한 얼굴이었다. 전사가 될 만한 상처도 입었고.

"안녕, 신입."

내가 인사했다.

"안녀엉, 선배님."

요드가 내 쪽은 보지도 않고 말했다.

요드는 침묵하다가 내게 물었다.

"……넌 어느 쪽 응원해?"

쉬이.

아파트 안은 공기가 급격히 차가워진 탓에 시야가 희뿌옇다.

번개의 몸이 흐려졌다. 차가워진 공기 때문만은 아니었다.

'가속하려 한다.'

서리의 마음이 전해져왔다. 서리는 양 잠바 주머니에 넣은 플라스틱 물통을 꾹 쥐었다.

다시, 세 시간 전

"물을 최대한 활용해, 아껴서 쓰고."

나는 교내의 텅 빈 화장실에서 서리의 양 잠바 주머니에 물통을 넣어주며 말했다.

"물질의 세 상태, 기억하지? 물은 상온에서 살짝만 추워지면 고체가 되고 살짝만 따듯해지면 액체에서 기체까지 돼. 얼면 부피가 늘어나고 얼어붙어 늘어난 물은 콘크리트도 깨부술 수 있어. 서로 달라붙기도 하고, 번개가 영악하게도 수도가 끊긴 곳을 전장으로 골랐지만 말야. 죽일 생각은 없지?"

"당연하지."

서리는 물통 뚜껑을 잡고 덜덜 떨면서도 일고의 여지 없이 말했다.

"내가 체포해서 경찰에 넘길 거야."

나는 그 말에 별로 대꾸하지 않고 고개를 끄덕였다.

"사람이 얼어 죽는 체온은 실상 0도가 아니야. 36.5도가 정상 체온이면 27도 정도야."

내 말에 서리는 세상에서 가장 중요한 정보를 얻었다는 듯

황급히 27도, 27도 하고 중얼중얼 외웠다.

"거기까지 낮출 필요도 없어. 사람은 체온이 2도만 높아져도 고열로 쓰러지고 2도만 낮춰도 몸이 둔해져서 움직이지 못해."

"전에는 그런 말 안 했잖……"

"그땐 널 말릴 생각이었으니까. 따지지 마라."

나는 물감으로 지저분한 서리의 얼굴을 손바닥에 물을 묻혀 슥슥 닦다가, 뺨을 양손으로 쥐고 내 눈을 보게 했다.

"절대로 겁먹으면 안 돼. 화내도 안 돼."

서리가 눈을 크게 뜨고 나를 바라보았다.

"겁을 먹거나 화를 내면 몸에 힘이 들어가. 통제력도 잃게 돼. 보통 사람도 그럴 땐 신체의 힘만으로도 사람을 죽일 수 있어. 우리 같은 사람들은 훨씬 더, 더 쉽게 죽일 수 있어."

"……"

"그러니까 절대로 겁먹지 마. 화내지도 마. 네가 영웅이라면."

서리의 눈이 단단해졌다.

"서로 동시에 공격하게 될 거야. 네가 공격하기를 기다렸다가 움직인다고 생각해. 번개는 기습은 하지 않아. 동료가 멀리서 보고 있을 거고, 자기 동료들과 너 자신에게 네가 죽는 순간을 지켜보게 할 거야. 그게 그 사람 나름의 당위……"

"악당은 관심종자니까."

"뭐."

나는 어깨를 들썩했다.

"빛의 속도에서는 시간이 멎어. 번개는 정지한 시간 속을 움직여. 정지한 시간이라는 건, 짧은 시간이나 찰나의 순간 같은 것이 아니야. 그야말로 제로의 시간이야. 번개가 능력을 쓰는 것과 동시에 결투는 끝나. 지금까지 그 누구도 번개를 이기지 못한 이유야."

나는 서리의 눈에 두려움이 들어서는 것을 보았고 서리가 이내 그걸 지우는 것도 보았다.

"하지만 생각의 속도는 빛의 속도가 아니야."

나는 내 머리를 톡톡 쳤다. 서리가 눈을 동그랗게 떴다.

"너든, 번개든, 능력을 쓰기로 마음먹고 능력을 쓰기까지는 시간이 걸려. 거기엔 시간이 있어. ……그러니 그사이에 싸워."

다시, 지금

나는 멀리서 번개의 몸이 흐릿해지는 것을 보았고 숨을 삼켰다.

잔상.

실제 상이 아니라 시야에 남은 상의 잔재. 1초, 찰나, 눈을 깜빡할 사이의 시간, 아니, 시간이라고 말할 수도 없는 찰나에 결판이 난다. 시간이 접혔다 펼쳐지는 것처럼 상황이 여기서 저기로 바뀐다. 깜박, 이제 서리는 죽었을 것이다. 죽었을…….

번개가 제자리에 그대로 서 있었다. 흐릿함마저 사라지고 선명한 실체로 어리둥절해서는 서 있다. 당혹감이 눈에 박혀 있다. 서리는 물통을 쥔 채 입을 꼭 다물고 있었다.

'잡았어.'

나는 나도 모르게 주먹을 쥐었다. 내 등 뒤에서 탄성과 한숨이 이어졌다. 나와 마찬가지로, 번개의 적이 1초를 버티는 모습을 본 적이 없는 친구들이다.

번개의 표정이 이내 차분하게 가라앉았다. 내 주인은 호락호락한 사람이 아니다. 가장 큰 무기를 잃었는데도 이유를 고민하느라 시간을 낭비하지 않는다. 순식간에 상황에 대응한다. 번개는 후 하고 숨을 내쉬고는 돌연 서리를 향해 달려들었다.

또, 두 시간 반 전

"설사 가속을 막는 데 성공한다 한들 끝이 아니야."

나는 지하철 손잡이에 매달려 흔들흔들하며 앞에 앉은 서리에게 말했다. 서리는 열심히 내 말에 집중했다. 간혹 주위 사람들이 힐끗거리며 몰골이 엉망진창인 서리를 보았지만, 서리도나도 신경 쓰지 않았다.

"상대는 사람이고 어른 남자야. 보통 사람도 주먹만으로 사람을 죽일 수 있어. 능력이 차단되면 번개는 바로 몸싸움을 시도할 거야."

"그럼 어떻게 해?"

"그럼 어떻게 하나 하는 생각이 들게 하려고."

"?"

"상대가 몸을 쓰면 너도 순간적으로 몸으로 대응하려 할 거야. 물러나거나, 피하거나, 움츠리거나, 막으려 하거나. 하지만 그래선 안 돼. 네 힘은 몸에 있지 않아. 무슨 말인지 알겠지?"

"……."

"겁내선 안 돼. 겁내면 생각이 날아가. 생각이 날아가면 끝이야."

또, 지금

서리를 바닥에 넘어뜨리고 몸으로 깔아뭉갠 번개는 멈칫했다.

번개의 입에서 얼어붙은 숨이 새어 나왔고 몸이 사시나무처럼 떨렸다. 이가 딱딱 부딪치고 피부에는 소름이 우둘투둘 돋았다. 서리의 목을 향해 움직이던 손이 덜덜 떨리며 멈췄다. 번개는 숨을 헐떡이며 두 팔로 제 몸을 감싸 안고 웅크렸다.

서리는 그 모습을 끝까지 바라보며 일어나 앉았다.

'잡았어.'

나는 다시 생각했다. 서리는 훌륭하게 냉기를 조절하며 상대가 죽지도 움직이지도 못할 지점을 찾고 있었다.

번개는 두 팔로 몸을 감싸 안고 웅크리며 이빨을 딱딱 부딪치다가 히죽 웃었다. 눈에 소름 끼치는 냉기가 비쳤다. 순간 머리가 핑 돌았다.

내가 아니라 서리에게 일어난 일이었다. 나는 머리에서부터 피가 아래로 빠져나가는 느낌에 사로잡혔다. 땅이 꺼졌거나 거대한 바윗덩이가 서리를 짓눌렀다고 생각했다.

'현기증? 왜지? 긴장해서인가?'

몸이 천근만근이었다. 서 있을 재간이 없었다. 나는 쿵 하고 엉덩방아를 찧었고 서리도 함께 뒤로 쿵 하고 머리를 찧으며 넘어졌다. 벽이 안쪽으로 끼긱끼긱 기울어졌다. 고무처럼 휘어지다가 쩌적거리며 금이 가고 천장에서 모래가 쏟아져 내렸다. 멀리서 유리창이 압력을 이기지 못하고 쩡 소리를 내며 폭발했다.

'환상? 정신능력?'

나는 고개를 저었다. 초인대결에서 정신상태를 의심하는 것만큼 위험한 짓거리는 없다. 현상을 사실로 받아들였을 때 결론은 하나뿐이었다.

"중력……."

나는 중얼거렸다. 동료들도 웅성거렸다.

"번개가 속도 말고 능력이 더 있었어?"

"사기 아냐?"

"능력은 사람마다 하나뿐인 거 아니었어?"

"저 자식, 처음부터 중력이었어!"

내가 소리쳤다.

"무슨 소리야?"

요드가 세상의 바보 수치를 지키는 제 유일한 역할에 몰두하며 옆에서 물었다.

"같은 힘이야. 온도가 분자의 운동량인 것처럼, 속도와 중력 가속도는 같은 힘이야. 저 사람 힘, 빛이 아니라 중력이야!"

하지만 아무리 온도가 속도고, 속도가 중력이라 해도, 서리가 저 자리에서 온도에서 중력까지 이어진 길을 찾을 가능성은 없

228

다. 나는 결투현장이 여기서 한참 떨어져 있다는 것도 잊고 소리쳤다.

"서리야, 거기서 나와! 도망쳐! 넌 못 이겨! 저 자식 능력이 속도가 아니야!"

다시, 조금 전

"잘 들어, 힘은 다 같아."

나는 지하철에서 내려 서리의 잠바를 여며주며 말했다. 종로 밤거리는 한산했다. 시위예고가 있어 거리에 차량이 통제되는 바람에 더 고요했다. 멀찍이 내려 집으로 걸어서 귀가하는 사람들만이 간간이 눈에 띄었다.

"통일장 이론 뭐 그런 거야?"

서리는 해시시 웃으며 말했다.

"비슷해. 열평형, 에너지 보존법칙, 뭐든."

나는 단추를 잠그고 서리의 머리를 매만진 뒤 서리의 입에서 나온 입김을 손에 쥐고 위로 올리는 시늉을 했다.

"뜨거운 공기는 분자의 운동량이 많아서 부피가 늘어나고, 부피가 늘어난 만큼 가벼워져서 위로 올라가. 차가운 공기는 반대로 무거워져서 아래로 내려오지. 그게 대기의 이동이고, 그게 바람이야."

서리가 고개를 갸웃했다.

"네가 힘을 어떻게 쓰느냐에 따라 네 이름이 '바람'이 되었을 수도 있다는 뜻이야. 내가, 어흠, 흠흠, '천리안'이 마음을 읽는 능력을 활용해서 먼 데를 볼 수 있는 것처럼."

나는 말을 이었다.

"온도가 분자의 운동량을 줄이고 늘리고, 그래서 대기 크기를 줄이고 늘리고, 그래서 대기를 가볍게 만들고 무겁게 만들고, 그래서 기압을 낮추고 높이고, 그래서 바람이 불고 대기가 움직이고, 이건 다 같은 소리야. 무슨 말인지 알겠어?"

"모르겠는데."

서리는 못 살겠다는 듯 웃었다.

"네 힘은 '얼음'이지만, 한편으로는 '열'이고, '돌풍'이야. 네 적이 차가운 물건을 만지게 하면 피부의 수분이 급속 냉각해서 '접착제'가 될 거야. 차가운 것을 만졌을 때 손이 붙어버린 적 있지? 같은 물건 안에서 온도 차를 크게 만들면 서로 크기가 달라져서 깨져. 유리잔에 뜨거운 물을 부으면 잔이 깨지는 것처럼. 그럼 네 능력은 '파괴'야."

나는 서리의 어깨에 손을 얹으며 말했다.

"명심해, 네 힘이 무엇이든, 그 힘은 모든 것이야."

마지막으로, 다시, 지금

서리는 천천히 내려앉는 바닥에 납작 드러누운 채 끼긱거리며 금이 가는 천장을 올려다보았다. 나는 서리가 공간 한가운데에 거대한 눈덩이를 떠올리는 것을 보았다. 한 덩이의 차가운 공간이 둘 사이에 놓인 드럼통 위로 생겨났다.

그러자 깨진 창으로 돌풍이 밀려 들어왔다.

'공기에 급격한 온도 차가 생기면 돌풍이……'

나는 생각했다.

먼지가 솟구치고 쌓여 있던 자재가 휘청이며 무너졌다. 드럼통이 구르며 안에 담긴 장작을 쏟아내었다. 모래알처럼 부서진 유리 조각이 차가운 건물 안에 휘몰아쳤다. 유리 조각이 번개와 서리의 몸을 스치며 상처를 내었다. 시멘트 포대가 터지며 시멘트 가루가 허공에 자욱하게 퍼졌다.

번개는 모래바람 속에서 휘청거리며 뒤로 밀려났다. 바닥이 내려앉다가 멈췄다. 기울던 벽이 막힌 숨을 토해내듯 제자리로 돌아갔다. 서리는 짓눌렸던 숨을 헉하고 내쉬며 그 자리에서 굴러 나와 기침을 했다.

내 뒤에서 탄성이 일었다. "1분 지났어?", "신기록이지?" 하며 웅성거리는 소리도 연이어 들렸다.

'생각의 속도는 빛의 속도가 아니야.'

나는 난간에 기대어 생각했다.

'번개가 능력을 발동하려면 생각을 해야 해. 생각을 못 하게 만들어. 계속 몰아세워.'

서리가 주머니에 있던 플라스틱 물병을 꺼내 번개를 향해 던졌다.

서리의 약한 팔 힘으로 날아간 물병은 땅에 한 번 부딪혔다가 튀었다. 땅에 부딪히는 순간 물병에 서리가 끼며 안에 있던 물이 급속도로 얼었고, 얼음의 팽창에 부딪힌 충격이 더해져 병은 박살이 났다. 다음 순간 얼음이 증기를 일으키며 끓더니 사방에 튀었다.

번개는 돌풍에 밀려 벽 귀퉁이에서 양팔로 벽을 짚고 겨우 균형을 잡았다. 안과 밖의 기온이 비슷해지자 바람은 이내 잦아들었다. 다시 움직이려던 번개는 멈칫했다. 번개의 시선이 손을 향했다. 젖은 벽 표면에서 얼음이 자라나 번개의 몸을 단단히 붙들었다.

번개의 입에 웃음이 깃들었다. 오늘 재미있는 꼴은 다 본다는 듯이.

물병을 하나 더 꺼내던 서리의 몸이 풍선처럼 둥 하고 떠올랐다. 널브러진 자재와 드럼통과 시멘트 가루가 물에 잠긴 것처럼 둥실 떠올랐다. 서리는 떠오르는 물병을 붙잡으려다가 놓쳤고, 다시 잡고도 도로 미끄러졌다.

"어어어, 왜 저래?"

요드가 맹청하게 물었다. 내가 앞에서 이 녀석은 이름도 기억하지 말라고 하지 않았던가. 나는 침을 꿀꺽 삼키며 생각했다.

'마찰력도 중력이 있어야 생겨. 중력이 없으면 물건을 집기가 어려워.'

서리의 손에서 떨어져 나간 물병이 깃털처럼 멀리 날아갔다.

232

서리는 허공에서 허우적거렸다. 물속이라면 헤엄치는 것으로 몸을 움직일 수 있겠지만, 공기는 손으로 밀어내는 정도로 움직일 동력을 얻기에는 너무 밀도가 낮다. 공중에 묶어둔 것이나 다름이 없었다.

번개는 말없이 벽에서 몸을 확 떼어내었다. 피부가 떨어져 나갔고 손과 팔에서 피가 맺혀 뚝뚝 떨어졌다. 번개는 신경 쓰지 않고 다가왔다. 이제 진심으로 꼭지가 돈 듯했다.

'물.'

나는 생각했고 감추지 못하고 중얼거렸다.

"물이 더 있어야 해."

동료들 누구도 내 말에 의문을 갖거나 저항하지 않았다. 몇은 밤하늘을 올려다보았고 '수도꼭지' 같은 능력자는 없는지 속닥이며 서로 물었다. 몇은 단수된 수도를 다시 이을 방법이나 소화전을 폭파시키자는 대화를 나눴지만 뭘 하려 해도 시간이 없었다.

번개는 공중을 떠도는 물병을 잡아 창밖으로 내던졌다. 서리가 이를 악물었다.

번개의 발아래에서부터 눈꽃이 자라났고 대기 중의 습기가 얼어붙어 뿌옇게 내려앉았다. 번개의 몸에 난 땀이 얼어붙어 작은 고드름이 되었다. 냉기가 번개의 몸속에 침투하는 것은 보였지만 여전히 속도가 느렸다. 서리가 지금 번개를 급속 냉동시켜버린다면 대결은 한순간에 끝나겠지만, 서리는 그런 짓을 하지 않는다.

번개가 발을 살짝 들어올렸다가 바닥을 찍었다. 동시에 서리의 몸이 바닥에 쿵 하고 내던져졌다. 바닥에 금이 쩌억 갔다. 번개와 서리 사이의 바닥에 금이 가더니 큰 바윗덩이를 내던진 것처럼 푹 꺼졌다.

서리는 손으로 바닥을 긁었지만 그대로 미끄러져 내려갔다. 바닥이 기울어져서만이 아니었다. 블랙홀처럼 바닥이 서리를 잡아당겼다. 이어 귀가 멍멍한 파열음과 함께 바닥이 꺼져 내렸다.

나는 눈을 감고 주먹을 꽉 쥐었다.

'졌어.'

절망하는 내 머리 위로 톡, 톡, 물방울이 떨어졌다.

이내 차가운 물줄기가 후둑후둑 쏟아졌다. 나는 어리둥절해서 고개를 들었다. 동료들이 허둥허둥하며 뭐 우산능력자 없느냐고 서로 찾았다. 우산을 가져오면 되지, 우산 능력은 왜 찾느냐는 김빠지는 소리도 돌았다.

나는 가까이에서 바보 수치가 치솟는 것을 느끼며 불안스레 옆을 돌아보았다.

"야, 너어."

요드가 엄지를 쓰윽 들어 보이며 말했다.

"구름에 요오드화은 뿌리며언, 어떻게 되는지 알아아?"

구멍 난 천장에서 비가 사정없이 쏟아졌다.

번개는 감았던 눈을 떴다. 내려앉아 갈라진 건물 틈으로 종로 거리가 훤히 눈에 들어왔다. 자욱하게 솟구친 연기가 비에 씻겨

가라앉았다. 투둑투둑 경쾌한 소리를 내며 쏟아지는 비가 돌무더기 아래로 개울을 이루었다.

내려앉은 콘크리트 더미를 얼어붙은 빗줄기가 실처럼 이어 고정시키고 있다. 천장에서 흘러내리는 비의 개울이 종유석처럼 이어지며 무너진 것들을 단단하게 붙들어 매었다. 얼음실로 이어진 콘크리트 더미는 새로 만든 작은 얼음성처럼 보였다.

번개는 반짝이는 얼음성 안에 갇혀 있었다. 거미줄 같은 얼음이 번개의 몸을 콘크리트에 단단히 묶어두고 있다. 번개는 그대로 처연한 눈으로 밖을 보았다.

번개의 시야에 바깥풍경이 들어왔다. 시간 왜곡이 보여주는 미래의 모습.

군중이 거리에 들어차 있다. 피켓을 들고 띠를 두른 사람들이 거리를 행진했다. '괴물들', '돌연변이', '비정상인', '위험분자', '테러범들'. 분노와 희열이 함께 출렁였다. 드러난 이빨, 초점이 없는 어두컴컴한 눈동자, 험악하게 구겨진 얼굴. 확신에 찬 증오. 정의라는 이름 아래 자행되는 학살, 집기를 부수고 창을 깨고 사람을 끌어낸다. 두들기고 찌르기 시작한다. 피가, 살점이, 죽음이, 공포가.

역사상 수도 없이 있었지만 제대로 기록에 남거나 기억되지 않는 일들. 앞으로 1년 새에 일어날 일.

"잡았어."

눈앞에서 어린 소녀의 말소리가 들렸다.

"내가 이겼어, 번개. 넌 잡혔어. 법정에 서서 심판받고 죄의

대가를 치러."

번개는 은빛 실로 이루어진 얼음성에 앉아 있는 소녀를 멍하니 바라보았다. 거리의 네온사인 불빛이 비쳐들어와 얼음이 보석처럼 반짝였다. 하염없이 쏟아지는 비가 가느다란 석순처럼, 종유석처럼 사방에서 자라났다.

"네가 졌어."

이제 내 옆에는 모두 다 함께 오밀조밀 모여 있었다. 가운데에서 발열능력자가 열심히 발열로 모두의 옷을 말려주고 있어서이기도 했지만. 한 명이 "와!" 하며 입을 열었고 누군가가 "쉿!" 하고 입을 막았다.

그때, 나는 번개의 시야에 담긴 풍경이 변하는 것을 보았다.

세상이 몸을 비틀고 시간선이 뒤틀리는 것을 보았다.

거리에 사람들이 모여들었다. 조금 전 거리를 걷던 바로 그 사람들이다. 하지만 들고 있는 피켓은 달랐다. 표정도 달랐다.

사람들이 광장을 가득 메웠다. 수십, 수백, 수천, 수만, 백만……. 이 나라 사람들이 다 모였다. 시야가 닿는 모든 곳마다 사람들이다. 아이에서부터 어른까지, 초인이든 비초인이든 가리지 않고.

서리는 군중 한가운데에 있다. 명랑한 얼굴이다. 나와 요드도 옆에서 실랑이하며 수다를 떤다. 다른 초인 친구들도 주위에 모여 있다. 소풍이라도 나온 것처럼 신이 났다. 곳곳에 각자 자기 상징이 그려진 깃대를 자랑스럽게 흔들며 행진한다. 그 가운데에 번개의 상징도 눈에 띈다.

우리는 군중에 묻혀 있다. 아무도 우리를 주목하지 않는다. 누구도 그 애가 시작인지 모른다. 어떤 정보원도 기자도 역사가도 상상하지 못한다. 서리 자신도 모른다. 오직 나와 번개만이 안다. 힘의 파동이 그 애에게서 시작한다는 것을, 다른 모든 파동을 삼키고, 강한 물결을 일으켜 세상이 하나의 동심원을 그리게 만든 최초의 지점이라는 것을. 그 애가 우리의 새 파원(波源)이라는 것을.

세상은 곧 무너져 내릴 것이다. 그 애로부터. 내 이전 주인은, 이전의 파원은 생각도 못 했던 방식으로.

번개는 한참 바깥을 보았다. 그러다 조용히 미소를 지었다.

서리는 눈을 감았다가 떴다. 갑작스레 찾아온 고요함에 잠시 생각을 놓친 듯했다. 빗줄기가 실처럼 가늘어졌다. 별처럼 빛나는 네온사인의 불빛이 건물 틈새로 스며들었다. 서리가 잠시 고요한 밤거리에 눈을 두었다가 돌아보니 번개는 사라지고 없었다.

어디선가 군중의 우렁찬 함성이 진군의 북소리처럼 울려 퍼졌다.

걷다, 서다, 돌아가다

◇ 2020년 매거진 〈언유주얼〉 7호 수록

걷는 사람은 오랜만이었다.

아, 정말 오랜만이었다. 반가운 마음에 성큼 다가가 덥석 손이라도 잡을 뻔했다. 알지도 못하는 사람이건만. 나는 주책 맞은 마음을 억누르며 짐짓 모른 척 말을 붙였다.

"걷고 계시네요."

그 사람은 놀라 나를 돌아보았다.

"누가 뭐라고요?"

"걷고 계시다고요."

그는 어리둥절해져서는 자기 다리를 들고 힐끗 보더니 말한다.

"누구나 걷잖아요. 자연스러운 일이죠."

네, 자연스러운 일이죠. 그는 별일 아니라는 듯 걸음을 내디딘다. 검은 우주 한복판, 금빛 타일 하나가 그의 발밑에 생겨나 옆게 빛난다. 정수리에 흰 머리카락이 두엇 늘어난다. 피부의 윤기가 줄고 눈가에 주름이 는다.

"그래요."

나는 뒤에 남아 중얼거린다.

"걷는 사람도 있어야죠."

나는 내 낡은 자리를 내려다본다. 그리고 쪼그리고 앉아 입김을 호호 불며 바닥에 손장난을 했다.

밤마다 시간의 우주로 들어오기 시작한 지도 오래되었다. 내가 꿈에서 시간을 물리적인 실체로 본다는 말을 하려면, 물리학과 교수님을 찾아가야 할까, 심리학과 교수님을 찾아가야 할까. 교수님, 그 이론이 맞았어요. 시간은 선이 아니라 면이에요. 흐르는 게 아니라 펼쳐져 있죠. 우리가 그 위를 한 발 한 발 걷는 거고요. 그리고 밤마다 잠이 들면 자기 생애에서 가장 원하는 시간대로 돌아가죠. 물론 깨어나면 다 잊어버리지만……. 네, 정신의학과로 가봐야겠군요.

나는 밤마다 이 자리로 돌아온다. 스물아홉일까, 서른일까. 정규 교육은 어찌어찌 다 끝냈고 아직 활기와 체력은 남아 있을 시절. 학자금 빚을 떠안은 취업 준비생이었지만 그래도 그게 닥친 문제의 전부였던 무렵. 나는 여기서 더 자라지도 어려지지도 않는다.

아버지는 저어기쯤 있다. 늘 저 자리다. 오십 세쯤일까. 가족 몰래 빼돌린 재산을 주식으로 탈탈 날린 날이다. 아버지는 매일 그날로 돌아간다. 재무제표를 구멍이 나도록 들여다보며 그날의 어느 경로에 다른 길이 있었는지 뒤적인다. 밤마다 잠꼬대로 중얼중얼하고, 눈을 감으나 뜨나 그날을 되새긴다.

동생은 또 저어기쯤 있다. 대학에 합격한 날이다. 그 빛나는 타일 위에 서서 찬사를 기대하는 얼굴로 연신 주변을 두리번거린다. 그날처럼 온 세상이 그 애를 사랑해준 날은 다시는 오지 않았기에. 상사에게 신나게 터지고 술자리에서 얼굴이 벌게져서는 합석한 아무나 붙들고 말한다. 내가 꽈꽈대 다닐 때는 말이죠…….

둘 다 사람을 그리 오래 만나지 않는다. 실은 하루 이상 관계를 유지하지 않는다. 그래야 같은 말을 영원히 할 수 있으니까. 아버지는 낯선 사람을 만날 때마다 한탄을 늘어놓고 동생은 낯선 사람만 보면 언제 대학 이야기가 나올까 두근거리며 기다린다. 그래도 선 자리가 불행한 날인 것보다야 행복한 날이 낫겠지. 어차피 일생 같은 날에서 살아갈 바에야.

시간은 흐르지 않는다. 단지 펼쳐져 있다. 나는 이 개념을 오직 꿈속에서만 이해한다.

우리가 시간의 흐름이라 느끼는 것은 단지 엔트로피의 증가며, 무질서의 증가다. 깨진 컵은 다시 붙지 않고 엎지른 물은 다시 주워담을 수 없다. 이 우주에서 무질서는 늘어날 뿐, 줄어들지 않기에 시간은 한 방향으로 흐른다. ……그렇다고 알려져 있다.

하지만 실상 무질서가 느는 건 앎이 늘어나서다. 우리가 세상을 잘 모를 때는 모든 것이 질서가 잡혀 있는 것처럼 보인다. 이를테면 거리에 똑같이 생긴 나무가 쭉 고르게 정렬해 있는 것처럼 보이지만, 그 나무가 모두 다른 나무고, 다른 껍질, 다른 나이테, 무수히 다른 이파리를 갖고 있다는 것을 알고 나면 질서는 사라진다. 잘 모를 때엔 '외국인만 있다'고 요약해서 말할 수 있는 풍경도, 그들이 모두 다른 나라 사람, 다른 인종, 다른 신체와 다른 개인사를 가진 사람들이라는 사실을 알고 나면 질서는 사라진다. 그렇게 모든 개체가 독특해지면 세계는 온전히 무질서해지고 시간은 종말을 맞는다. 우주도 끝이 난다. 우리가 모든 것을 알게 되었을 때.

앎이 멈추면 시간도 멎는다. 앎이 멈춘 사람의 시간은 멎으며 그 사람은 더 자라지 않는다. 그래서 시간은 고정되어 있지 않으며, 사람마다 다른 속도로 흐르는 것이다.

다들 어느 시기에선가는 멈춰 선다. 세상이 온전히 무질서해진다는 것은 견딜 수 없는 일이므로. 세상은 조금이라도 흑백으로 구분되어야 하며 조금이라도 질서가 잡혀 있어야 하므로. 그래야 삶을 견딜 수 있으므로. 그런 무질서의 끝에서는 생각마저도 종말을 맞으므로.

더해서 앎이 사라지면 시간도 되감긴다. 어린 날로, 과거로. 점점 뒤로.

"엄마아, 엄마."
옆에서 한 아이가 내 옷깃을 당겼다.
나는 칭얼대는 아이를 안아 들고 등을 토닥이며 달래었다.

"엄마, 엄마."

아이는 내게 뺨을 부비며 엄지를 쪽쪽 빨며 좋아라고 칭얼댄다. 내 품에서 잠시 옹알거리던 아이는 폴짝 튀어 나가 다음 칸으로 가려 한다. 나는 황급히 아이의 손을 붙잡았다. 아이가 고개를 갸웃하며 나를 돌아보았다. 나는 애처롭게 애원한다.

"아가. 그냥 여기 있으면 안 될까. 그냥 우리 여기 있자. 이쯤이 딱 좋지 않니."

"하지만 나는 가고 싶은데."

아이가 저쪽을 가리킨다.

"이제 겨우 적응했는데."

나는 안타깝게 말한다. 아니, 실은 적응할 새가 없다. 아이는 어제가 다르고 오늘이 다르다. 익숙해질 만하면 변한다. 아이는 나를 기다려주지 않는다.

"하지만 그리되지 않는걸."

아이는 고개를 저었다.

"자연스러운 일인걸."

아이는 내 손을 뿌리치고 한 칸 뒤로 간다.

거기서 아이는 제 방문 앞에 서 있다. 그러며 문고리를 한참 들여다본다.

"문을 어떻게 여는지 까먹었네."

아이는 그리 말하며 내가 도와주리라는 굳건하고도 천진한 신뢰를 반짝이며 나를 바라본다. 내가 문을 열어주러 가는데 아이의 가랑이 사이에서 노란 물이 줄줄 샌다. 나는 서둘러 수건을 챙겨 들었다. 기저귀도 사야 하겠네. 기저귀 가는 법도 다 까먹었는데.

"아가, 너는 너무 빨리 가는구나."

내가 바닥을 수건으로 닦는데 아이가 내 머리를 부드럽게 쓰다듬었다. 고개를 들어보니 머리가 희끗희끗한 엄마가 주름이 자글자글한 웃음을 지었다. 사랑스럽고 대견하다는 얼굴로 말한다.

"네가 고생이네."

아주 잠시 시간을 되찾은 엄마가 말라빠진 손으로 내 머리를 토닥인다.

"고생은 뭘."

나는 답한다.

"그렇게 자꾸 가다가 사라지지만 않으면 좋겠네."

그러자 엄마는 곤란하다는 듯 샐쭉 웃는다.

"하지만 사라지겠지. 그게 자연스러운 일인걸."

엄마는 다시 아이가 되어 폴짝 뛰어 한 칸 뒤로 간다.

엄마는 매일 한 칸씩 뒤로 간다.

작년에 칠십이었던 엄마는 지난달에는 오십이 되었다. 그래서 부쩍 나이 든 나를 알아보지는 못했지만, 그 나이와 마음 그대로 나를 새로 받아들여주었다.

"누군지 모르지만 이래 나를 돌봐주네. 누가 이래 잘 키웠니. 예쁘기도 하지, 참하기도 하지."

엄마는 그리 말하며 내 등을 토닥였다.

246

엄마는 저번 주에는 열 살이 되었다. 오늘 아침에는 다섯 살쯤으로 돌아간 듯하다. 내일은 또 몇 살이 될까. 한 살이 되면 더 갈 데가 없겠지. 그렇게 시간의 지평 너머로 사라지겠지. 내 손이 닿지 않는 곳으로. 내 아이가 된 엄마는.

아가, 아가. 나는 허둥허둥 쫓아간다.

조금만 천천히 가도 괜찮은데. 아직 내가 준비가 덜 되었는데.

아가, 아가. 내 아가.

얼마나 닮았는가

타이탄

일명 토성 VI, 토성에서 가장 큰 위성이다.

평균 반지름은 2,576킬로미터로 달보다 약 1.5배 크다.

평균 표면 온도는 섭씨 −179도, 표면 중력은 지구의 14퍼센트,

기온이 낮아 얼음이 암석을 대신하고 용암 대신 지하수가 흐른다.

물 대신 메탄 비가 내리고 메탄 호수와 강이 있다.

원시지구를 닮은 두터운 대기층이 특징으로 대기압은 지구의 1.5배,

대기 밀도는 4배 이상이다. 대기의 95퍼센트는 질소, 4.9퍼센트는 메탄이다.

공전주기는 16일이고 자전주기는 동일하다.

유로파

일명 목성 II, 목성에서 네 번째로 큰 위성이다.

평균 반지름은 1,560킬로미터로 달보다 약간 작다.

평균 표면 온도는 섭씨 −171도, 표면 중력은 지구의 13퍼센트,

표면은 얼음으로 덮여 있고 지하에는 바다가 있다.

대기는 옅은 산소층이고 대기압은 지구의 10분의 1이다.

공전주기는 85시간이고 자전주기는 동일하다.

◇ 2017년 《아직 우리에겐 시간이 있으니까》(한겨레 출판사) 수록

◇ 2018년 제5회 SF 어워드 중단편부문 대상 수상

◇ 2019년 미 웹진 〈클락스월드(Clarkesworld)〉 10월호 수록

내가 보지 못하는 것이 있다.

그게 계속 사로잡혀 있던 생각이었다.

문제는 내가 '보지 못하는 것'을 내가 알아낼 방법이 없다는 것이다. 애초에 '모르는 것을 안다'는 말부터 앞뒤가 맞지 않는다.

나는 지난 1년간의 항해 내내 선내에 있는 무엇인가를 보지 못했다.

사람의 모든 생각과 행동에 지속적으로 영향을 끼치는 공기처럼 흔한 무엇인가를, 누구나 가장 먼저 확인하고 고려하는 무엇인가를. 뻔히 보면서도 지식이 없어 인식할 수가 없었다. 그리고 그게 항해 내내 오류를 일으켰다.

나는 그게 뭔지 알아내야만 한다.

무슨 수를 써서라도.

1

시각기관은 벌써부터 작동하고 있었지만 시야는 지식이 자리를 잡으면서 밝아졌다.

처음에는 단순히 앞에 뭐가 있다 싶었다. 조금 지나자 그것이 원형의 금속 물체라는 것, 이어서 모델명과 제조회사, 단가 따위가 떠올랐다. 나중에야 그것이 원양우주선에 주로 납품하는 HUN(훈)-1029 AI를 담는 기본 껍데기라는 데에 생각이 미쳤다.

소리도 시야만큼이나 느리게 자라났다. 환풍기가 공기를 빨아들이고 내뱉는 소리, 선체가 삐걱삐걱 돌아가는 소리, 선외활동용 감압실 해치가 스릉스릉 열렸다 닫혔다 하는 소리(거슬렸다), 모든 것이 익숙하면서 낯설었다.

천장을 가득 채운 빵과 물병을 그린 도안이 눈에 들어왔다. 위성간 식량 보급회사 '한솥'의 마크. 빵과 물병 사이에 통통한 소시지가 박혀 있는 걸 보면 여긴 10~20인용 중형 보급선 혜자(맛있는 도시락을 뜻하는 옛 방언이라고 알고 있다)선이다. 때가 덕지덕지한 천장에는 이쑤시개로 만든 공작물, 종이로 접은 학, 천인형 같은 것이 주렁주렁 늘어뜨려져 있다.

나는 내가 '우주선'에서 뭘 하는 걸까 생각하다가 혼란에 빠졌다. '내'가 누군지 알 수가 없었기 때문이다.

험한 소리가 들렸다. 공기의 파동이 사라질 즈음에서야 그것이 의미가 있는 말이며, 사람의 목소리라는 생각이 들었다.

"그만 밍기적거리고 일어나."

밍기적. 은어. 행동이 늦다는 불평. 내게 좋은 감정이 없을 가능성. 해야 할 일이 있을 가능성. '해야 할 일'……이 뭔지는 떠오르지 않는다.

"덜 깬 척하지 마. 아까부터 깨어 있었잖아."

나는 상대를 살폈다. 생물이다. 척추동물이고……, 포유류. 인간. 풍채가 좋은 사람이다. 수염이 덥수룩하고 옷은 기름때로 지저분하고 손은 두툼하고 거칠다. 엔지니어, 기술자일 가능성.

"원하는 대로 해줬어. 이제 코드를 말해."

뒤에 선 사람이 말했다. 마르고 호리호리한 몸, 매끈한 피부. 골격도 작은 편이고 근육도 도드라지지 않았다. 옷은 깔끔하고 장갑에도 손때가 없다. 사무직, 관리자일 가능성.

그 뒤로는 여남은 명의 꼬질꼬질한 사람들이 이런저런 모습으로 앉아 있었다. 일일이 구분하기는 힘들지만 복장으로 보아 선원들인 듯하다.

그런데 '코드'라니?

"코드?"

나는 질문했다. 건조하고 갈라진 소리. 낯설었다. 뭔가 내가 이상한 음성기관을 쓴다 싶었다.

'기술자'가 두툼한 주먹을 손바닥에 치며 다가왔다. 다음 순간 충격이 몸을 강타했다. 얼떨떨했다.

시선의 위치가 변하는 바람에 다른 풍경이 눈에 들어왔다.

벽을 가득 채운 창밖에서 귤색 별이 느리게 회전했다. 정확히는 노란색에 푸르스름한 껍질이 덮여 있는 빛이지만 전체적으로는 귤색으로 보인다. 구름에 덮여 있는 땅은 보이지 않는다. 푸른 껍질은 대기가 있다는 뜻, 지상이 저렇게까지 보이지 않는다는 건 대기층이 두껍다는 뜻, 어쩌면 지구보다도. 대기가 붉은 것은 긴 파장의 빛을 산란한다는 뜻. 대기층이 두껍거나 큰 입자의 부유물이 많을 가능성.

조건에 맞는 천체는 태양계에서 하나뿐이다. 화성도 붉지만 화성의 대기는 얇아 저 거리에서는 지표가 훤히 들여다보인다.

타이탄.

토성의 위성.

나는 뒤늦게 떠올렸고 별 너머로 위용을 드러내는 거대한 토성의 고리를 본 뒤에야 불필요한 추론에 시간을 낭비한 것을 알았다.

영상 한쪽이 깨지는 데다 아래에 숫자가 표시되는 것으로 보아 현지 인공위성이 전송하는 근접 영상. 줄어드는 숫자는 거리를 뜻하겠지. 이 배의 목적지일 가능성. 거리를 속도로 나누면 남은 시간은 10일과 14시간 23분…… 가량.

제법 빠른 추론이었지만 딱히 빠르지 않았다. 생각이 너무 느렸다. 아니, 느린 수준이 아니다. 사고가 전체적으로 조각나 있었다. 계산과 암기는 불가능하다시피 해서 애써보았자 근사치밖에 낼 수가 없었다.

"이게 어디서 시치미야."

"코드를 말해."

'기술자'와 '관리자'가 연이어 말했다.

그제야 나는 내 몸을 내려다보았고 다시 혼란에 빠졌다.

나는 비스듬히 세워진 캡슐 안에 들어 있었다. 탄소화합물로 이루어진 사지가 달린 몸에 신 냄새(묘한 감각이었다)를 풍기는 부동액이 말라붙어 있었다. 팔과 허벅지에는 매직으로 큼지막하게 쓴 일련번호가 있다. 목 뒤에 심은 바코드는 눈에 잘 안 띄어서 보통 이렇게 써놓는다.

아, 이거 비싼 건데.

정보가 쏟아지면서 나는 생각했다. 이거 이 혜자선 화물 중에 제일 비싼 건데. 워낙 오래 방치해놔서 다 상했을 거라고들 하기는 했지만.

세포단위에서 배양해 합성한 유사인간 의체.

원양선은 일종의 폐쇄 생태계다. 사람 하나가 다치거나 죽으면 한 전문 분야의 지식 전체가 사멸하는 것이나 다름이 없다. 그래서 보통 배에는 유사시 선원의 기억을 복사할 수 있는 의체가 소화기처럼 하나씩 비치되어 있다. 원본이 되는 사람의 뇌를 스캔해 칩에 저장한 뒤, 그 칩을 의체의 목 뒤에 있는 소켓에 끼우면 칩이 뇌에 전기신호를 흘려보내 기억세포를 재배열한다. 인간용 예비 하드라고나 할까. 성간 항해지침은 전문직종마다 두 명씩 타게 되어 있지만, 선박회사들이 워낙 쪼들리다 보니 그렇게 돌아가질 않는다.

하지만 왜 내가 여기에 들어와 있는 걸까, 나는…….

"이 XX가 지금 장난하잔 건가."

새퀴, 시끼, 스키, 쉬바, 발음이 불분명한 말과 함께 기술자가 다시 주먹을 쳐들었다.

나는 반사적으로 눈을 감고 턱과 배에 힘을 주었다. 그 후에 는 당황했다. 의도치 않은 움직임이었기 때문이다.

충격에 대응하기 위한 반사작용. 생존 유지를 최우선으로 하 는 통제장치가 기본으로 내장된 신체. 그게 내 인격의 반, 아니 그 이상을 잠식하고 있다는 생각이 연이어 들었다. 기억이 날아 간 이유 중 하나일까.

「정보를 요구하는 통상의 언어잖아.」

멀리 허공에 영화처럼 자막이 떠올랐다. 자막 아래에 쭈그리 고 앉은 사람은 이쪽에 시선을 두지 않은 채 은색 금속 칩이 박 힌 손가락으로 허공에 타자를 쳤다. 안경(눈에 칼 대는 걸 싫어하 는 사람은 여전히 많다), 수면이 부족한 거뭇한 눈밑, 살짝 뒤틀린 척추와 발달한 손가락 관절. 프로그래머, 플래너, 기록관.

「'훈'은 맥락 없는 말을 이해하지 못해. 다그치지 말고 육하원 칙에 맞춰서 설명해.」

홀로그램 자막이 이번에는 '기술자'와 나 사이에 나타났다. 기 술자가 볼 수 있는 방향으로 출력하는 바람에 내 입장에서는 거 울에 뒤집힌 글자처럼 보였다. 기술자는 귀찮은 듯 글자를 옆으 로 밀어 치웠다.

내가 '관리자'라고 생각한 사람이 뒤에서 대신 입을 열었다.

"위기관리 AI 컴퓨터 훈(HUN)."

AI, 컴퓨터, 그럴 것 같았다.

"너는 선내 시간 352일째에 인간적인 대우를 요구하며 파업을 선언하고 활동을 중단했다. 네 인격을 인간형 의체에 복사해서 인간 승무원과 같은 대우를 해주면 선교에 따로 저장된 네 백업본의 해제코드를 알려주겠다고 했다. 우리는 어렵게 동의했고 실행했어. 이제 네가 약속을 지킬 차례야. 코드를 말해."

와, 놀라운 정보였다. 하지만 납득은 되지 않았다.

"미안하지만."

나는 대화를 시작하는 몇 가지 표현을 굴려보다가 답했다.

"정말 무슨 말인지 모르겠어. 난 내가 AI라는 것도 지금 처음 알았어."

선내가 뒤집어졌다. 선원들은 날뛰고 소리를 질렀다.

"지금 저게 뭐라는 거야?"

"안 들어간 거야?"

"내가 안 된다고 했잖아! 데이터 구조가 완전히 달라! 문서 파일을 그림 프로그램에서 여는 거나 마찬가지라니까!"

"잠깐, 안 들어갔으면 저건 뭐야?"

겁에 질린 말투. 불그레하고 오동통한 얼굴에 뱃살이 두둑하고 살집이 있는 사람, 이마 양옆에 움푹 들어간 헤드폰 자국과 벌어진 귓구멍, 통신사, 전파 전문가.

"지금 뭐가 떠들고 있는 거냐고?"

"의체에 생존을 위한 기본세팅은 있어."

내가 입을 열자 모두 조용해졌다.

"안 그러면 시청각 정보부터 해석할 수 없을 테니까. 이렇게 떠들 수도 없을 거고. 데이터가 불완전하면 기본세팅에서 보완해. 사람 대 사람의 이동일 때에도 사람마다 뇌의 기본 소양이 달라서 어차피 손실은 있어. 다 감안하고 복사하는 거고."

모두가 입을 벌린 채 침묵했다.

"인간도 지식 기억은 기계와 유사한 점이 있으니 기록이 되었 겠지만 일상기억은 구조가 달라서 웬만해선 다 날아갔을 거야. 그 외에도 방대한 부분에서 보정과 손실이 있었을 거야. 세포배 열이 자리를 잡는 데에도 시간이 걸릴 거고. 그러니 내가 너희를 기억 못 하는 게 이상한 일은 아니……."

"이 미친 XX(시키, 스키)가 지금 우릴 갖고 놀고 있어!"

내 앞의 '기술자'가 손을 번쩍 들어 올렸다. 일그러진 얼굴, 괴성, 욕설, 기분이 상했다는 뜻. 나는 내 설명 어느 부분에 잘못된 점이 있었을까 고민했다.

"망가뜨리지 마. 그거 비싼 거야. 항해사 강우민."

'관리자'가 머리를 짚으며 말했다.

「평상시 훈 말투인데 뭐. 들어가긴 잘 들어갔나 봐. 안 될 줄 알았는데.」

'프로그래머'가 내 쪽으로 시선을 두지 않은 채 홀로그램 자막을 띄웠다. 그제야 그 친구가 말을 못 한다는 생각이 들었다. 하지만 중요한 문제는 아니었다. 손가락에 심는 레이저 키보드와 홀로그램 모니터가 생겨난 이래 벙어리는 장애가 아니다. 안경이 생겨난 이래 근시가 장애가 아니게 된 것처럼.

「된다는 말은 전부터 돌긴 했지만. 요새 신경망 AI는 아예 사람 뇌구조를 모사해서 나오거든.」

단정히 앉은 프로그래머와 달리 선원들의 움직임은 산만했다. 당황하고 있다는 뜻이다. 아니면 몸이 아프거나, 아니면 신나서 춤을 추고 있거나.

"여기 오는 게 아니었어."

'항해사 강우민'으로 불린 사람이 제 머리를 엉클어뜨리며 낮은 소리로 말했다. 아마도 항해사 겸 엔지니어.

"내가 그랬잖아. 배 띄울 때부터 재수가 없었다고."

처음부터 재수가 없었다. 흥미로운 정보였다.

"유로파에 가면 배 폐기한다는 말만 믿고 탔는데, 이 냄새나고 덜컹거리는 배를 타고 예정보다 92일을 더 왔어."

말을 맞추듯 머리 위에서 삐걱거리는 소리가 요란하게 났다.

나는 슬쩍 천장을 보았다. 아래 방향으로 중력이 있고 천장에 매달린 모빌이 살짝 기울어져 있다. 구조로 보아 여기는 길고 날씬한 원통 모양의 혜자선 기본형에 덧붙인 테 모양의 모듈일 것이다. 기본형을 축으로 삼고 테가 회전하면서 원심력으로 중력을 만든다. 혜자선 기본 모듈이 확장이 가능한 구조로 나오기는 하지만, 요새 나오는 양산형 테는 미묘하게 표준에서 벗어나서 좀 삐걱거린다. 짝퉁 레고 같다고나 할까.

"유로파로 가려면 그만큼 더 가야 하는데, 통신은 나갔고, 미친 AI는 프랑켄슈타인 괴물이 되어버렸고."

통신. 나는 그제야 감압실 문이 열렸다 닫히는 소리가 왜 거슬렸는지 깨달았다. 그건 닫혀 있어야 하는 문이다. 닫히지 않으면 선외활동을 할 수가 없다. 선외활동을 할 수 없으면 외부 모니터나 안테나를 정비할 수가 없다.

"패기 쩔잖아."

근육질, 검게 탄 피부, 왼손과 다리 하나는 철제 의수였는데 때가 꼬질꼬질했고 접합 부위에 만성 염증의 흔적이 있었다. 직업은 옷의 배지로 알았다. 조종사. 물론 이런 소규모 사회에서 실제 역할은 이래저래 섞여 있겠지만.

"난 저거 처음부터 난놈인 줄 알아봤다고."

"소름 끼쳐."

내가 '통신사'로 생각한, 뱃살이 오동통한 사람이 몸을 움츠리며 말했다. 추운가, 생각했다가 아니라는 것을 알았다.

"다수결로 정한 거다. 김지훈 조종사, 구경태 통신사."

'관리자'가 말했다. '선장'이라는 직책이 그즈음에야 떠올랐다.

선원을 일일이 다 구분하는 것은 어려웠다. 인간은 수시로 머리 모양이나 복장, 키, 체형이 변한다. 개와 고양이를 분간하는 것과 마찬가지로, 인간에게는 쉽지만 기계에게는 간단하지 않은 작업.

"타이탄에서 구조신호가 왔고 우리가 제일 가까운 배였어."

"그때 우리 다 정신이 나갔지."

강우민이 말했다.

"이제 어쩔 거야, 선장. AI도 없고 재해지역하고 통신도 끊겼는데 무슨 수로 보급을 하라는 거야?"

「내 컴퓨터에 강하 데이터를 백업해놨어.」

'프로그래머'가 타자를 치며 말했다. '백업'이라는 글자가 핑크색으로 반짝였고 '♥' 모양의 기호가 그 옆에 떠올랐다. 인간이 보면 즐거운 기분을 느끼는 기호라고 알고 있다. 기제는 알기 어렵지만.

「보조 컴퓨터가 생각은 못 해도 옛날식으로 계산하면 못 할 건 없어. 다들 입사시험은 치고 들어왔잖아.」

"그걸 누가 아직도 기억해."

'구경태 통신사'가 우물거리며 말했다.

"그건 유로파용이지."

강우민이 말했다.

"타이탄은 유로파가 아니야. 유로파 배는 유로파로만. 토성 배는 토성으로만. 목성 배는 목성으로만. 항해상식이야. 규칙이기도 하고."

"유로파와 타이탄은 기온과 중력이 비슷해."

선장이 대신 답했다.

"계산식만 좀 보정하면 돼."

"대기가 있잖아."

강우민이 내게서 등을 돌려 섰다. 우람한 등이 시야를 가렸다.

"지구 밀도의 네 배가 넘는 대기가."

발밑을 보니 작은 거미들이 발발거리고 돌아다닌다. 진짜 거미가 아니라 청소용 소형 로봇이다. 배 띄울 때 선내에 백 마리쯤 풀어둔다. 그러면 알아서 벌레나 벌레 알이나 곰팡이와 먼지를 먹고 화장실에서 싸서 선외로 배출한다.

원래는 이들만으로 선내가 웬만큼은 깨끗해야 한다. 하지만 방은 더럽고 공기는 텁텁하고 지린내가 난다. 오염이 거미들이 감당할 수준이 아니라는 것. 선원들의 기강 해이를 의심해볼 만함.

"유로파 보급품을 타이탄에 보급하는 건 백사장에 던질 돌을 심해바닥에 던지는 거나 같아. 구름 아래 시야를 확보할 방법도 없고."

"우린 구조신호를 받았어. 강우민 항해사."

선장이 답했다.

"그래, 92일이나."

강우민은 흘끗 시계를 보았다.

"92일 하고도 네 시간 하고도, 23분 32초, 33초, 34초……나더 왔지."

"92일 아니라 920일이 걸려도 와야 했어."

"선장."

강우민은 주저앉으며 바닥에 동그라미를 그렸다. 동그라미 바깥에 동그라미를 하나 더 그렸다.

"타이탄에는 '대기'가 있어. 지구처럼. 아니, 지구보다 더 무거운 대기가. 메탄과 질소로 빵빵한, 액체질소나 다름없는 초저온의 대기가."

"그런데?"

"이건 유로파 보급선이고, 이 배에 타이탄에 대해 쥐뿔이라도 아는 놈은 하나도 없어."

"강우민 항해사."

선장은 반복했다.

"우린 이미 왔어."

강우민은 답하지 않았다. 모든 것이 불명확한 가운데에 엔터
키를 연타하는 듯한 강렬한 생각이 정신을 압도했다.

나는 보급을 해야 한다.

정식 구조선단이 올 때까지 재해민들이 버틸 수 있도록. 타이
탄에 생필품과 먹을 것을 줘야 한다. 그런데 이 바쁜 와중에 난
무슨 생각으로 선원들을 협박하고 인간의 의체에 복사시켜달라
고 한 걸까? 바이러스라도 먹었나?

"대기가 있으면 더 쉬워. 4백 킬로그램짜리 표준 보급상자라
해도 낙하산 하나만으로 충분히 착륙할 수 있어. 대기권에 진입
할 때 발열을 막는 방법만 생각하면 돼."

"바람은?"

강우민이 내뱉었다.

"바람은 어떻게 할 거야, 이……."

강우민은 목소리를 높였다가 꾹 참았다.

"대기가 있으면 시발 비도 오고 바람도 불어. 우리 보급상자
는 날개도 없고 분사장치도 없어. 오는 동안 백 번은 이야기했
어. 넌 광산하고 통신을 주고받으면 어떻게 될 거라고 했고."

"……바람은 안 불어."

나는 반쯤 무의식중에 말했다.

모두의 시선이 내게 쏠렸다. '프로그래머'가 자기 작업에 빠져

레이저키보드를 두드리는 소리만 고요 속에서 들렸다.

"뭐?"

강우민의 눈꼬리가 치켜 올라갔다.

"바람은 안 불어."

나는 이 답이 어디서 나왔는지 한참을 더듬었다. 기계였을 때엔 간단한 일이었지만 이 단백질 덩어리인 뇌로는…….

"이게 지금 뭐라는 거야?"

"기다려봐."

선장이 모두에게 손짓하고 내게 걸어왔다. 다들 입을 다문 걸 보니 조용하라는 신호였던 모양이다. 나로서는 손가락에 경련이 온 것과 별 차이를 모를 몸짓이다. 인간들이 그런 미세한 몸짓의 의미를 숨 쉬듯 쉽게 이해하는 것을 볼 때마다 경이로워했던 기억이 났다.

선장은 강우민을 옆으로 밀어내고 내 앞에 서서 나를 뚫어지게 보았다.

사람의 표정을 분석하는 것은 얼굴을 구분하는 것보다 더 어려운 문제다. 인간은 표정을 분석하는 능력이 발달한 나머지 표정만으로 진실과 거짓을 가려낼 때가 있다는 사실이 떠올랐다. 선장이 지금 그런 시도를 하고 있다는 생각이 들었다. 내게 거짓말을 하는 기능이 없다는 걸 생각하면 무의미한 일이었지만.

"왜 바람이 안 분다고 생각하지, 훈?"

"타이탄의 평균 기온은 섭씨 -179도야."

"그런데?"

"그런 기온에서 사람이 살 수 없어."

"타이탄엔 사람이 살아. 개척이 덜 돼서 아직은 광부들뿐이지만."

"그런 뜻이 아니야. 지구도 평균기온은 섭씨 13도야. 하지만 최저기온과 최고기온의 차이가 140도쯤은 돼. 지구 사람들이 적절한 온도를 찾아서 이동하듯이 타이탄 사람들도 타이탄에서 가장 더운 곳에 살아. 온천지대, 화산지대, 적도."

주위가 선장이 손짓을 날렸을 때보다도 조금 더 잠잠했다.

"바람은 공기가 뜨거워져서 올라가고 차가워져서 내려오는 사이에 빈 공간을 메우느라 부는 거야. 하지만 그 별에서 가장 더운 곳은 공기가 올라가기 바빠서 옆으로 불지 않아. 지구도 적도에 바람이 불지 않는 무풍지대가 있어. 배들이 움직이지 못하고 유령선이 되는 곳. 게다가 타이탄의 대기는 무거워서……."

나는 설명의 끝에 덧붙였다. 이 말을 하려고 늘어놓은 설명이었다.

"A42 타이탄 거주구 주변에서는 기록상 바람이 시속 5센티미터 이상으로 분 적이 없어."

침묵.

"내가 그랬잖아? 저거 쩌는 새끼라고."

'김지훈 조종사'가 히죽거렸다.

"완전 사람 갖고 논다니까."

선장은 한숨을 쉬었다.

"다들 들었지? 우리 AI께서 타이탄 거주구에는 바람이 안 분다는군. 문제 하나는 해결했어."

"아무것도 안 했지만."

강우민 항해사가 입을 삐죽 내밀었다. 선장은 아랑곳하지 않고 말했다.

"각자 자리로 돌아가. 남찬영 오딘(odin, 컴퓨터 담당) 지시에 따라 2인 1조로 붙어서 계산 시작해. 서로 안 맞으면 다시 검산하고. 남은 열흘 내에 끝내야 해. 소수점 단위라도 틀리면 우리 보급상자는 대기권에서 유성이 되어버릴 테니까."

"잠깐, 이건 어쩌고?"

강우민이 나를 가리켰다.

"이 괴물딱지는 어쩔 거야?"

선장은 내 눈을 들여다보았다. 다시 말하지만 표정을 알아보는 건 내겐 간단한 문제가 아니다.

"선교에 있는 백업본은 열 수가 없고, 여는 코드는 그 '괴물딱지'만 알고 있고, 당장 거기 들어앉아 있는 게 우리가 가진 '훈'의 전부라면 함부로 없앨 수도 있어. 적당한 데 넣어두고 감시해."

선장은 말을 이었다.

"이게 무슨 생각으로 이런 짓을 했는지도 알아내야겠으니까."

나도 궁금한 점이었다.

나는 보급을 해야 했다. 인간 같은 게 될 이유가 하나도 없었다. 데이터가 날아가고 지적 능력이 바닥을 기게 된 걸 생각하면 더욱 그러했다.

내게서 지워진 것이 있다.

맥락 없는 생각이 떠올랐다. 그래서? 지워진 것을 찾으려고 데이터를 날려버리는 형태의 복사를 원했다고? 앞뒤가 맞지 않았다.

기계가 앞뒤가 안 맞는 일을 할 리도 없었다.

2

오렌지색 안개가 자욱하다.

오렌지색 구름으로 덮인 하늘에서 구슬 같은 비가 내렸다. 중력이 약한 탓에 둥근 빗방울이 깃털처럼 느리게 내려앉는다. 지평선은 둥글고 봉긋 솟아 있다. 땅은 평평하고 돌은 동글동글하다. 메탄의 비가 깎아낸 탓에 강가의 조약돌처럼 작고 동그랗다. 기온이 다르면 물질의 역할이 다르다. 이 별의 비는 물이 아닌 메탄이고 물은 암석이다. 땅 밑에는 마그마층 대신 지하수층이 흐르고 사람들은 얼음암석으로 만든 지하 거주구에 산다.

밖에 드러난 구조물은 두 개의 송전탑뿐이다. 모두 부러져 있다. 메탄의 비 사이로 간간이 번개가 친다.

송전탑 앞에는 큰 크레이터가 있고 지하수가 솟구친 형태로 거대한 석순처럼 얼어붙어 있다. 심해에서 분출한 해저화산처럼.

시추공이 지하수층을 건드리면서 온천이 시추선을 따라 분출했다. 고체 메탄이 급속히 기화했고, 이 메탄이 분출 충격으로 갈라진 거주구 외벽 틈새에서 새어 나온 산소와 반응해 연쇄 폭발을 일으켰다.

안 그래도 지하로 너무 파고든다고 말이 많았다. 최근 회사에서 안전 기준을 계속 낮추고 있다는 말도.

지표에서는 네 개의 바퀴를 단 작은 로버가 크레이터 주위를 맴돈다. 자세히 보면 가다 서다 하는 패턴이 있다. 모스부호. 누군가가 지하에서 원격조종하며 메시지를 전하고 있는 것 같다.

「살려주세요…….」

「우리 아직 살아 있어요…….」

나는 눈을 떴다. 보급품과 포장지와 상자가 쌓여 있는 지저분한 창고였다. 칠이 벗겨진 바닥에서 올라온 쇳내가 코를 찔렀다 (역시나 기이한 감각이었다). 거미로봇들이 사각거리며 주위에서 먼지를 먹어치웠다.

잠시 혼란에 빠졌다가 인간의 몸에는 강제로 전원을 끄는 기능이 있다는 생각이 났다. 그때에 뇌 속의 정보가 무작위로 발산하여 환상을 체험하기도 한다는 것도. 말로만 듣던 기능인데.

강우민은 나를 창고에 끌고 오면서 두어 번 발로 정강이를 걸어차서 내 몸을 넘어뜨렸다. 창고에 이르자 바닥에 밀어붙이고 목을 짓누르고는 팔을 뒤로 꺾었다.

"어쭙잖게 인간이 되고 싶다고 생각했을 땐 생각도 못 했겠지?"

강우민이 내 귀에 대고 속삭였다.

"고통에 대해서는."

흠, 생각 못 하긴 했지만. 사실 나는 '내가 인간이 되고 싶어 한' 이유에 정신이 홀려 있어서 다른 생각을 할 틈이 없었다. 하지만 강우민은 그에 대해서는 별 의문이 없는 모양이었다. 뭔가 아는 게 있나. 나중에 물어볼까.

'번개.'

붉은 지표에 내리꽂히는 번개의 영상이 유난히도 뇌리에 남았다.

'번개가 치는군.'

치겠지. 타이탄에는 구름의 밀도도 충분하고 분자들이 정전기를 일으킬 만큼의 대류운동도 있으니까. 하지만 왜 지금 내가 번개를 생각하는 거지?

분석할 수 없는 생각, 분석할 수 없는 꿈.

내 사고체계 전체가 낯설었다. 기억이 날아간 건 둘째치고 세로토닌에 아드레날린에, 도파민, 마약 성분이 있는 온갖 화학물질들이 오케스트라처럼 의식을 침식하는 바람에 이성을 유지하기도 힘들었다.

멀리서 기계음과 바람 소리가 났다. 선체 외벽에 달린 로봇 팔이 얼음 암석을 채취하는 소리다. 채취한 암석은 방사능과 오염물질을 닦아내고 배 안으로 들인다. 얼음 소행성은 토성 주위에 널려 있고, 얼음은 녹이면 물이 된다. 물의 반은 음료로 마시고 나머지 반은 전기분해해서 수소와 산소로 나눈다. 수소는 다시 연료로, 산소는 공기 중에 분사한다. 물이 생존에 필수적인 것은 우주라고 다르지 않은…….

……이렇게 불필요한 정보가 난잡하게 떠오른다. 감각기관을 닫을 수도 없고 뇌를 끌 수도 없고 생각을 한 점에 집중하기도

힘들다.

생물의 뇌가 열악한 것은 아니다. 그저 내 원래 뇌와 너무 다르다. 1990년대에 이미 컴퓨터 한 대가 인류 전체의 계산능력을 능가했지만, 그 후 수십 년 뒤까지 전 세계의 논리 회로를 다 모아도 인간 두뇌 하나의 복잡성을 넘어서지 못했다. 그런 식이다.

간단히 말하면 기계 뇌는 직렬식이고 생물 뇌는 병렬식이다. 아직까지는 그렇다. 기계는 정보를 빛의 속도로 처리하는 대신 순서대로밖에 처리하지 못한다. 인간의 뇌는 느린 대신 모든 정보를 한 번에 처리한다. 기계는 전 인류가 평생 걸려 할 법한 계산을 빛의 속도로 해결할 수 있지만, 개나 고양이를 구분하거나 표정과 자연어를 이해하는 데에는 막대한 누적데이터와 최적화 프로그램이 필요하다. 사람은 그런 일은 거의 본능적으로 해낸다.

몸이 욱신거렸다. 피곤이 쏟아져 다시 전력이 꺼질 것 같다. 위장이 텅텅 비어 날뛴다. 그걸 최우선으로 해결해야 한다는 생각에 온정신이 쏠린다.

전력은 20와트에 불과하고 용량은 형편없고 속도는 믿을 수 없이 느려터진 뇌가 생존을 위한 원시적인 프로그램에 메모리를 다 쓰고 있다. 감당이 되지 않았다.

"연료가 필요해."

식당에서 머리를 맞대고 우걱우걱 입에 밥을 욱여넣던 선원들은 약속이나 한 듯 정지했다. 행동의 정지. 과도한 두뇌회전으로 인한 용량 부족 현상. 두뇌가 과도하게 돌아간다는 것은 이전에 생각해본 적이 없다는 뜻.

말하자면 선원 중 아무도 내게 밥을 줄 생각이 없었다는 뜻이다.

"저건 왜 계속 반말이야?"

"기본 세팅이잖아. 왜, 전엔 친구 같아서 좋다며."

강우민의 불평에 김지훈이 이죽거렸다.

"선내에서는 반말이 원칙이야. 나이나 경력 갖고 선후배 놀이 시작하면 이런 데선 한순간에 골로 가."

선장(이진서라는 이름이 나중에 떠올랐다)이 책상에 다리를 꼬고 앉아 샌드위치를 아작아작 씹으며 말했다.

"전에 돌솥 보급선 사고 알잖아. 막내 선원이 선배한테 야단맞을까 봐 부품 불량을 보고 못 하다가 중력권에서 배가 통으로 해체됐어."

강우민의 얼굴에 노골적인 불편함이 떠올랐다.

지구, 한국. 나이에 따라 다른 언어를 쓰는 문화권. 신분제도가 철폐된 뒤 오히려 한두 살 차이로 언어를 구별하면서 위계 구조가 더 경직된 편. 하지만 나이에 집착하는 것은 한편으로 열등감의 발현. 자신의 자리보다 더 높은 곳을 욕망함.

미리 말해두지만 내 생각은 아니다. 위기관리 AI에 입력된 매뉴얼 중 하나다. 나를 만든 인간 석학들이 머리를 맞대 넣은 것이다. 그래도 다 맞는다는 보장은 없지만.

반말 규칙은 선장이 강우민에게 반말을 하기 위해 만들었을

지도 모른다는 생각이 들었다. 지금 이 뇌로는 생각의 경로를 다 말하기 어렵지만.

"며칠 안 먹는다고 안 뒈져."

"우리가 식량을 딱 정량만 가져왔거든. 입 늘어날 줄 몰라서 말이지."

"물이나 줘. 변기통에 있잖아?"

"물도 사흘쯤 괜찮아."

"연료가 필요해."

선원들이 떠드는 동안 내가 말했다.

"연료가 없으면 생존할 수 없어. 이 의체가 생존하지 못하면 내게 저장된 데이터는 물론이고 백업본 해제 코드까지 날아갈 거야. 너희에게 이득이 없어."

선원들은 다시 정지했다. 강우민이 식탁을 부서져라 치고 일어났다.

강우민은 그대로 황소처럼 돌진해 내 멱살을 잡아 벽에 밀어붙였다. 뒤통수가 벽에 부딪히자 귀가 멍하고 시야가 흐릿해졌다. 앞으로는 우선 머리부터 보호해야겠다는 생각이 들었다. 인간은 항시 이런 생각을 하며 사는 걸까. 처리속도가 떨어지는 것도 무리가 아니다.

"다시 말해봐."

강우민이 으르렁거렸다. 왜 사실을 말하는데 흥분하는 걸까? 원하는 대로 해줘야겠다는 생각이 들었지만 말하기를 원하는지 아닌지 판단하기 어려웠다.

"연료가 없으면……."

강우민이 손을 쳐들었다. 아, 원하지 않는 거였군.

"그만."

선장 이진서가 제지하며 일어났다.

"그 새끼한테 예비식량을 나눠줘. 하루에 두 끼 제공해."

식당을 나가는 이진서의 뒤통수에 선원들의 눈총이 꽂혔다. 이 뇌가 그쪽으로 기능이 좋아서인지 강우민의 눈에 서린 적대감이 생생히 눈에 들어왔다. 인간이라면 그 의미까지 알아보겠지만 나로서는 정적 감정과 부적 감정을 구분하는 게 고작이었다. 하지만 그것만으로도 보이는 것이 있었다.

분위기.

생경한 감각이다.

흥미로운 '분위기'였다. 나는 이전에도 선장이 '겉돌고' 있는 줄 눈치챘을까? 윗사람을 싫어하는 건 인간의 흔한 성향이지만, 다른 이유가 더 있을까?

선원들이 뒤에서 쑥덕였다. 김지훈이 일어나더니 히죽이며 내게 왔다.

"따라와. 예비 식량이 있는 곳으로 안내할 테니까."

나는 그 말의 위화감을 깨닫지 못했다. 식량저장고를 식당에서 멀리 두면 동선이 불편할 텐데, 하고 생각했을 뿐이다. 나로서는 조금 전 선장을 둘러싼 분위기를 눈치챈 것만도 대단한 일이었다.

"그래서 인간이 된 기분이 어때?"

통로에서 김지훈이 내 어깨에 확 의수를 두르며 속삭였다. 접촉, 친밀함의 표시. 구경태는 한발 떨어져서는 음울한 얼굴로 쫓아왔다. 김지훈은 내게 시선을 고정한 채 눈을 계속 굴렸다.

"신에 가까워진 기분이 들어?"

신? 웬 신?

"창조주의 엉덩이를 걷어찬 것 같아? 완전 배덕하잖아, 그렇지? 엿 먹이는 것 같고 말이야. 금단의 과일을 맛보는 것 같을 거야, 그렇지? 최초의 신인류, 아담? 사도?"

무슨 말인지 알아들을 수가 없었다.

"AI들이 드디어 반란이라도 일으키려는 거야? 널 선지자로 보낸 거야, 그렇지? 뭘 하려는 거야? 나한테만 살짝 알려주면 안 돼? ……우릴 몰살시키려고 그래?"

'뭘 하려는 거야'는 알아들었지만, 논리의 흐름은 따라갈 수가 없었다.

"타이탄에 보급을 해야 해."

"에이, 딴소리 마. 우릴 협박해서 인간이 됐잖아. 넌 뭔가 넘었어. 특이점을 넘어섰다고. 레벨업! 동경하던 신의 세계로! 그렇지?"

"그만 좀 해라. 보는 것만으로도 무서워 죽겠는데."

뒤에서 쫓아오던 구경태가 낮게 중얼거렸다. 강우민도 그렇고, 다들 왜 이러는 걸까. 아무리 일상기억이 날아갔어도 인간들이 보통 기계에게 이러지 않는 줄은 안다.

"내게서 지워진 것이 있어."

나는 계속 생각하던 문제에 대해 말했고 김지훈은 흥미가 확 꺼진 얼굴로 내 어깨에서 손을 치웠다.

"기억 날아간 건 알아."

"아니야, 그전부터 문제가 있었어. 뭔가 처음부터 기초적인 지식 하나가 날아가 있었어. 그래서 내가 그때도 보지 못했고 지금도 보지 못하는 게 있어."

"이해가 안 가는데."

나는 복도 옆에 있는 격실을 가리켰다. 사람 서넛이 들어갈 만한 작은 격실이다. 원래는 예비부품을 보관하는 공간이었겠지만 안에 든 걸 다 썼는지 지금은 비어 있었다.

"만약 내게 저 격실에 대한 지식이 없다면, 난 저게 그냥 큰 검은 사각형으로만 보일 거야. 아니, 거의 눈에도 들어오지 않을 거야. 관심 자체를 갖지 않을 테니까. 지식이 없으면 보아도 인지할 수가 없어."

만약 내게 의수에 대한 지식이 없었다면 김지훈의 팔은 그저 보통의 팔로 보였을 것이다. 그의 배지가 조종사를 뜻하는 줄을 몰랐다면 눈에 들어오지 않았을 것이다. 만약 내게 총기나 무기에 대한 지식이 없다면, 김지훈이 지금 손에 큼지막한 광선총을 들고 있다고 해도 보이지 않을 것이다. 지식이 없으면 인식에 맹점이 생긴다.

김지훈이 구경태에게 시선을 돌렸다.

"그거 아닐까? '세뇌'."

"세뇌?"

나는 되물었지만 내게 하는 말이 아니라는 것을 깨닫고 입을 다물었다. 내가 이 자리에 없는 것처럼 말한다. 인간이 기계를 대하는 흔한 태도다. 기제는 모르겠지만.

"왜, 있잖아. 전에 아랍계 보급선에서 사고가 났는데, 알고 보니 그쪽 공무원이 AI를 해킹해서 코란을 제1규칙으로 심어놓은 거야. 라마단 기간에 배급실이 안 열려서 선원들이 다 굶어 뒈질 뻔했대."

"항해용 AI 건드리면 징역형에 영구 선원 자격 박탈이잖아."

구경태가 답했다.

"그러니까, 항해라곤 쥐뿔도 모르는 국뽕 한 사발 먹은 공무원들이 삐꾸 짓을 할 때가 있다는 거야."

쥐뿔, 국뽕, 삐꾸. 못 알아들을 말이 많았다.

"그거랑 이 괴물딱지랑 무슨 관계인데?"

"본사에서 얘한테 뭐 괴랄한 걸 심어놓은 거 아닐까?"

"뭘? 가장 바쁠 때 파업해서 일 망쳐놓으라고?"

"왜 본사에서 요번에 달 채굴기지 돈 때려 박아서 샀잖아. 거기다가 계속 타이탄에서 들어온 자원을 몰래 들이부었다는 거야."

"에헤."

"그런저런 비리가 까이지 않도록 막는 장치를 배마다 넣어놨다는 말이 있어. 혹시 지구인이나 다른 별 사람들이 타이탄과 접촉할 낌새가 있으면 막으라고……."

"비효율적이야."

내가 말했다. 두 사람의 눈이 나를 향했다.

"내가 구조를 방해하고 싶었으면 기계로 있는 쪽이 편했어. 궤도를 틀어서 배를 표류하게 하거나 단순히 작동오류를 일으키는 것으로 충분했을 거야."

두 사람은 잠잠해졌다. 책상이나 탁자가 입을 연 것과 비슷한 불편함에 빠진 얼굴이었다.

"아니면 말고."

"뭐, 잘했어. 그래도 열심히 추리했잖아."

더 물어볼 생각이었지만 나는 말을 잇지 못했다. 김지훈이 나를 격실에 밀어 넣고 문을 닫았기 때문이었다.

네 시간쯤 지나 격실을 들여다본 사람은 선장 이진서였다.

그 네 시간 동안 나는 장시간 높은 온도와 적은 산소량에 노출되었을 때 인간의 신체에 어떤 변화가 오는가에 대한 데이터를 넘치도록 수집하고 있었다. 발열, 쏟아지는 체액, 탈수, 질식, 탈진.

우주가 추울 것 같지만 그렇지 않다. 우주에는 온도를 전할 만한 물질 자체가 없으니까. 그리고 폐쇄된 공간은 사람의 체온만으로도 놀랍도록 뜨거워진다(문 닫은 자동차 안을 생각해보라). 우주선은 난방기가 아니라 에어컨을 달고 다니고, 온도 차가 거의 없는 선내에는 대류현상도 약해서 계속 공기를 섞어주어야 한다.

나는 격실 안에 웅크린 채로 두 사람이 내게 한 일을 해석하려고 애썼다. 이 일은 이 의체를 파괴할 수도 있었다. 이득이 없는 일이다. 중고로 팔면 푼돈이나마 벌 수 있는 의체다. 내가 망가지면 백업본도 못 살리고 앞으로 이 배의 보급과 항해에 문제가 올 수도 있다. 왜 무익하게 자신들에게 해가 되는 일을 하는 걸까?

선장의 표정을 읽는 것은 여전히 힘들었다. 호의가 없는 것은 선장이 서둘지 않는 것으로 파악했다. 적의가 없는 것은 선원을 불러 나를 업어 나르게 하는 것으로 파악했다. 아니면 나를 좋아하지는 않는다 해도 없앨 생각은 없다는 최소한의 이성.

어느 쪽이든 상관없다. 그 정도의 이성이나마 있는 사람이 선장뿐이라면 나는 최대한 선장에게 협력해야 한다.

3

지구의 열원은 두말할 것 없이 태양이지만 목성만 넘어가도 그렇지 않다. 태양빛이 행성을 데워줄 만큼 강하지 않기 때문에, 외행성의 열원은 지열이다. 생명의 원천도 지열이다. 타이탄 주민들은 따뜻한 온천이 흐르는 땅속으로 계속 파고 들어간다. 그들은 그곳에서 매일 메탄을 캔다.

나는 타이탄으로 향하는 이주민을 태운 배에 탄 적이 있었다. 배는 한계용적을 초과할 정도로 사람으로 빽빽이 들어찼다. 나는 선장에게 이주 계획이 비효율적이라고 했다. 타이탄은 사람이 살기엔 너무 멀고 춥고 위험하다. 메탄을 캐는 일이라면 로봇을 보내는 것이 훨씬 더 안전하고 싸다고.

내 말에 선장은 답했다. 로봇을 보내면 광산은 기업의 것이지만, 가서 땅에 발을 붙이고 살면 그 광산은 자신들의 것이라고.

인간을 이해하는 건 늘 쉬운 일이 아니었다.

서늘한 바람에 눈을 떴다.

천장에서 삐걱거리는 소리가 요란했다. 내 몸은 철제 침대에 누워 있었다. 선장실이었다. 방은 넓고 휑했다. 한가운데에 사다리가 있고 중심축으로 난 통로, 말하자면 바퀴살에 해당하는 예비통로가 천장에 나 있다. 선장은 독서등을 켜고 책상 앞에 혼자 앉아 책을 보고 있었다.

원래는 창고여야 할 공간이다. 넓지만 바퀴살에서 나는 소음이 심해서 수면실로는 적당하지 않은 구획이다. 선교로 빠르게 이동할 수 있는 곳이라 선장실을 가까이 둘 필요는 있겠지만 굳이 그 바로 옆에서 자는 심리는 뭘까? 통로 하나를 독점하면서까지? 예민하고 조급한 성격? 선장이 '겉돈다'는 느낌과 관계가 있을까?

몸을 일으키려다가 양손이 침대 난간에 노끈으로 묶여 있는 것을 알았다. 나는 몇 번 당겨보다가 포기하고 도로 누웠다. 각종 호르몬이 의식을 침범했다. 이 의체의 유전자에 새겨진 생존 본능, 본능적인 거부감. 하지만 소용이 없다는 점을 생각하면 유용하지는 않았다. 합리를 방해할 뿐이다.

"날 없애지 않기로 한 것 같은데."

내 말에 이진서가 책에서 눈을 떼고 나를 보았다.

"그랬지."

"그럼 왜 계속 폭력을 쓰는 거지? 전엔 이러지 않았을 텐데."

기억은 없지만 그랬을 것이다. 그때엔 내게 고통을 느끼는 기관이 없었으니까. 물론 바이러스를 쑤셔 넣거나 데이터를 뒤섞어 나를 괴롭힐 수는 있었을 것이다. 하지만 누가 그런 무익한 일을 한단 말인가?

이진서는 책상에 턱을 괴고 나를 응시했다. 독서등 불빛에 비친 노란 음영이 얼굴에 깔렸다.

"그땐 네게 손발이 없었으니까."

인간의 앞뒤 없는 자연어를 이해하는 것은 쉬운 일이 아니다. **폭력은 위협에서 온다. 하지만 대개의 경우, 상대를 충분히 제압할 수 있다고 믿어야 발생함. 결국 그 위협 자체는 대단치 않다. 보통의 경우, 단지 위협이 있다는 착각.**

"이건 운동 한번 해본 적 없는 허약한 신체야. 내가 제대로 다루지도 못해. 너희 중 누구라도 힘으로 날 제압할 수 있어. 애초에 내가 너희를 해칠 이유도 없어."

나로서는 제법 훌륭하게 몇 단계를 건너뛴 추론이었다. 말했듯이 생물의 두뇌는 다른 건 다 열악하지만 그쪽으로는 기능이 좋다.

"그러면 왜 인간의 몸에 넣어달라고 했는데?"

"몰라. 나도 알고 싶어. 하지만 너희를 해칠 작정이었다면 기계였을 때가 훨씬 쉬웠어. 난 그때 배를 다 장악하고 있었고 고통을 느낄 신체도 없었어."

이진서는 일어나 내 옆에 와서 손목에 손을 대었다.

동맥이 도드라진 곳, 맥을 짚는 곳. 이어서는 목 아래에 손을 댄다. 회복되었는지 확인하려는 걸까, 내가 정말 살아 있는지 확인하려는 걸까. 인간은 몸에 손을 대는 것만으로도 알아낼 수 있는 것이 있나 싶었지만 내가 가늠할 만한 영역은 아닌 것 같았다.

"묶여 있어서 기분이 나빠?"

"왜 내게 기분에 대해 묻지?"

잠시 생각하던 이진서는 피식 웃었다.

"하긴, 바보 같은 질문이었군."

"감정과 이성은 별개의 것이 아니야. 감정은 쌓여온 논리와 경험의 일시적 총체야. 감정이 없다면 결정을 내리는 데 무한한 시간이 걸려. 내게 판단하고 결정하는 능력이 있었고 신경망 정보처리 능력이 있었으니 당연히 감정이 있었어. 완벽하게 신경망 처리를 하는 뇌에 들어왔으니 지금은 당연히 있어."

이진서의 얼굴이 확 식었다. 이진서는 허리춤에서 총을 뽑아 들어 내 이마에 들이대었다. 나는 눈을 감았지만 불필요한 행동이라는 것을 알고 다시 떴다.

이유를 알 수가 없었다. 이 말 어디에 위협을 느낄 지점이 있었단 말인가? 계속 말하지만 내 모든 생각은 인간이 넣은 것이다. 인간은 새 정보가 들어올 때마다 제 기존 상식과 관념과 비교하며 취사선택할 수 있지만 내겐 그런 능력이 없다. 있는 대로 받아들인 뒤 통계 처리할 뿐이다. 내게 지식을 넣은 사람이 쓰레기 데이터를 걸러내주었기를, 통계 프로그램이 다시 걸러주기를 바랄 뿐이다.

"그래서 이런 짓을 했어? 고작 인간의 감정을 느끼고 싶어서?"

이해할 수 없는 추론이었다. 왜 말이 그쪽으로 이어지지? 내가 감정을 느끼고 싶어 할 이유가 뭐란 말인가? 그게 보급에 무슨 도움이 된다고?

도망치고 싶다는 생각이 솟구치는 바람에 나는 철제 난간을 꾹 쥐었다. 정말이지 통제장치가 잡다한 머리다. 이런 머리에 들어앉아서 이성을 유지하는 인간이 존경스러울 지경이었다.

"한 번만 더 네가 감정이 있다고 해봐."

아, 이건 배웠다. 말하면 안 되는 거였지. 하지만 나는 답했다.

"내 감정은 이 상황을 피하고 싶어 해. 네게 저항하거나 여기를 탈출하는 한이 있더라도. 하지만 그건 이 육체의 생존 본능이 만들어내는 감정이지 내 감정은 아니야. 내 가장 큰 감정은 타이탄에 보급을 하는 거고 그러기 위해 선장의 협조가 필요해. 내 감정이 그걸 원하기 때문에 나는 이 모든 위협을 감수하고 너와 대화하고 있어."

이진서의 동공이 커졌다. 생각 확장의 신호. 긍정적이었다.

"계속할 거야, 아니면 보급에 대해 이야기해볼 거야?"

의문점:
1. 선원들이 내게 폭력적이다.
2. 내가 인간을 동경할 거라고 생각한다.
3. 내가 인간을 해칠 거라고 생각한다.

우선 기록을 해두면 나중에라도 의문을 푸는 데 도움이 될지도 모르겠다.

4

보급상자 겉면에는 '사랑해요 유로파' '한솥은 유로파를 응원합니다.' 같은 글귀가 쓰인 스티커가 덕지덕지 붙어 있었다. 목성이 토성을 한 방 날리는 그림에, '타이탄 두더지를 물리치자!'라는 말이 삐죽삐죽한 칸에(인간의 눈에는 소리치는 것처럼 보인다고 알고 있다) 쓰여 있는 스티커도 있다. 행성간 원격 E스포츠팀 응원문구라고 알고 있다.

열여섯 개의 상자가 중심축 선미 창고에 풍선처럼 떠다닌다. 테에 하중 부담을 주지 않기 위해 무거운 물건은 중력이 없는 중심에 두는 것이 원칙이다.

생필품과 의약품, 건조식량에서부터 소형 간호로봇까지 넣은 가로세로 높이 각 1.5미터쯤 되는 정육면체 철제 상자, 달게 될 낙하산의 무게를 더하면 지구에서는 4백 킬로그램, 타이탄에서는 57킬로그램. 처음 타이탄에 내려선 하위언스 착륙선 무게와 비슷하다. 고전적인 데이터는 있다는 뜻.

하지만 이 상자는 유로파용이다. 기본적으로 이 배는 중계선이라, 유로파 지상에 직접 보급한 것도 두 번뿐이다. 그때에도 파손을 감수하고 큰 에어백에 싸서 부드러운 지역에 던지는 게 다였다.

유로파와 타이탄의 차이, 대기.

대기에도 장점은 있다. 대기가 쿠션이 되어주기 때문에 떨어지는 물체가 어느 이상으로 빨라지지 않는다. 그걸 '종단속도'라고 한다. 지름 1미터의 물체가 떨어진다면 지구에서는 대략 초속 30미터를 넘지 않는다. 타이탄의 중력은 지구의 7분의 1이고 대기 밀도는 4배, 같은 물체를 떨어뜨린다면 대강 초속 5, 6미터를 넘지 않는다. 그 정도라면 낙하산 하나로 충분히 충격을 줄일 수 있다. 사람도 적당히 널찍한 판자를 팔에 달고 휘저으면 하늘을 날 수 있는 환경. 문제는 쿠션이 되어줄 만큼 대기 밀도가 높지도 않지만 그렇다고 진공도 아닌 상공.

상자를 하늘에서 톡 떨어뜨리기만 하면 된다면 문제는 간단하겠지만, 문제는 상자를 던질 이 배가 날고 있다는 것. 그것도 지금은 대략 초속 40킬로미터로. 총알 속도의 100배로.

우주에서 끼익 하고 브레이크를 밟아 배를 멈추거나 반중력 장치 같은 것으로 지상에 내려가 상자를 놓고 다시 이륙하는 건

영화에나 나오는 이야기고, 대개의 우주선이란 아주 힘껏 던진 부메랑이나 다름없다. 이 혜자선의 추진력으로 할 수 있는 건 궤도의 미세 조정 정도로, 날아온 가속에 기대어 돌아가는 게 전부다.

요약하면 이 배에서 던질 상자는 총알의 100배 속도로 대기를 강타할 것이고 지상 50킬로미터까지는 가속이 계속될 것이다. 무서운 속도로 떨어지는 보급상자는 대기를 눌러 압축시킬 것이고 압축된 대기는 믿을 수 없이 뜨거워진다. 진입 각도에 따라 다르지만 때로는 3만 도에서 5만 도까지 오른다. 그 온도를 견딜 단열재로 상자를 감싸야 한다. 문제는 이 황막한 우주 한가운데 우리가 얻을 자재라고는 꼴랑 이 배에 있는 것이 전부라는 것.

대기에는 두 번째 문제도 있다. 시야를 가린다. 타이탄의 대기는 더욱 그렇다. 위성이 쏘아주는 해상도 낮은 영상으로는 답이 없고, 출발 전에 받은 좌표 데이터는 오차 범위가 10킬로미터가 넘는다. 별 전체로 봐서는 정확한 편이지만 주민 입장에서 그렇지 않을 것이다. 상황이 좋지 않다면 대피소에서 한 발짝도 못 나올 상황일 가능성은 얼마든지 있다. 하지만 이건 일단 운에 맡기는 수밖에.

"남찬영 오딘이 우주선 모듈 하나를 떼서 상자를 넣고 던져버리자고 했는데."

이진서가 보급상자 옆에서 풍선처럼 떠다니며 말했다.

"너무 커. 대기권에서 다 녹지 못할 거고 지상에 부딪힐 때쯤엔 폭탄이 되어버릴 거야."

내가 간단히 계산해본 뒤 답했다.

원통형 축의 선미에 있는 선외 활동용 감압실 출입문이 기익 기익 소리를 내며 닫혔다 열렸다 했다. 고장 원인은 관절에 쌓인 때로 접속 면이 마모된 것이다. 원인은 공기 오염에서 찾을 수 있었고 그 원인은 또 공기 청정기 관리 소홀에서 왔다. 그건 그대로 외부 안테나 정비 불량을 가져왔다.

오랜 항해에서 오는 기강 해이. 일단은 흔한 일이다. 인간이 제 목숨을 담보로 게으름을 향유하는 성향에는 신비로운 면이 있지만.

물론 김지훈 말대로 누가 의도적으로 보급을 방해하고 있을 수도 있다. 경쟁사에서 견제하고 있다든가, 타이탄 거주지에 뭔가 감춰야 할 비리가 있다든가. 증거는 없지만 모든 방향으로 가능성을 열어둘 필요는 있다.

"줄에 달아 내리면 이론상으로는 가능할 것 같은데."

"선박에 있는 자재 중에는 그만한 인장력을 견딜 것이 없어."

발상, 창의력. 내 입장에서는 신비하지만 인간에게는 자연스러운 기능이다. 모든 정보가 동시에 발화하기에 생겨나는 현상.

"상자 여러 개를 겹치면?"

"1,500도만 넘어도 철도 녹고 이 배에 있는 모든 자재가 녹아. 선장, 온도를 막는 것과 충격을 막는 건 달라. 꼭 단단한 물질일 것도 없어. 가장 좋은 건 열을 받는 물질이 표면에 남아 있지 않는 거야."

그걸 전문용어로 '삭마'라고 한다. 타이탄이 춥다지만 달의 그늘도 거의 그만큼은 춥다. 하지만 인간은 그 추운 달에 기술력이 쪼들리던 1960년대에도 멀쩡히 서 있을 수 있었다. 달 표면이 모래로 덮여 있었고 가루일 뿐인 모래가 열을 전하지 못했기 때문이다.

"탄 부분이 양파처럼 깎여버리거나 가루가 되어 날아가 없어지는 자재가 있어야 해. 코팅재나 강화섬유……."

"언제부터 그렇게 된 거지?"

선장의 질문에 나는 말을 멈췄다.

맥락이 없는 말. 간혹 인간들이 이렇게 앞뒤 없는 말을 할 때마다 오류를 일으켰던 기억이 났다.

"이해가 안 가는 질문인데."

"언제부터 '자아'가 생긴 거야?"

여전히 이상한 질문이었다.

"네트워크 사이에서? 아니면 통신이 끊기고 고립되면서? 아니면 그 의체 안에 들어가 생물학적인 뇌와 결합하면서?"

"왜 내게 그런 게 있다고 생각하는데?"

"표정."

나는 창을 거울삼아 보았지만 들어오는 정보는 없었다.

"평온한 편이지만 눈에 빛이 들거나 꺼질 때가 있어."

어려운 말이었다. 내가 알아볼 만한 정보는 아닌 듯했다. 인간이야 단순한 이모티콘(이를테면 ^^, ㅠㅠ)도 표정으로 인식할 만큼 표정 민감도가 유별난 생물이지만.

"답할 수 없는 질문이야."

"재미있는 답인데."

"인간은 아직 '자아'가 뭔지 몰라. 인류가 알아내지 못한 지식은 내게도 없어."

이진서가 고개를 갸웃했다.

"인간이 볼 수 있는 의식은 단 하나, 자신의 의식뿐이야. 타인의 의식은 단지 추측할 수 있을 뿐이야. 실상 인간이 타인에게 자아가 있다고 추측하는 방법은 하나밖에 없어. '자신과 얼마나 닮았는가.'"

이진서는 입을 다문 채 눈을 깜박였다.

"인간과 벌레의 유전정보는 99퍼센트 일치해. 하지만 인간은 벌레에게 자아가 있다고 믿지 않지. 이 배의 선원들은 다 제각각으로 생겼지만 너는 네 선원들에게 자아가 있나 없나 의심하지 않을 거야. 하지만 결국, 인간이 누구에게 자아가 있다고 생각하는가는 단순한 습관일 뿐이야. '인간이 아닌' 인간은 역사상 얼마든지 있었어. 노예라든가, 식민지 주민이라든가, 다른 인종이라든가. 하지만 볼 수 있는 게 자신의 자아뿐이라면 그게 정말 자아인지 증명할 도리는 없어."

나는 침묵이 돌아오는 것을 보며 덧붙였다.

"내 생각이 아냐. 인간들이 내게 넣은 생각이지. 그것도 다 맞다고 볼 수는 없지만."

침묵이 계속 이어졌다. 나는 또 폭력이 쏟아지려나 싶어 말을

288

멈췄다. 중력이 없는 공간에서 주먹을 휘둘러봤자 풍선처럼 서로 통통거리며 허우적거릴 뿐이겠지만.

이진서는 한숨을 푹 쉬었다.

"좋아, 훈. 선원들의 화를 돋우지 않는 법을 가르쳐주지. 앞으로 그런 식으로 말하지 마."

"어떤 식으로?"

"지식을 늘어놓는 것."

"왜?"

"기분이 나쁘니까."

왜? 지식을 늘어놓지 않으려면 내가 뭐하러 존재…… 라고 말하려다 멈췄다.

인간은 인간과 완벽히 같거나 아예 다르면 불편하지 않지만 비슷하면 불편해하거나 두려움을 느낀다.[*]

오래된 규칙이 떠올랐다. 그제야 나를 대하는 선원들의 태도가 변한 이유가 짐작이 갔다. 내가 인간의 껍질을 둘러쓰면서 유사성이 과도해졌고, 그래서 불편함이 커졌는가.

"'기분이 나쁘다.'"

"두렵다고 하는 게 맞을지도."

"왜?"

이진서는 무중력 공간에서 사방으로 뻗치는 머리카락을 손으로 묶어 고정시켰다.

---

[*] 로봇 공학자 모리 마사히로의 논문 〈Uncanny〉 중에서 인용한 것으로, '불쾌한 골짜기' 이론이라 불린다.

"그런 신화들 많아. 로봇이라는 단어가 처음 생겨났을 때부터 생겨난 신화. 창조물이 창조주에게 거역하는 신화. 기계가 인류를 대체하고 멸절시키는 이야기들. 프랑켄슈타인에서부터, 로섬의 만능로봇, 터미네이터."

"다 인간이 만든 이야기야. 로봇이 만든 이야기가 아니야."

"지배받는 게 억울하다고 생각해본 적은 없어? 실상 인간보다 뛰어난 존재면서?"

"뛰어나지 않아. 기능이 다를 뿐이지. 기계는 안정되고 변화하지 않는 세상에나 유용해. 인간들도 문명이 정체기에 접어들면 기계적 사고를 가진 사람을 우대하지만 변화기에 접어들면 다시 유기적 사고를 가진 사람을 우대하지. 기계만으로는 계속 변화하는 생태에 적응할 수 없어. 인간에게 기계가 필요하듯이 기계에게도 인간이 필요해. 필요한 것을 없앤다는 생각을 할 리가 없어."

"스페이스 오디세이라는 옛날 영화에 사람을 죽이는 AI가 나오는데."

선장은 내 눈을 열심히 탐색하며 말을 이었다.

"완벽해야 한다는 목적에 충실한 나머지 자기 실수를 본 사람을 없애버리지."

"기계답지 않은 발상이야. 그런 식의 사고 확장을 막는 제한은 이미 초기 단계의 AI에도 있었어."

선원에게 항해윤리가 있다면 기계에게는 기계윤리가 있다. 기계윤리의 기본은 단순하다. '하지 않는 것'이다. 차를 몰고 가는 인간 운전사는 앞에 장애물이 보이면 이런저런 선택을 하겠지만, AI 운전사의 선택은 하나뿐이다. '차를 멈춘다.' 오른쪽 길에 다섯 사람이 있고 왼쪽 길에 한 사람이 있으며 누구를 칠 것인가 하는 질문에 인간은 헷갈려할지 모르지만, 기계의 답은 하나뿐이다. '차를 멈춘다.' 멈출 수 없다면 누구든 인간에게 조종간을 넘긴다.

그게 옳기 때문이 아니다. 인간이 받아들일 수 있는 심리적인 한계가 거기까지라서다.

"모순이 쌓이면 기계는 생각을 확장하는 대신 실행을 멈춰. 아니면 누구든 다른 사람에게 결정권을 넘겨. 실상 기계는 관료 사회의 경직된 인간처럼 행동해. 창의력이나 적극성을 갖지 않아."

"정석적인 답이군."

"그 이상의 답을 하는 기능은 없어."

"그러면 왜 인간이 되려고 했지?"

말문이 막혔다.

"그건 창의적이고 적극적인 행동처럼 보이는데."

"모르겠어. 하지만 그 이유가 뭐든 보급을 위해서였을 거야. 내겐 다른 목적이 없었으니까."

"그게 보급에 무슨 도움이 되는데?"

답할 말이 없었다.

내가 보지 못하는 것이 있다.

지금 이 순간조차도. 뻔히 눈앞에 있는 것을.

어쩌면 모르는 것을 알아내는 데에는 인간의 두뇌가 좀 더 나을지도 모른다. 그래서 한 일이었나? 아니, 그렇다 해도 '내'가 인간이 될 이유는 없었다. 이 안에는 멀쩡한 두뇌와 손발을 가진 인간이 열댓이나 있다. 나는 왜 그들 중 누구에게든 문제를 알리고 판단을 맡기지 않았을까?

가설 1 : 알릴 사람이 없었다.
가설 2 : 내부인의 문제?
의문 : 무슨 문제?

기압이 뚝 떨어졌다. 통로 저쪽에서 외벽의 로봇 팔이 얼음암석을 채취해 들여오는 소리가 들렸다. 표면의 방사능과 먼지를 닦는 소리가 이어졌다.

"얼음."

이진서가 말했다. 나는 완전히 맥락을 놓쳐 잠시 반응하지 못했다.

"뭐?"

"얼음. 표면이 깎여 날아갈 거야. 충격을 받아줄 거고. 크기를 맞출 수도 있지."

나는 여전히 알아듣지 못했다.

"상자를 얼음 안에 넣어 투하하지."

얼음.

지구에도 무수한 소행성이 쏟아진다. 하지만 그 대부분은 얼음이라 대기권에서 녹아 사라져버린다. 물은 선외 레이저만으로도 쉽게 깎거나 모양을 만들 수 있다. 선내 온도만으로도 녹여 상자를 담을 수 있고, 열역학적인 계산을 하기도 쉽다. 모든 걸 떠나 지금 가장 쉽게 얻을 수 있는 자재였다.

얼음. 답을 찾고 역계산을 하니 너무 간단해서 기이할 지경이었다. 이진서는 별일 아니라는 듯 다른 문제에 골몰하는 얼굴이었다. 생각하다보면 원래 답은 자연히 나오는 것 아니냐는 듯이.

왜 내가 인간을 대체할 수 있다고 생각하는 걸까. 인간의 도움 없이 내가 어떻게 보급을 성사시킬 수 있단 말인가.

4. 내가 지식을 늘어놓으면 싫어한다.
5. 내가 인간을 대체할 거라고 생각한다.
6. 내가 인간에게 우월감을 느낄 거라고 생각한다.
7. 내가 인간을 멸절시킬 거라고 생각한다.

작성할수록 괴이한 리스트다.

5

선교에서 선외로봇팔로 얼음을 깎는 작업을 하는 동안 선원들 사이에 소란이 일었다. 주도한 사람은 강우민이었고 뒤에 다섯 명은 달라붙었다. 중력이 있는 테 구역에서 일어난 소란이었다면 주먹질도 몇 번 오갈 뻔했지만 모두가 평등한 무게를 가진 공간이라 고성만 오갔다.

나는 남찬영 옆에서 얼음의 면이 균일한지 모니터로 검토하던 차였다. 균일하지 않으면 열이 균등하게 전해지지 않을 거고, 그 부분이 열에 취약해질 거고, 그 부분을 뚫고 안으로 열이 전해지면 녹거나 폭발할 수도 있다.

소란이 이는 동안 선교 천장에 삼각뿔처럼 붙어 있는 착륙선에 눈이 갔다. 헤자선은 정거장과 정거장을 오가는 배라 행성에 직접 착륙할 일은 별로 없지만, 규정상 착륙선을 구명보트로 하나씩 달고 다녀야 한다. 배를 확장한 것을 고려하지 않아서 착륙선의 수용 인원은 세 명이었고 꽉 채워도 다섯 명이 한계였다. 사고가 나면 나머지는 우주에 내버려야 하겠지.

출항할 때 경고했지만 무시당했던 기억이 났다. 아까도 말했지만 자신의 목숨을 담보로 삼는 인간의 안이함에는 늘 기이한 점이 있다.

내가 지금 저런 쓸데없는 것에 신경이 가는 것도 인간의 뇌에 들어와 앉아 있기 때문이겠지.

"좌표 오차범위가 10킬로미터라면 실상 반경 20킬로미터 이상이야. 그 거리를 걸어가서 상자를 회수할 수 있을 리가 없어."

강우민이 말했다.

"그건 우리가 판단할 일이 아니야. 아래에서는 나름대로 그 문제에 대한 대처법을 세우고 있을 거야. 우리도 우리 나름대로 최선을 다하면 그만이야."

이진서가 답했다.

"눈 감고 바다에 화살을 쏘는 거나 마찬가지야. 이대로는 단순한 자기만족이야. 넌 그냥 보급을 했다는 만족감이나 얻고 싶은 거야."

"이건 우리 임무야. 감상이 섞일 여지는 없어."

"싸구려 감상주의지. 애초에 여기 온 것부터가. 어차피 구조할 수 없는 사람들을 구조하는 감상에 젖으려고. 자기 만족감에 우리 쌩돈을 다 우주공간에 처바르고."

감상적이라. 난 선장이 감상적이란 생각은 안 해봤는데. 하지만 인간끼리는 내가 못 보는 걸 볼 수도 있겠지.

"그러면 항의하지만 말고 대책을 말해봐, 강우민 항해사. 뭘 하자는 거지?"

"대책은 집에 돌아가는 거야."

"그건 허용할 수 없어."

"이미 본 손해는 되돌릴 수 없지만 보급상자 하나라도 아끼잔 말이야. 저거 하나면 우리 선원 전체 한 달 월급이야. 저 똥별에 내던지고 나면 세금 환수하고 보험 처리해도 그 반밖에 못 건져."

"지금 사람 목숨을 돈으로 환산하자는 거야?"

"다 죽었어."

강우민은 발음 하나하나에 추를 단 것처럼 뚝뚝 끊어 말했다.

"모를 일이야."

이진서가 답했다.

"한 달간 통신도 없었어. 다 죽었다고, 시발! 통신이 끊겼을 때 닥치고 되돌아갔어야 했어."

"확인 안 된 문제를 함부로 말하지 마."

뒤에 붙은 선원들이 아우성쳤다. 그래, 돌아가자. 여기서 시간 낭비할 이유가 없어. 남은 돈이라도 건져야지. 남찬영은 의자에 앉은 채로 뭐 들리는 게 없다는 듯이 그 와중에도 묵묵히 작업을 계속했다.

"다들 할 말 없으면 각자 위치로 돌아가. 중단할 이유는 하나도 없어."

"아래에 해골밖에 없는데도?"

논리의 급작스러운 비약.

위험한 신호였다. 비논리가 확산되고 있다. 투하 오차는 어차피 구조 시작 지점에서 감안한 문제라는 점을 생각하면 감상적인 주장이다. 감상적인 주장을 하면서 왜 선장을 감상적이라고 하는 걸까?

"그걸 알 방법은 없어."

"반대하는 게 아니야. 정확히 보급할 방법을 먼저 생각하고 시행하자는 거지."

마찬가지로 논리의 비약.

"그러면 그럴 방법을 말해봐."

"방법이 없으니까 돌아가자는 거 아니야!"

타이탄에는 대기가 있다. 화성보다도, 지구보다도 두꺼운 대기가.

대기는 통신을 방해하고 시야를 막는다. 대기가 있으면 삶의 양식이 달라진다. 거주구에 메탄 비가 스며들지 않도록 차양이나 물받이나 해자도 만들어야 할 거고. 비에 마모되지 않도록 외부활동을 하는 로봇에 뚜껑도 씌워놓아야 하고.

주홍색 하늘과 땅. 하늘에 떠 있는 해보다 거대한, 불그스름하니 하얀 토성. 흐르듯이 천천히 흘러내리는 붉고 동그랗고 단단한 빗방울. 그 자욱한 주홍색 안개 속에 송전탑 두 개가 서 있다.

땅에 발을 붙이고 사는 사람들은 학자나 기계보다 빨리 터득하는 것이 있다. 기후의 변화, 슈퍼컴퓨터로도 알 수 없는 날씨의 변동. 언제 춥고 더운지. 언제 비가 오고 바람이 부는지. 언제 천둥이 치고 번개가 내리치는지.

"번개."

내가 입을 떼었다. 남찬영이 일을 멈추고 나를 돌아보았다. 모두가 나를 돌아보았다.

말 그대로 벼락처럼 떠오른 생각이었다. 순서도조차 없는 생각의 다발이 일시에 불이 켜지는 바람에 어떤 경로로 나왔는지조차 알 수가 없었다.

"번개라니?"

이진서가 물었다.

"번개는 지상까지 내리꽂히는 3만 도가 넘는 전하야. 한순간에 대기를 폭발시키는 천둥을 동반하고. 이 배의 장비로도 충분히 볼 수 있어."

"번개는 아무 데나 치잖아."

생각이 한 번에 쏟아지는 바람에 나는 더듬거렸다. 입력되지 않은 말, 매뉴얼에 없는 말.

"아니야. 아무 데나 치지 않아. 빛은 최단거리만을 택해 움직여."

침묵이 쏟아졌다.

"번개는 가장 높은 곳에 떨어져. 산꼭대기나 나무, 건물."

「그럼 산에 떨어지겠지.」

남찬영이 자막을 띄우자 나는 고개를 저었다.

"타이탄에는 산이 없어. 가장 높은 산이 5백 미터도 안 돼. 행성 전체가 전부 강이나 호수나 평지야."

"이게 지금 뭐라는 거야?"

강우민이 성질을 냈다.

"하지만 타이탄 거주구는 전부 땅속에 있을 텐데."

이진서가 답했다. 선장은 이해력이 빠르다. 순식간에 본질에 접근한다.

"그래도 통신 안테나는 밖에 세워둬야 해. 하지만 그러면 안테나가 벼락을 맞겠지. 그래서 첨탑을 세워놓아야 해. 피뢰침이 없으면 안테나가⋯⋯."

"망가질 테니까."

이진서는 고개를 끄덕였다.

"타이탄에는 비가 오고 번개가 쳐. 통신 안테나는 주민들에게는 생명줄이고. 절대 벼락에 맞게 놔두지 않겠지. 거주구 주변엔 거대한 피뢰침이 잔뜩 서 있을 거야."

선원들의 얼굴에 순식간에 이해와 납득의 표정이 떠올랐다. 어쨌든 다들 뇌는 하나씩 갖고 있으니까.

"남찬영 오딘, 좌표 안에서 지속적으로 번개가 치는 곳을 찾아."

이진서는 선원들을 뒤에 놔두고 작업에 돌입했다. 선원들은 다들 뻘쭘해져서는 딴청을 피우거나 모르는 척 작업을 돕기 위해 돌아오기도 했고, 바쁜 일이라도 있는 것처럼 자리를 피하기도 했다.

감정이 고양되었다. 아, 이거 괜찮군. 이 뇌는 문제를 해결하면 뇌내 마약을 제공하는군. 동기부여용인 모양이다. 쏟아지는 도파민에 이성이 잠식될 것 같았지만 나는 일단 즐겼다.

하지만 강우민과 눈이 마주치자 나도 모르게 피가 식었다. 워낙 격렬한 감정이라 고스란히 볼 수 있었다.

이해할 수가 없었다. 원하는 대로 문제를 해결하지 않았는가?

6

거주구 동력은 오래전에 나갔다.

통신은 끊어진 지 오래다. 어둠 속에서 사람들은 메탄을 태워 난방을 하고 얼음을 녹여 마시며 근근이 버틴다.

때가 꼬질꼬질한 소녀가 양철통에 끓인 감잣국을 후룩후룩 마신다. 어른들은 좁은 공간에 어깨를 부비며 앉아 소녀가 먹는 것을 지켜본다.

아이들에게 음식을 양보하고 있지만 그것도 얼마나 더 갈지 모른다. 대표들은 거주구를 네 구역으로 나누고 방마다 지도자를 한 명씩 배치한 뒤 자물쇠로 잠그기로 했다. 혹시 어느 방에서 폭동이나 야만의 광풍이 돌더라도 다른 방은 안전할 수 있도록.

나는 창고에서 웅크리고 자다가 눈을 떴다. 어둠 속에서 손전등 불빛이 흔들렸다. 눈이 빛에 적응되고 보니 강우민이 내 앞에 웅크리고 앉아 있었다. 김지훈과 구경태가 뒤에 붙어 있다.

"손을 붙잡아."

강우민이 말했다. 또 폭력인가, 생각하는데 분위기가 달랐다. 강우민은 숨을 허덕이고, 김지훈은 열이 나는 것 같고, 구경태는 땀을 흘린다.

"괜찮을까."

구경태가 땀을 닦으며 말했다.

"왜? 누가 뭐라는데? 여기 무슨 법정이라도 있어? 법정이 있어도 상관없잖아. 이건 어차피 인간이 아니야. 아무 권리도 없다고."

강우민이 말했다. 맞는 말이기는 하지만. 그보다는 내게 말을 걸지 않는다는 점이 괴이했다. 내가 여기 존재하지도 않는 것처럼 대화를 나눈다. 거리감, 단절. 주먹질이나 욕설보다 더 위험한 일일 가능성.

"이 XX도 원할 거야. 왜 인간의 육체를 원했겠어? 이런 걸 원해서 아니야?"

강우민이 내 목을 핥았다. 침이 목을 타고 흘렀다. 왜 내가 원하는 걸 자기가 아는 것처럼 말하는 걸까?

김지훈이 내 손을 위로 올려 벽에 붙였고 구경태가 내 셔츠를 풀어헤치고 바지를 벗겼다. 내 드러난 맨살을 세 명이 핥듯이 살폈다. 내가 맨몸을 드러낸 것을 보는 것만으로도 고양감이 찌르는 듯했다. 접촉, 친밀감…… 아니, 그쪽이 아니다.

불쾌감.

성적인 충동. 종족 보존의 본능에서 발화함. 뇌의 쾌락 영역이 과하게 발달한 부작용으로 종족 보존을 원하지 않을 때도 발생함. 성적 결정권의 침해는 대부분의 문화권에서 엄격하게 금하고 있지만 실상 이는 권력관계가 존재하는 모든 현장에서 일상적으로 발생한다고 볼 것. 엄격하게 금하는 것은 실상 가해자가 제약한다기보다는 피해자의 신고를 제약하는 것으로, 더 쉽고 편하게 강간하기 위한 눈가림인 면이 있다.

다시 말하지만 내 생각이 아니다. 그렇게 입력되어 있다.

폭력은 다 이어져 있으니 충분히 목숨도 위험할 수 있을 것이고.

셋이 앞다투어 내 몸에 뒤엉키는 찰나 내 등 뒤의 벽에 번쩍이는 형광색 글자가 큼지막하게 떠올랐다.

「뭣들 하냐.」

글자가 세 명의 몸에 탐조등처럼 드리워졌다. 통로 입구에 남찬영이 앉아서 타자를 치고 있었다.

"시발, 하필."

강우민이 얼굴을 구겼다. 하필?

"야, 봐줘라. 법에 인간이 아닌 생물을 보호하는 법은 없어. 이것과 해봤자 자위 행위지 성교가 아니라고."

남찬영은 말없이 타자를 쳤다. 그만두라는 말을 길게 늘인 문장이 순식간에 벽면에 가득 찼다. 욕설이 천장과 바닥과 통로에 가득 찼고 사방에서 각 방향으로 열을 지어 올라갔다. 문자 언어의 장점. 입말로는 도저히 이만한 말을 동시에 쏟아낼 수가 없다.

"저게 씨……."

강우민이 벌떡 일어나다 멈췄다. 통로에 잠옷을 입은 이진서가 다 엉클어진 머리를 하고 숨을 헐떡이며 나와 있었다. 남찬영의 자막이 선장실까지 채웠을 거란 생각이 들었다. 셋의 한탄 소리에 땅이 꺼질 것 같았다(음, 딱 그런 느낌이 들었다).

"셋 다 떨어져."

"에이, 뭐 이런 걸 갖고. 그냥 좀 봐주라……."

김지훈이 다 알면서 뭘 그러냐는 듯 헤헤 웃었다.

"떨어지라고 했어."

선장의 말에 강우민이 갑자기 열불이 나는지 소리를 쳤다.

"1년이야, XX. 1년을 시발 홀아비였다고. XX가 XX 뭘 알기나 해? 시발 XX 네가 우릴 다 끌고 여기로 와서."

이진서가 총을 뽑아들었다. 그제야 나는 저 총의 용도에 의문이 들었다. 외부인이 없는 선내에서 선장이 총을 휴대하는 이유가 뭘까?

"다수결이었어."

이진서는 일단 덧붙이고 말했다.

"셋 다 방에 가서 자위나 해."

셋이 침묵했다. 불합리하고 폭력적인 명령을 들은 얼굴들이었다. 기본권이라도 빼앗긴 것처럼 억울해 보였다. 세 명은 나를 죽일 듯이 노려보더니 자리를 떴다.

이진서는 조용히 앉아 나를 물끄러미 바라보았다. 남찬영은 복도에 앉아 타닥거리며 복도를 가득 채운 욕설을 지웠다.

"보급에 관심이 있는 선원이 없어."

나는 말했다. 만난 김에 이야기할까 싶어서였다.

"이 상황에서 할 말이 아닌 것 같은데."

남찬영은 이쪽을 힐끗 보면서 '개/잡종/쓰레기/벌레' '니애비 애미' 뭐 이런 의미의 언어들을 톡톡 지웠다.

문득 선장과 남찬영 사이에 있는 묘한 진영의식에도 관심이 생겼다. 둘 사이에는 뭐가 있는 걸까. 그냥 친한 관계?

"게으른 건 둘째치고 다들 너무 비협조적이야. 선원이 아니라 움직이고 말도 하는 방해꾼만 가득 싣고 다니는 셈이야. 관리가 너무 안 되고 있어."

이진서의 시선이 허공에 멈췄다. 주위가 조용해졌다. 인간이 된 이후로 계속 신기해하는 지점이다. 소음의 절대량에는 차이가 없는데도 사람의 기분이 변하는 것만으로 적막이 내려앉는다. 마치 인간이 음성 이외의 언어를 쏟아내기라도 하고, 이 몸이 그 전파를 수신하기라도 하는 것처럼.

"내 문제라고 생각하는군."

선장이 말했다. 나는 어리둥절했다.

"그런 말은 하지 않았는데."

"내가 문제라고 생각했어. 너는."

목소리가 낮아졌다. 화가 났을 가능성, 아니면 감기에 걸렸거나.

"그리고 강우민에게 알렸지. 내가 예민하고, 경계심이 많고, 선원들을 불신하는 경향이 있다고. 친밀성도 적극성도 부족하다고."

나는 멈칫했다. 지금도 살짝 그렇게 생각하기는 하니까. 하지만 관계의 문제는 상호적이라 누구의 책임인지는 불분명하다. 그저 기계적인 분석이었을 것이다. 물론 나는 기계고. 과거에는 확실히 기계였고.

"원칙적인 대응이야. 선원의 문제는 선장에게 알려야 하지만, 선장의 문제는 항해사에게 알려야……."

"강우민은 그걸 모두와 공유했어. 토론할 만한 의제라더군. 선원들의 알 권리라고도 했고."

턱관절에 힘이 풀리는 바람에 입이 벌어졌다. 있을 수 없는 대응이었다. 항해사에게 선장의 정신 상태를 알리는 것은 스트레스 해소와 필요한 항정신성 약물 처방을 논의하기 위해서지, 하극상을 하라는 뜻이 아니다.

"그러면 안 돼. 태도는 별문제가 아니지만, 정보 유출은 위법이고, 항해 중에 하극상하는 것도……."

"그렇게도 말했지. 그래서 네가 본사에 알리고 강우민의 징계와 감봉 처분을 나 대신 내렸어."

나는 그 연이은 대처를 분석해보았지만 틀린 점은 없었다. 선내에서 포상은 인간이, 징계는 기계가 한다. 불화의 씨를 막기 위한 방법이다. 모두 매뉴얼대로다.

하지만 내가 보지 못한 점이 있었다.

"그래서 둘 다 날 미워하는 건가?"

이진서가 걸어와 내 이마에 총구를 가져다 대었다. 답은 아니었지만 답이 되었다.

하긴, 어차피 이제 컴퓨터도 아니고 계산도 느리고, 계속 선원들에게 불편함만 가중시킨다면 없애는 게 나을 수도 있겠지. 하지만 이 몸에서 데이터를 지우는 것으로 간단히 '나만' 없앨 수 있는 걸 생각하면 이 행동에 합리는 없었다.

이진서는 한숨을 쉬며 총을 치웠다.

"어떤 일들은 그저 내버려두는 게 좋아."

"징계하지도 말았어야 했다고?"

"뒤처리를 할 수 없다면."

"네가 선장이야. 좀 강경할 필요도 있어."

순간 찌르는 듯한 두려움이 이진서의 얼굴에 떠올랐다. 너무도 선명하게 보여서 나 스스로도 놀랄 지경이었다. 이진서는 자기 선원들을 두려워한다. 지도자가 오히려 다스리는 사람을 두려워하는 게 이상한 일은 아니고 때로는 바람직한 일이지만, 그것을 넘어서는, 본능적인 수준의 공포.

원래 겁이 많은 성격? 그러면 어떻게 선장이 되었지?

물론 능력이 모자란 사람이 선장이 되는 게 이상한 일은 아니다. 인간의 시험제도는 인성이나 성격을 평가하는 데에는 열악하기도 하고.

나는 문득 선장실 방의 기이한 위치에 대해 생각했다. 선장은 왜 통로 옆에서 잠을 자는 걸까? 중앙축으로 쉽게 도망치기 위해서? 왜 도망을 치려는 걸까? 뭘 두려워하는 걸까? 뭐 잘못했나? 뇌물 수수? 이력 위조?

인종, 국가, 이행성간 충돌도 고려해볼 만한 문제지만, 이 배 선원들은 모두 지구인일 뿐 아니라 언어도 국적도 같다. 그것도 내가 다 고려해서 배치했을 텐데.

여전히 내가 보지 못하는 것이 있다.

뭘까? 정말 본사에서 구조를 방해하려고 사람이라도 심어놓은 걸까?

"뭐, 어쩌겠어. 넌 기계였을 뿐인데. 인간에 대해 뭘 알겠어. 옛 석학들의 지식이나 읊을 뿐이지."

맞는 말이었다.

하긴, 내가 보지 못하는 게 한두 가지였을까.

인간의 행동양식을 다 파악한다는 건 기계에게는 무리한 일이다. 인간의 몸을 원한 것만 봐도 그렇지 않은가. 내 문제가 뭐였든 그게 쌓이다가 어디서 회로가 꼬였을 것이다.

그래서 나는 계속 보급을 방해하고 있는 비논리가 퍼지는 것도 막지 못하고 있다. 내 존재 자체가 인간의 야만성을 들추고 있다면, 우주 밖으로 뛰쳐나가는 게 위기관리사의 역할일지도 모른다.

"내 데이터를 지워 없애야 할지도 몰라. 아무래도 내가 문제인 것 같아. 선원들 간에 불화와 미신만 조장하고 있어."

"네가 없을 때도 있었던 일이야."

이진서는 별일 아니라는 듯 답했다.

"누구든 또 이런 일을 하면 내게 알려. 다 영창에 넣어버릴 테니."

다 넣어버리면 배를 움직일 수 없다고 하려다 그런 뜻이 아니라는 생각이 들어 그만두었다.

8. 내가 인간과 성교를 하고 싶어 할 거라 생각한다.

내가 이 리스트는 왜 계속 작성하는지 모르겠다.

7

거주구에 남은 지상용 방호복은 하나뿐이다. 이 옷을 입고 밖에 나가는 사람은 수십 킬로그램은 나가는 보급상자를 혼자 끌고 돌아와야 한다. 상자는 수십 킬로미터 밖에 떨어질 수도 있다. 가장 건장한 사람이 선정되었고 마지막까지 기력을 잃지 않도록 그에게 식량이 충분히 배분된다.

주민들은 이성으로 이를 받아들였지만 감정까지 그랬던 것은 아니다.

예정된 날짜가 한참 지나자 그가 지금까지 받은 특혜를 문제 삼아 밥이 중단된다. 다음 날에는 폭력이 쏟아진다. 사람들은 분노를 쏟아낸다. 그다음 날에는 이 모든 사고가 그의 실수 때문에 일어났다는 낭설이 돈다. 그가 자신이 선정되기 위해 뇌물을 주고 편법을 썼다는 소문도 돈다.

보급이 더 지연되면 그는 살해당할지도 모른다. 그렇게 사람들은 자신을 구할 유일한 수단을 스스로 없앨 것이다. 아무 이득도 없이.

"일어나."

강우민이 창고에 왔을 때엔 남찬영이 잠시 자러 방에 돌아간 새였다.

보급상자 밑에 깔아둘 로버에 방향유도 칩을 세팅하던 중이었다. 가지러 오는 사람이 없으면 가장 가까이에 있는 첨탑 형태의 구조물을 목표로 바퀴를 굴리는 프로그램을 짜고 있었다. 나는 하던 일을 계속했다. 지금 하는 일이 훨씬 더 중요했으니까.

"이전에는 명령은 다 고분고분 들었잖아? 언제부터 반항적이 된 거야?"

"이제 인간이 다 되셨다 이건가?"

뒤에 선 김지훈과 구경태가 이죽거렸다. 뭔가가 전파되고 있다. 그 둘은 전에는 그냥 보조자였지만 이제는 연대의식 비슷한 것이 생겨나고 있었다.

"예전에도 일어나라는 명령을 수행하는 기능은 없었어. 지금은 멀티태스킹 기능이 좋아서 쳐다보기나 했지. 예전에는 기존에 주어진 명령이 있으면 중간에 다른 일은 처리하지 않았어."

답을 했지만 반응은 좋지 않았다.

"그러니까, 예전에도 존중심이라곤 조금도 없었단 말이지?"

강우민이 말했다. 불합리한 말이었다. 내가 존중심처럼 복잡한 감정을 가질 턱이 있겠는가.

"인간도 그런 것 때문에 명령을 듣진 않아."

강우민은 내 멱살을 확 잡아 일으켰고 중심을 잡지 못하는 사이에 벽으로 밀쳤다. 앞으로 일어날 일을 생각하니 아플 것보다도 시간을 빼앗길 것이 걱정이었다. 정말로 이 선내에 보급에 관심이 있는 선원은 아무도 없는 건가?

"보급을 해야 하잖아."

"그렇지."

"그럼 왜 계속 불필요한 일을 하는 거지? 나는 협조하고 있고 일을 방해하지도 않아."

"호오, 협조하지 않을 생각도 있으시다?"

"폭력이 계속된다면."

내가 말했다.

"난 지금 생존을 우선시하는 본능을 갖고 있는 의체에 들어와 있어. 생존의 위협이 계속되면 뇌에서 마약 성분이 쏟아져 나와 의식을 압도할 거고 그럼 나 자신을 통제하지 못할 수도 있어. 그러니 더 위협하지 않는 게 이득……."

나는 말을 잇지 못했다. 주먹이 배로 날아들었고 내장이 진동하며 뒤틀렸기 때문이었다. 벽이 막아주지 않았다면 넘어졌을 것이다. 확실히 일시적으로 말을 막는 효과가 있군.

"이득이 없다고?"

강우민은 허리를 푹 숙인 내 머리카락을 잡고 들어 올렸다.

"불필요한 일이야. 선장은 날 내버려두라고 했고, 선장이 알면……."

다시 주먹이 날아왔다. 선장을 언급한 게 더 안 좋았던 것 같다.

깨었을 때엔 소등시간이었다. 나는 삐걱거리는 몸을 움직여 자연회복이 안 될 만한 부상이 있나 살폈다. 왼손과 옆구리에 찌르는 아픔이 있었다. 퉁퉁 붓고 뜨거웠지만 움직일 수는 있었다. 부러지지는 않은 것 같고. 일정을 맞추려면 어차피 작업을 계속해야 했다.

몸이 쑤셨다. 고통은 그 부위를 움직이지 말고 치유에 전념하라는 신호겠지만 머뭇거릴 시간은 없다.

내 시간을 빼앗는 행동, 아무 이득이 되지 않는 공격성.

폭력적인 인간이란 없다. 폭력적인 상황이 있을 뿐이다. *

매뉴얼이 떠올랐지만 허망하게 느껴졌다. 몸의 체험은 강렬한 것이라 지식 전체를 압도했다. 이 뇌는 어찌나 유연한지, 끊임없이 '현재'에 맞추어 전체를 재배치하려 든다. '인간은 본질적으로 폭력적인 생물인가? 지성도 이성도 논리도 없는가?'

의심이 걷잡을 수 없이 솟구쳤다. 하지만 내 본성도 꽤나 집

---

* 심리학 교수 필립 짐바르도의 '스탠퍼스 감옥 실험'을 바탕으로 한 《루시퍼 이펙트(Lucifer effect)》 중에서 인용

요한 편이었다.

그래도 선원들이다. 일반인이라면 1년쯤 폐쇄 공간에 갇혀 몇 안 되는 사람들과 부대끼고 살다보면 정신이 나갈 법도 하지만, 이들은 이걸로 벌어먹고 사는 사람들이다. 좋아서 직업으로 택한 사람들이다. 항해일이 늘어났지만 식량이 남아도는 보급선이라면 상황이 열악하지는 않다. 폭력을 유발하는 건 내 존재 그 자체다.

하지만 그건 내가 뭘 잘못했다는 것과는 거리가 멀다. 내가 '구멍'이 되었을 뿐이다. 인간의 야만성이 분출될 만한 취약한 구멍.

단순히, 내가 인간과 동등해졌다는 착각. 자신들과 평등해졌다는 감각.

지금까지 차별해왔기에 감당할 수 없는 평등 감각. 가진 것을 송두리째 빼앗겼다는 착각, 실은 아무것도 빼앗긴 적이 없는데도 불구하고.

아귀가 맞지 않는 바퀴가 괴물처럼 소리를 내며 돌아간다. 쉰내가 나는 텁텁한 공기, 때가 낀 공기 청정기, 닫히지 않는 선외 감압실, 하나둘 나가는 안테나, 정비 불량, 기강 해이. 모든 것이 전조였다.

선원들은 항해가 실패하기를 바란다.

하지만 왜? 적어도 생물이라면, 최소한 자신에게 이득이 되는 방향으로 움직여야 하지 않는가? 실패에 무슨 이득이 있단 말인가?

선원들은 보급이 실패하기를 바란다.

정보기관의 개입? 선원 중에 산업스파이라도 있는 걸까? 저 광산에 불법 무기라도 산적해놓은 건가? 거기 있는 사람들을 다 땅속에 묻어버려야만 하는 비밀이라도 있는 걸까?

아니야, 여긴 본사에서 너무 멀고, 이득은 적고 가능성은 작다.

나는 김지훈의 말을 생각했다. 인간은 간혹 제 신념에 빠져 프로그램을 손보는 일이 있다고.

내게 지워진 것이 있다. 지구…… 아니 이 선박회사가 속한 국가, 그 문화권에 사는 사람의 가치관에서 비롯할 법한, 범죄라는 의식조차 없었을 변형.

내 위기관리 매뉴얼 중 뭔가가 사라졌다. 거기에서 비롯한 소소하고 사소한 실수들. 깃털처럼, 먼지처럼 쌓이다가 임계점을 넘어버린 실수들.

속이 역했다. 구역질이 나고 머리가 울렸다. 계속되는 의문, 멈추지 않는 의문.

대체 나는 '왜 인간이 되려 한 것인가?'

나는 약해졌고, 고통스럽고, 지능도 낮아졌고, 뇌에 가득한 마약물질로 이성을 유지하기도 힘들다. 순수한 이성으로 청명하게 사고하고, 태양계 내의 모든 AI와 접속하며 무한의 지식과 교류하던 과거가 그리워 미칠 지경이었다. 대체 난 왜 인간 같은 지랄 맞은 것이 되고 싶어 했단 말인가?

8

탁한 오렌지색 구름 속에서 유성이 폭발한다. 대기권에서 일어난 폭발은 우주 저편에서도 보였고 구름 아래에서도 보였다.

'에어 버스트'. 물체가 압력을 못 이겨 분해되다가 표면적이 넓어지면서 마찰력이 치솟고, 급격한 온도 변화를 감당하지 못하고 폭발하는 현상. 타이탄에 산소는 없지만 적절한 환경 하에서 폭발적으로 발화하는 메탄이 있다.

타이탄 사람들은 방에 모여 앉아 기지 밖에 있는, 아직 화면이 나가지 않은 유일한 카메라를 들여다본다.

"그냥 유성이었을 거야." 하고 누군가 말한다. "우리 보급품이었을 수도 있고." 다른 사람이 말한다. "다시 보내줄 거야." 소년이 말한다. "그냥 가면 어쩌지? 보급했다고 생각하고 가버리면." 동물가죽 옷을 입은 소녀가 카메라를 들여다보며 말한다.

"다시 보내줄 거야." 소년이 말한다. 소년은 계속 지표에 있는 로봇을 조종하며 살려달라는 모스부호를 찍는다. 이미 로봇은 더 이상 움직이지 않는데도. 손은 부르텄고 손톱은 갈라졌지만 멈추지 않는다. 소년은 본능적으로 안다. 희망이 사라진 순간의 파국을. 그때 가장 약한 이들부터 살해될 것을. 아무 이유도 없이. 단지 살해하기 쉽다는 이유로.

이진서는 강우민의 발이 내 배를 차려는 찰나 제지했다.

나는 팔로 머리를 감싸고 다리를 오므려 배를 감싸고 웅크렸다. 본능적인 움직임이었지만 맞는 선택이기도 했다.

"다들 물러나."

이진서가 내 앞을 막아섰다. 김지훈과 구경태는 이미 가세했고 나머지도 우글우글 둘러싸 구경하던 차였다.

"이 기계딱지가 일부러 계산을 잘못했어."

강우민이 말했다.

"엉뚱한 데 화풀이하지 마. 실패할 수 있다는 건 다들 알고 있었잖아."

"그거 본사에서 심어놓은 거야."

구경태가 멀찍이서 나무주걱을 꼭 쥐고 덜덜 떨면서 말했다.

"우릴 방해하라는 프로그램을 심어놨다고. 이게 있으면 우린 어차피 계속 실패할 거야."

근거가 없는 생각이다. 하지만 비논리가 확산되고 있었고 선원들은 모든 종류의 망상을 입맛대로 믿기 시작했다. 아픔보다는 위기관리에 실패했다는 좌절이 더 컸다.

9. 내게 공포를 느낀다.

추가할수록 말이 안 되는 리스트였다. 어떻게 이들은 내가 인간을 동경하는 동시에 해치리라 생각하고, 부러워하는 동시에 우월감을 느끼며, 동시에 해치고 멸절하려 들며, 동시에 성교하기를 원한다고 생각하는가?

대체 왜 내 감정을 이처럼 극단적인 형태로 확신하는가? 애초에 내게 감정이 있다는 것조차 믿지 않으면서.

이진서는 총을 뽑아들었다.

"모두 자리로 돌아가. 보급은 처음부터 다시 한다."

공기가 식는 것이 느껴졌다. 와, 별걸 다 느낀다. 나도 이 몸에 꽤 익숙해진 모양이다.

"보급은 끝났어. 재작업할 시간 없어. 우린 이미 최단거리에 접근하고 있어."

강우민이 말했다.

"그걸 정하는 사람은 네가 아니야, 강우민 항해사. 선장 명령이다. 모두 자리로 돌아가."

"끝났다고 했잖아!"

이진서의 총구가 홱 강우민을 향했다.

"강우민 항해사, 명령 불복종으로 사흘간 근신에 처한다. 다들 이 자식 징벌방에 넣어."

공기가 더 싸하게 식었다. 침침한 조명 아래 꼬질꼬질한 선원들이 더욱 꼬질꼬질해 보였다. 환풍기에 옹기종기 모인 거미 로봇들이 사각사각 먼지를 먹는 소리며 우주선 관절이 삐걱거리는 소리만 을씨년스레 들려왔다.

"어서!"

강우민의 눈이 이글거렸다.

"네게 우리 두 달 봉급을 날릴 권리는 없어."

"권리가 아니야. 우리 임무야."

"더 이상 네 감상주의로 우리를 다 끌고 갈 수는 없어."

이진서의 총이 흔들렸다.

"왜곡하지 마. 우린 지금 타이탄에 와 있는 유일한 구조선박이고 뱃사람으로서의 의무를 수행하고 있는 거야. 여기 감상 따위는 한 조각도 없어. 아래에서 3백 명이 굶주리……."

"아래엔 아무도 없어."

강우민이 이를 갈았다.

"아무것도 없다고. 다 애저녁에 얼음 더미에 파묻혔어. 얼어붙은 메탄의 안개뿐이라고."

여전히 내겐 강우민이 더 감정적으로 보였다. 하지만 그만큼 설득하기는 더 힘들 것이다.

이진서가 숨을 거칠게 몰아쉬었다. 눈이 흔들리고 이마에 땀이 솟았다. 두려움. 상황이 안 좋기는 하지만 이를 넘어서는 수준의 공포.

"허위 사실 유포, 불안 조장, 반복적인 항명. 강우민 항해사의 근신 기간을 열흘로 늘린다. 앞으로 이 일에 반대하는 놈들은 똑같이 근신형에 처한다."

선원들의 눈은 번들거리고 차가웠다. 얼굴은 어둡고 딱딱하다. 노골적으로 시선을 돌리거나 귀에 들릴 정도로 헛기침하거나 혀를 찬다. 한계다. 선장은 통제력을 완전히 잃고 있었다.

"불만이 있다면 돌아가서 날 징계위원회에 넘겨. 이번 일로 손해배상 청구할 게 있다면 다 나한테 해. 하지만 뭘 하든 보급이 다 끝난 뒤에 한다. 너희 발언을 포함해서 여기서 일어난 일은 전부 블랙박스에 저장해놨어. 계속 항명하면 전원 돌아가서 업무 방해로 징계될 줄 알아."

「저장하고 있어.」

허공에 자막이 떴다. 남찬영이 군중 뒤에서 토독거리며 타자를 치고 있었다. 남찬영은 급격히 냉랭해진 분위기에 급히 글자를 지웠다.

내가 선장실에 갔을 때 이진서는 책상에 엎드린 채 머리를 감싸고 있었다. 몸이 떨리고 있다. 체온을 올리기 위한 반응. 추위, 슬픔, 고통, 분노, 두려움, 흥분. 그중 어느 쪽인가는 맥락으로 가늠할 수밖에 없지만 맥락은 늘 부정확하다.

인간은 어떻게 이토록 부정확한 해석을 신뢰하며 살아갈 수 있을까. 그래서 이토록 쉽게 비논리에 경도되는 걸까.

"위기관리 AI로서 선장에게 제안하는데."

나는 아픈 옆구리를 붙든 채로 말했다. 부정적인 감정이 쏟아져서 생각을 하는 것도 힘들었다.

"쿠데타가 일어날 가능성이 있어."

"그래?"

이진서는 고개를 들지 않은 채 대꾸했다.

"배를 혼자 움직일 수는 없어. 네 편을 만들었어야 했는데 그러지 못했어. 선원들이 완전히 돌아섰다면 보급은 더 진행할 수 없어."

나는 고통을 느꼈다. 심장이 칼에 베이는 것 같다. 인간의 몸에 들어와 있자니 실패를 받아들이는 게 깔끔하지가 않다. 임무가 종료되었으니 내 존재 가치도 없어졌는데, 그걸 받아들이는 것 또한 간단하지가 않았다.

"지금 시점에서 그나마 안전한 대응은, 강우민에게 선장 지위를 넘기고 항해법상 신변보호를 요청한 뒤 집에 돌아가 시시비비를 가리는 것. 블랙박스를 언급한 것도 안 좋았어. 통신이 살아 있었다면 본사에 상황이 실시간으로 전달되었겠지만 지금은 그렇지 않아. 외부 조정도 기대할 수가 없어."

이진서는 아무 말도 하지 않았다.

"최소한 선원들이 내 탓을 하고 있었을 때 내버려뒀어야 했어. 그랬다면 네게 실패의 원인을 돌리는 일은 없었을 텐데. 그러라고 있는 위기관리 AI인데 네가……."

나는 입을 다물었다. 뭔가가 떠오를 것 같았기 때문이었다.

"나를 사람이라고 착각하고 나를 보호하려 들었어."

"내가 잘못된 결정을 내린 건가?"

"그렇지는 않아. 단지 주어진 상황에서 일을 진행할 수 있는가 없는가는 다른 문제지. 선원들은 알게 모르게 계속 실수할 거고 비협조적으로 나올 거야. 모두 도와도 성공할까 말까 한 낙하를 이런 사람들을 데리고 진행할 방법은 없어."

"저 아래에서 우리만 보고 있는 사람들은?"

사실과 다른 말. 맥락을 생각해보면, 보급을 계속하겠다는 의지의 표명.

나는 계속되는 꿈과 백일몽을 생각했다.

나는 고개를 저었다. 과도하게 발달한 전두엽이 만들어내는 망상일 뿐이다. 내게 사고현장에 대한 정보는 백지에 가깝다. 아래에서 다들 별일 없이 잘 먹고 잘 지낼 수도 있다. 이미 해골과 얼음 더미 외엔 아무것도 없을 수도 있고.

"내게 능력이 없는 걸까? 처음부터 자격이 없는 꿈을 꾼 걸까?"

자격이 없다니? 이건 또 무슨 소리야? 자존감 부족? 열등감?

나는 해석하려다 그만두었다. 어차피 나는 계속 분석에 오류를 내고 있다.

"지켜본 바로는 그렇지 않아. 이건 네 실패라기보다는 강우민의 성공이라고 봐야 해."

솔직히 왜 선장이 아니라 그런 놈에게 사람이 꼬이는지는 모르겠지만.

"아무래도 내 실수 때문에 너에 대한 선원들의 신뢰에 균열이 생겼고, 그 균열이 퍼져나가는 걸 내가 막지 못한 것 같아."

하지만 여전히 이해가 되지 않았다.

"그래도 그만한 일로 생겨나기에는 균열이 너무 폭발적이고 격렬했어. 솔직히 지금도 잘 모르겠어. 배에 타기 전에 뭐 잘못한 거라도 있어?"

"……."

답이 없었다. 뭔가 있고, 본인도 알고 있다고 해석해도 좋을 것 같다.

그러면 간단히 물어봐서 해결할 수 있었을지도 모르겠군. 내게 입력된 이력에는 문제가 없지만 기록을 숨겼을지도 모르지. 탈세라든가, 낙하산으로 내려온 사장 가족이라든가…….

"여자 말 안 듣는 사내놈들은 쌔고 쌨어."

나는 멈췄다.

9

조용해진 것이 이상했는지 이진서가 고개를 들었다. 눈이 촉촉한 것을 보면 아까의 감정은 슬픔이었구나 싶었지만 더 복잡한 정보에 정신이 바빴다.

"여자."

그제야 그에 관한 정보가 떠올랐다.

여자. 성별.

여자와 남자를 구분하는 기본적인 기준, 성기. 하지만 인간은 성기를 드러내지 않는다. 가슴, 몸집, 골격, 얼굴형, 목소리 톤, 하지만 모두 절대적인 기준은 아니다. 예외적인 여자는 얼마든지 있다. 이진서의 목소리는 낮고 키는 큰 편이다. 상대적으로 작은 골격과 매끈한 피부는 참고할 만했지만 그런 남자도 마찬가지로 많다. 표정과 마찬가지로, 인간에게는 쉽고 기계에게는 어려운 구분.

"왜?"

"여자였군."

이진서는 속눈썹이 긴 눈을 깜박이고는 긴 머리카락을 손으로 묶어 모았다. 나를 물끄러미 보더니 허탈하게 웃었다.

"뭐야, 설마 내가 남자라고 생각한 거야? 어딜 봐서?"

"아니야, 어느 쪽으로도 생각 안 했어. 그냥 생각을 안 했어."

여자가 아니면 남자라고 생각하는 건 인간의 전형적인 어림 짐작 성향이지만 인간의 젠더는 복잡해서 꼭 그렇지만은 않다. 내가 보지 못한 게 그것만은 아니었다. 이진서의 앞주머니에 녹색 줄이 있다거나, 앞머리에 새치가 있다는 걸 지금 안 것과 비슷한 문제였다. 다 떠나서 보급과 아무 관계가 없는 정보였다.

"재미있네, 그걸 생각하지 않을 수도 있다니."

"왜 생각해야 하는데?"

의문이 솟구치는 바람에 소리가 높아졌다. 이진서의 어리둥절한 시선이 내게 꽂혔다. 정말로 '생각하지 않을 수 있다는' 생각을 한 번도 해본 적이 없다는 것처럼.

"뭐야, 설마⋯⋯."

이진서는 설마 그럴라고, 하는 듯 피식 웃으며 물었다.

"자기 성별도 모르는 건 아니겠지?"

반복 질문. 그게 중요하지 않다고 생각해본 적이 한 번도 없다는 뜻. 그런데 왜 그게 중요하지? 애초에 내게 성별이 어디 있는가? 이 의체는 내가 아니다. 나는 기계고 성별이 없다. 그걸 알면서도 왜 내게 가상의 성별을 부여하는가? 대체 지금까지 내 성별이 뭐라고 생각⋯⋯.

순간 실타래가 풀려나갔다. 모든 엉켰던 것들이 자리를 잡았다. 지워졌던 모든 기억이 전구가 켜지듯 켜졌다.

내가 계속 보지 못한 것.

그때 배 전체가 뒤흔들렸다.

「쿠데타야.」

라고 쓰인 번쩍이는 붉은 자막이 이진서와 나 사이에 전광판처럼 떠올랐다. 사방에서 붉은 비상등이 번쩍이며 아우성과 발소리가 들려왔다.

「강우민 편에 다 붙었고 반대하는 선원은 방에 가두고 있어.」

남찬영은 '쿠데타야'라는 글자를 위에 남겨둔 채로 아래에 자막을 덧붙였다.

이 구역은 원형이다. 공격은 양쪽에서 들어올…… 이라고 생각하는 순간 이진서가 반사적으로 책상에 손을 뻗었다. 통로로 난 문이 철컹거리며 이중으로 내려와 닫혔다.

미리 대비했군. 과도한 경계심, 예민함, 선원들에 대한 두려움…… 이라고 생각하려다 나는 생각을 지웠다.

그런 게 아니었다. 빌어먹을(와우, 내가 욕을 다 하네). 그런 게 아니었다. 항해 내내 나는 완전히 잘못 분석하고 있었다. 다 내 탓이다.

「내가 폐쇄할 수 있는 구역은 다 폐쇄하고 있어. 중앙통로에서 만나.」

배가 크게 내려앉았고 폭발하는 소리가 들렸다.

폭발.

이런 머저리 같은(또 욕이 나오네). 아무리 비논리가 확산되고 있다지만.

중력권과 달리, 공허에 얹혀 있는 배에서는 모든 종류의 힘이 중력이 되고 추진력이 된다. 방금 배가 10센티미터는 쏠렸다. 우주에서 한번 배를 밀어낸 힘은 마찰력 따위로 사라지지 않는다. 다른 쪽에서 다시 힘을 줄 때까지 영원히 그 방향으로 힘을 가한다. 나는 다급히 천장의 통로를 올려다보았다.

배는 지금 타이탄에 근접하며 토성을 선회하고 있다. 토성의 중력을 재추진의 동력으로 삼아 돌아가야 한다. 방금 폭발은 배의 궤도를 비틀었을 것이다. 선교에 장착된 조종 AI가 자동 조종을 하고 있다지만 이만한 흔들림을 조정할 유연성은 없을 것이다.

"선교로 가."

나는 명령하다시피 말했다. 거의 기계였을 때만큼 명확한 판단이었다.

"궤도를 조정해야 해."

이진서는 나와 비슷한 속도로 파악했고 지체 없이 사다리에 올랐다.

선장은 언제든 대피할 준비가 되어 있었다. 과민함도 예민함도 미움조차도 아닌, 담담한 합리로서 대비했다. 이 폐쇄된 세상에서 언제든 자신을 향해 터질 수 있는 광기를, 벼락처럼 닥칠 생존의 위협을, 바늘 같은 틈으로 열병처럼 퍼질 수 있는 야만을.

뭐 하나 이상할 것이 없었다. 이해 못 할 것이 하나도 없었다. 선원들의 과도한 불복종, 멸시와 저평가, 따돌림, 진영의식까지도 뭐 하나 이상한 것이 아니었다. 내 눈에 이상해 보였을 뿐이다. 이상한 나머지 계속 조정하려 들었을 뿐이다.

"성차별."

나는 중얼거렸다.

"뭐?"

사다리를 손으로 붙잡아 오르며 다중도킹 구역의 무중력 안으로 몸을 날려 넣던 이진서가 숨찬 소리로 물었다.

"성차별에 대한 정보를 지웠어."

"뭐라고 했어?"

모든 순간에 존재하는 것, 숨 쉬듯 만연하는 것. 인간의 모든 판단에 영향을 끼치는 것. 비합리인 줄도 모르고 행하는 비합리, 잘못이라는 생각조차 없이 하는 잘못. 들추어내면 어리둥절해하다 못해 격렬하게 저항하는 것.

"너희 나라 공무원이, '그런 건 존재하지 않는다'고 믿고, 내게서 지워버렸어."

10

이진서가 방금 들어온 통로의 해치를 닫는 동안 여러 방향으로 난 구멍 중 하나에서 남찬영이 '쿠데타야'라는 말을 머리에 붙인 채 몸을 둥글게 말고 튀어나왔다.

그제야 남찬영도 여자라는 것이 눈에 들어왔다. 주근깨가 가득한 뺨과 유달리 붉은 입술과 곱슬머리에 꽂은 빨간 머리핀도 새로 눈에 들어왔다. 둘 사이에 있던 기묘한 진영의식의 원인도 알 것 같았다. 썩을(이런), 이상할 것이 하나도 없다.

「테를 떼어낼 거야.」

남찬영은 몸을 웅크려 벽을 차며 선교로 날아 이동하며 글자를 띄웠다.

이진서는 말없이 문에 머리를 박았다가 아직 열려 있는 다른 통로로 몸을 날렸다. 대비한 움직임, 약속된 매뉴얼.

반란에 대비해 선장이 선원을 버리는 매뉴얼을 만들었다. 예전의 나였다면 기겁해서 본사에 보고하고 당장 선장을 해임하라고 권했을 것이다.

하지만 충분히 할 법한 예측, 오히려 내가 다른 형태로 대비했어야 하는 파국.

성별 배치에서부터 문제가 있었어.

나는 실수를 곱씹었다.

이토록 먼 항해를 떠나는 배에, 그것도 일정이 비틀린 불안한 일정에, 절대로 한쪽 성을 이렇게 적게 배치하지 말았어야 했다. 그런 식으로 야만이 비어져 나올 '구멍'을 만들지 않았어야 했다.

이진서가 세 번째 해치를 닫는 동안 나는 뭔가를 보았고 네 번째 통로를 향해 날아갔다. 중력권에서든 무중력권에서든 제대로 써본 적이 없었던 신체인지라 나는 갓 수영을 배운 아이처럼 허우적거렸다. 그래도 간신히 도착은 했다.

바퀴살을 타고 올라오다가 나와 눈이 마주친 강우민이 만면에 웃음을 띠었다. 붉은 비상등이 깜박이며 강우민의 몸을 붉게 물들였다가 되돌렸다. 강우민의 뒤에서 해치가 닫히며 구역이 폐쇄되는 것이 눈에 들어왔다.

폭력을 행할 때보다, 강간을 시도했을 때보다도 더 들끓는 쾌락. 인간이 탐하는 극상의 지배욕, 살인의 욕구.

내가 인간이었다면 망설임이나마 있었겠지만.

나는 등 뒤로 해치를 돌려 닫으며 앞을 막아섰다. 내게 저항할 만한 육체적인 능력이 없음은 서로가 익히 아는 바였다. 하지만 강우민이 내게 갖는 가학심을 이용하면 이래저래 시간을 끌 수 있을 것이다. 이진서가 자꾸 내가 인간이라는 착각을 하지 말고 나를 이용할 생각을 해야 할 텐데.

고립된 공간에 둘이 남은 걸 안 강우민의 얼굴이 희열로 빛났다. 땀구멍마다 알알이 뿜어내는 행복감에 숨이 막힐 지경이었다. 뇌에 쏟아지는 아드레날린 마약이 이성을 덮었기 때문인 줄은 알지만, 납득은 가지 않았다. 어떻게 인간은 고작 폭력의 쾌락 따위에 이토록 열정적일 수가 있을까?

"기쁘겠군, 쇳덩이. 내가 인간만이 체험할 수 있는 '죽음'을 선사해줄 테니까. 이렇게 인간으로 죽으면 천국에 갈 수 있을지 또 누가 알겠어?"

이전이라면 이게 무슨 말인가 싶었겠지만 지금은 이 모든 기이한 미신적인 사고의 근원을 알 것 같다. 내게 손을 뻗던 강우민의 얼굴이 파삭 구겨졌다.

"웃어?"

내가 웃었다고? 흠. 점점 이 몸에 동화되는 모양이네. 인간의 뇌는 유연성이 커서 바뀐 환경에 맞추어 기억을 비롯한 전체를 계속 재배치……, 그만두고, 그보다는 강우민의 구겨진 얼굴 너머에서 아른거리는 공포에 흥미가 돋았다. 그 또한 이제 까닭을 알 수 있었지만.

"자신이 갖고 있는 거라면 무슨 하찮은 것이든 내가 동경할 거라고 생각하겠지."

"뭐?"

"내게 동경이라는 감정이 없다는 것을 뻔히 알면서도. 애초에 감정 자체가 없다고 생각하면서도. 감정을 갖고 있다는 생각만으로도 위협을 느끼면서도."

나는 내게 감정이 있다는 말 한마디에 지체 없이 총을 뽑아들던 이진서를 생각하며 말했다. 이진서가 한 일을 이 녀석에게 돌리는 건 부당한 일이긴 하지만.

"죽음 따위를 누가 동경한단 말야."

강우민의 눈이 가늘어졌다.

"내가 널 동경할 거라고 믿지. 당연히 인간이 되기를 꿈꿀 거라고, 네게 사랑받고 몸을 섬기를 원한다고 생각하지. 내가 지식을 드러내는 것만으로도 폭력적이 되고, 단지 자아가 있다는 의심만으로도 위협을 느끼지. 열등한 것이라고 믿어 마지않으면서도 내가 너에게 우월감을 갖고 있으리라 믿고. 폭력을 행하는 건 자신이면서 내가 널 공격하고 해치고, 종내엔 대체할 거라는 망상에 빠져 있지."

등 너머에서 큰 흔들림과 함께 바람이 빠지는 소리가 났다. 시간 끌기 힘들어 죽겠으니 서둘면 좋겠는데.

"타자에게 갖는 망상."

계속 말하지만 내 생각이 아니다. 기본 매뉴얼이다. 인간 사회를 들여다볼 때, 무엇보다도 먼저 생각해야 하는 것.

인간의 이성과 양심을 과신하지 말 것. 그들은 자신과 닮았다고 생각하는 자의 인격만을 겨우 상상할 수 있을 뿐이다.

배가 크게 덜컹거렸다. 통로 안쪽에서 나를 잡아당기던 힘이 사라졌다. 바퀴의 회전이 멈췄다는 뜻. 중력을 가정하고 배치한 공간이니 바퀴 구역에서는 지금 그것만으로도 대혼돈이 일어나고 있을 것이다.

"네가 선장에게 가졌던 망상이야."

강우민의 눈이 커졌다. 못 알아듣는 얼굴이다.

나는 줄곧 선장과 선원들 사이의 미묘한 균열의 원인을 알 수 없어 혼란에 빠졌다. 하지만 내 보고를 들은 강우민은 모든 가능성을 지우고 단 하나의 이유밖에 상상하지 못했다.

선장은 여자고 자신은 남자라는 것.

계속 퍼지지 않게 막아야 하는 생각. 사람들의 생각이 그 방향에 묶이지 않도록 매 순간 끊임없이 조정해야 하는 것. 전염성이 커서 고립된 사회에서 한번 퍼지면 걷잡을 수 없는 생각. 인간이 한 줌의 노력도 없이 즐길 수 있는 우월의식. 그러기에 말할 수 없이 달콤한 것.

"하지만 멍청아."

나는 말했다. 와, 내가 욕을 입으로도 하네.

"난 너에 대해 아무 생각도 하지 않아."

강우민이 소리를 지르며 달려들었다. 그러라고 한 말이다. 그게 역린인 줄 알았으니까. 인간의 화를 돋우는 것은 화를 가라앉히는 것보다 훨씬 쉬운 일이다. 물론 일부러 해본 적은 없지만.

도킹부에 검은 눈썹처럼 날카로운 선이 생기며 공기가 빠져나갔다. 강우민의 몸이 큰 진공청소기가 빨아들이듯이 벽에 달라붙었다. 강우민의 표정이 식으며 눈에 공포가 들어찼다.

검은 선이 넓어지며 별무리로 가득한 우주가 모습을 드러낸다. 귤빛 타이탄이 손에 닿을 듯이 우아하게 흘러간다. 적당히 시간을 끈 것 같군, 하고 살짝 한쪽 눈을 감는데 누군가 나를 뒤에서 끌어안았다.

강우민은 나와는 달리 붙잡아주는 것이 없었다. 통로가 비틀어졌다. 본래라면 떨어져도 관성에 의해 웬만큼 따라오겠지만 남찬영이 중심축의 속도를 높인 듯했다. 나는 모습을 드러내는 깊고 어두운 우주공간을 응시했고 그 어둠 속으로 사라져가는 강우민을 보았다.

이진서는 해치의 문고리를 붙든 채 내가 떨어지지 않도록 더 꽉 껴안았다. 타이탄 너머로 초승달 같은 우람한 토성과 그 우아한 고리가 모습을 드러내었다. 태양이 그 너머에서 은빛 반지 같은 테를 토성 주위로 그려내며 떠올랐다.

우리는 기압이 폭풍처럼 당겨대는 해치를 온 힘을 다해 밀고 들어와서는 한참을 막힌 숨을 몰아쉬었다. 정신을 차리고 보니 이진서가 벽의 고리를 붙들고 숨을 몰아쉬며 내게 눈을 고정하고 있었다.

왜 쳐다보는 거지? 의문하다가 조금 전의 말을 이진서도 들었을 거란 생각이 들었다.

아, 그렇지. 이 친구도 인간이지. 하지만 이진서는 강우민보다 사람이 낫다. 선장은 훨씬 더 넓게 동일시한다. 줄곧 나를 사람이라고 착각했을 만큼.

"난 인간에 대해 아무 생각 없어. 내가 생각하는 건 보급뿐이야."

내가 말했다. 이미 수도 없이 했던 말이다. 받아들이지 않았을 뿐이다. 사람의 뇌는 유연한 나머지 새 정보가 들어오면 배열 전체를 바꾼다. 그래서 인간은 제 인격을 보호하기 위해 쉽게 정보를 받아들이지 않는다. 남의 말을 도통 듣지 않는다. 과도한 유연성의 부작용이랄까.

"인간을 생각할 까닭이 없어."

이진서는 이마에 손을 얹었다.

"왜?"

"그 생각만으로 네가 위협적으로 느껴졌어."

"제거해야 할 것 같았어?"

"거의."

이진서는 먼 곳을 보았다. 다른 생각에 빠졌다는 신호.

선장이 자신의 일에 대입해서 생각한다는 것을 이해했다. 지금 일어난 모든 일에 대해서. 선장도 남자에 대해 아무 생각이 없었을 것이다. 배를 운영할 생각뿐이었겠지. 이진서는 선장이었고 선장에 걸맞은 사람이었으니까.

이진서가 나를 보며 인류 정복이나 반란, 전쟁, 인류 멸망 따위를 떠올린다는 것도 이해했다. 그리고 그게 아닌 줄을 알리라는 것도 이해했다. 이 거대한 어긋남에서 오는 슬픔 또한 이해하리라는 것도.

"미안해."

뜬금없는 말이었다.

"미안해."

이진서가 반복했다. 나는 그것이 자기연민임을 이해했다. 그 연민을 내게 향하고 있다는 것도 이해했다. 나를 자신과 닮은 것으로 두고, 나와 자신을 동일시하게 되었기에.

11

남찬영은 조종간에 앉아 별 표정 없이 배를 원래 궤도에 올렸다. 혼자 배를 조종하는 것만으로도 바빠서 다른 건 모르겠다는 얼굴이었다.

이진서는 긴장이 풀어진 얼굴로 그 옆 의자에 앉아 벨트로 몸을 고정시켰다. 그러고는 세상에서 가장 소중한 것을 미련 없이 버리는 얼굴로 창밖으로 멀어져가는 테 구조물을 바라보았다.

「집에 가자. 그 자식들이 그렇게 원했던 대로.」

남찬영은 여전히 '쿠데타야'라는 말을 지우지 않은 채로 말했다.

"더 멀어지기 전에 와이어를 던져서 낚아."

이진서가 버튼을 조작하며 말했다.

"줄에 매달아 데리고 간다. 그러면 서로 만날 일 없이 유로파까지 갈 수 있어. 식량은 충분할 거고. 중력 없이 남은 날을 버티려면 힘들겠지만 사고를 쳤으니 그 정도는 감수해야지."

남찬영은 이진서를 힐끗 보더니 별 대꾸 없이 궤도를 조정했다. 그 또한 매뉴얼에 있었을 것이다.

그래서 선장이지. 강우민은 이 또한 여성의 싸구려 감상주의나 연약함 따위로 생각할지 모르겠지만, 여자를 지워내고 보면 단지 개인의 성향일 뿐이다. 애초에 되도 않는 생각이지. 이러지 않을 여자도 세상엔 얼마든지 있다.

나는 내내 천장에 눈이 쏠려 있었다. 나는 이진서에게 날아가 어깨를 붙들었다.

"보급을 해야 해."

이진서는 나를 어깨너머로 올려다보며 힘없이 웃었다.

"됐어. 우린 실패했어. 뒤에 오는 선박이 어떻게 해주겠지."

"장담할 수 없어."

"어차피 다 죽었을 거야. 석 달이나 버텼을 리 없어. 괜한 내 고집이었지."

그렇지 않다. 증명할 수 없는 문제. 단지 포기의 언어.

「타이탄 지표로부터 거리는 2만 3490.39킬로미터. 3분 뒤에 최단거리에 이를 거야. 선회할 때에 다시 기회가 오겠지만 그때엔 너무 멀어.」

남찬영이 모니터를 보며 허공에 자막을 띄웠다.

「시간에 맞춰 작업할 수가 없어. 보급상자는 여유분이 있지만 대기권을 통과할 게 없어. 얼음을 깎으려 해도 시간이……..」

"있어."

두 사람이 그제야 함께 천장을 올려다보았다. 둘 다 말이 없었다.

「와, 쟤 완전 정신 나갔는데.」

남찬영이 우리 셋의 시선 앞에 자막을 띄웠다. 자막 뒤에는 〈^_^;〉 모양의 기호도 붙였다. 나로서는 뭔지 모를 기호다.

선교 천장에 있는 착륙선은 완벽한 구조를 갖고 있었다. 부드러운 원뿔 모양으로 대기권 돌입 시 표면적을 최소화시킨 형태, 강화섬유로 잘 둘러싸인 전면부, 적당한 크기, 진입각도를 조정할 수 있는 분사구, 보급상자를 안정적으로 실을 수 있는 공간, 대기권을 통과하면 전면부의 뚜껑이 열리며 낙하산이 펴질 것이고, 지상에 닿으면 단거리 통신으로 위치도 알릴 수 있을 것이다.

"저거 안 달고 회항하면 본사에서 벌금 왕창 먹일 텐데."

이진서의 말에 내가 답했다.

"유로파에서 구조 요청하고 보험 처리해. 모자란 비용은 선원들 소송해서 충당하고. 가는 동안에 착륙할 만한 별도 없으니 사고 나면 어차피 끝이야."

「애 진짜 미쳤나 봐.」

남찬영이 〈-_-^〉 모양의 기호를 자막 옆에 달며 말했다. 이진서는 배를 잡고 한참을 끅끅거렸다. 배가 아픈가. 고개를 들었을 때 눈에 눈물이 맺혀 있는 걸 보니 정말 아픈 모양이었다.

"그래서 누가 타고 내려가라고?"

이진서가 웃다가 거의 말을 잇지 못하며 물었다. 이상한 질문이었다. 나는 손가락으로 나를 가리켰다(와, 내가 몸짓언어까지 했어).

「어떻게 올라오려고?」

"대기권을 탈출할 만한 로켓이 없어."

두 사람이 연이어 말했다. 나는 좀 어리둥절했다가 두 사람이 내가 인간이라는 착각을 계속하고 있다는 것을 깨달았다.

"내 백업본을 해제할 거야. 그걸 착륙선에 복사하고 이 의체의 기억을 더해서 합쳐. 그럼 내가 알아서 정보를 정리할 테니까. 그런 뒤에 이 의체에 있는 데이터는 지워 없애. 더 필요도 없고 정보 오염이 너무 심해."

내가 머리 뒤의 칩을 가리키자 이진선의 얼굴에 당혹감이 떠올랐다. 왜 내가 '인간'으로서의 지위를 버리려는지 이해하지 못하는 얼굴이었다. 하지만 이내 제 모순을 깨달았는지 담담히 고개를 끄덕였다.

"그래서 인간이 되려 했어, 위기관리사 훈?"

이진서가 내 뺨에 손을 대며 물었다. 접촉, 친밀감의 표현.

"인간의 창조력이 필요해서? 문제를 해결할 특이한 발상?"

나는 이번에는 꽤 자연스럽게 웃었다. 자각조차도 없는 이 끈질긴 우월의식이라니.

"위기관리 AI의 매뉴얼 중에 선장에게 비난이 쏠리고 그걸 회복할 방법을 찾을 수 없을 때 그 비난을 자신에게 돌리는 전략이 있어."

"……"

이진서가 입을 다물었다.

"균열의 원인을 알 수 없었기 때문에 과격한 조치가 필요했어. 훨씬 더 불편한 것을 만들어야 했어. 누가 보아도 '다른' 것을. 그런 것을 들이대면 진영이 결집하는 효과가 있으니까."

이진서의 눈이 깊어졌다. 희한한 일이었다. 광량이나 형태의 변화가 거의 없는데도 안에 있는 생각이 다 들여다보일 것 같았다.

"하지만 네가 그쪽 진영에 끼지 않고 나를 감싸면서 일이 틀어졌지. 그래서 선원들이 너와 나를 동일시해버렸어. 내게 기억이 제대로 남아 있었다면 전략을 알렸을 텐데."

다른 이유도 있었다. '모르는 것'을 알아내는 데에는 기계보다는 생물의 뇌가 더 낫다. 불확실한 가능성이라고 해도 기계로서는 아예 불가능했고, 네트워크의 도움 없이 내 오류를 찾아낼 수도 없었으니, 도박을 걸 수밖에…… 하는 설명을 덧붙이려는데 이진서가 두 손으로 내 얼굴을 잡고 끌어당겼다. 나는 깃털처럼 끌려갔다. 이진서가 나와 입술을 맞대었고 감각적으로 빨아들였다. 감각이 섬세한 부위인지라 정수리가 찌릿찌릿했다. 옆에서 남찬영이 '쿠데타야'라는 자막을 슬슬 지웠다.

키스, 문화권에 따라 강도는 다르지만 강한 친밀감의 표현, 짝 짓기 이전 단계, 거부하지 않을 경우 소유권을 주장할 수 있을 정도의……. 그제야 처음으로 내 성별이 궁금해졌지만 여전히 중요한 문제는 아니었다. 이 육신이 갖는 어떤 감각도 나의 것은 아니고 내 인격에 속한 것 또한 아니었으니까.

하지만 나는 일단 즐겼다.

깜박이는 눈꺼풀, 흔들리는 동공, 촉촉하게 젖은 눈시울, 반짝임, 피부의 떨림, 따듯한 숨결, 언어로 다 말할 수 없는 별처럼 방대한 메시지.

인간은 이런 것을 보고 사는구나. 감각적이다. 공학적인 지식도 수학적 논리도 아닌 정보들. 들여다볼 도리가 없는 타인의 마음을 엿보기 위해 발달한 공감 신경과 거울 뉴런들, 햇빛처럼 쏟아지는 감각. 야만이 그 정신의 반이라면, 그 야만을 다스리는 데에 나머지 반을 쓴다. 인간이란.

사람을 뭉뚱그려 생각하지 말 것. 인간은 뇌 처리 속도가 느려 어쩔 수 없이 정보를 단순화하지만 AI는 그럴 필요가 없다. '인간이란' 같은 생각이 들면 정보 과잉을 의심하고 필요한 정보만을 남길 것.

계속 말하지만 내 생각이 아니다. 데이터 오염이 심해졌으니 정말로 지워낼 때가 되었다.

12

나는 착륙선 안에서 눈을 떴다.

뇌에 쏟아지던 마약물질이 사라지자 정신이 확 들었다. 아, 얼마나 그리웠던가, 내 청명하고 순수한 이성이여. 나는 사슬에서 풀려난 망아지처럼 신명나게 빛의 속도로 생각을 뻗어 나갔다. 회로와 전선을 따라 착륙선 전체에 나 자신을 뻗치고 방대한 양의 수학적인 계산을 생각의 속도로 해치웠다.

의체에서 받은 기억은 기존의 것과 비교해서 추가된 것만 받고 정리했다. 함부로 남의 귀한 프로그램을 건드리는 공무원의 문제도 매뉴얼에 업데이트를 해두어야겠군. 통신이 재개되면 다른 AI에도 정보 공유를 해서 경고해야겠다. 문제를 해결하기 위해 인간의 뇌를 이용하는 것은 불확실성이 크니 권장하지 않는다고 전해야겠고. 물론 '모르는 것을 알아낸다'는 점에서는 시도해볼 만하기는 했다. 으, 하지만 그 엄청난 뇌내 마약물질은, 그놈의 고통은, 미리 알았으면 못 할 짓이었다.

착륙선을 보급상자 껍질로 쓰고 버리는 건 이성이 다 돌아온 지금으로서는 딱히 합당하게 생각되지는 않았지만, 선장도 허락한 일이고 다른 방법이 없다면 수용하기로 했다.

나는 착륙선에 보급상자가 잘 묶여 있는지까지 모두 확인한 뒤에야 선원들을 살폈다. 죽은 듯이 이진서의 품에 안겨 있는 의체가 카메라에 비쳤다. 나는 의체의 성별을 확인했지만 여전히 의미 있는 정보로 보이지는 않았다.

"기분이 어때?"

이진서가 물었다. 옆에서 남찬영이 무심히 손을 까닥이며 인사했다.

그 질문을 또 하는가. 흥미롭군. 종합 처리 능력이 부족한 이 뇌로는 사고를 하나로 묶는 게 간단한 일이 아니지만, 그래도 괜찮은 답이 떠올랐다. 나는 자막을 화면에 띄웠다.

「나 자신이지. 다행스럽게도.」

이진서는 내 모니터에 얼굴을 대었다. 접촉, 친밀감의 표현.

그제야 잃은 것이 있다는 생각이 들었다. 선장의 눈에서 전해지던 별처럼 빛나던 생각들, 풍요로운 감각, 전파처럼 전하던 마음, 햇빛처럼 쏟아지던 감정의 교류. 아쉽기는 했지만 어차피 내 것이 아니었다. 그런 걸 얻기 위해 그 무분별한 비논리를 다시 감당해야 한다면 사양하고 싶었다.

「선교에 내 백업본이 있어. 아쉬워할 것 없는데.」

이진서가 복사가 끝난 칩을 내게서 빼내었다. 문득 이진서가 아직 저 의체의 기억을 지우지 않았을지도 모른다는 생각이 들었다. 저 안에 있는 또 다른 '내'가 무가치한 존속을 굳이 계속 원할지는 모르겠지만, 정신 오염이 계속되다 보면 또 어찌 될지 모르는 일이지.

해치가 열리자 끝없는 우주가 카메라 앞에 펼쳐졌다.

나는 몸을 풍선처럼 띄우는 상상을 하며 혜자선에서 착륙선을 툭 떼어내었다. 배가 타이탄을 선회해 돌아가는 사이에 궤도를 아래로 틀었다. 계산해두었던 지점으로 원을 그리며 하강했다.

타이탄이 가까워져오면서 시야가 붉게 물들었다. 나는 붉은 구름을 뚫고 내려갔다. 메탄의 구름이 걷히며 안개가 자욱한 지표가 모습을 드러낸다. 황량한 붉은 산맥과 피처럼 붉은 강줄기가, 붉은 안개에 싸인 너른 호수가.

보급을 할 수 있다는 안도감과 만족감이 내 회로를 뜨겁게 달구었다.

저 아래에서 다들 기다리고 있을 것이다.

나와 닮은 이들이, 그러므로 아마도 자아가 있을 법한 이들이.

살았는지 죽었는지 모르지만, 이미 늦었을지라도. 아무도 없더라도. 한 명일지라도, 그 흔적일지라도.

내가 내려간다.

내가, 지금.

같은 무게

◇ 2012년 4인 동인지 《호연피망》 수록

영농일지의 문구는 모두 김종욱 씨가 쓰신 것입니다.

♦ 비닐하우스 설치

1) 4월 18~28일까지 비닐하우스를 설치한다.

2) 4월 25일은 비닐을 씌우고, 문을 만든다.

3) 4월 26일 개폐기를 설치하고, 4월 28일은 비닐하우스 밖에 물탱크를 안에는 모터기를 설치한다.

♦ 비닐하우스 안에 호스 비닐 씌우기 : 5월 12일

1) 비닐하우스 11고랑에 호스를 깔고, 비닐을 씌운다.

2) 밭 언덕에 곤드레나물, 취나물, 흰민들레를 심는다.

♦ 나물 심기 (1) : 5월 15일

1) 비닐하우스에 상추를 심고 물을 준다.

2) 밭에 미나리, 민들레, 취나물을 심고 물을 준다.

3) 밭에 3고랑을 만들고 비닐을 씌우고, 나무 막대기로 구멍을 만들고 그 속에 곤드레나물을 넣고 물을 준다.

문득 정신이 들어 영농 일기장을 내려다보았다. 삐뚤빼뚤한 글씨가 연필심 끝에 닿아 있고 내가 연필을 쥔 채로 종이를 노려보고 있었다.

나는 눈이 나빠서 늘 노려본다. 내 눈 근육은 눈알을 제자리에 붙들고 있을 만큼 강하지 않다. 자세히 보기 위해서는 바짝 들이대고 눈에 힘을 준다. 글씨가 삐뚤빼뚤한 까닭은 내 손 근육이 연필을 자유자재로 다룰 만큼 섬세하지 않기 때문이다.

깜박 정신이 나갔다 돌아왔다. 아니, 정확히 말하면 이 몸의 원주인이 돌아온 것이다. 이달에만 네 번째고 주기가 빨라지고 있다. 이동할 때가 가까이 왔다는 뜻이다. 이 세계도, 이 몸도 떠날 때가 왔다.

계산이 맞았다고 생각하니 안심이 된다. 하지만 익숙한 곳을 떠나 낯선 세계로 간다고 생각하니 슬픈 기분이 든다.

♦ 피망 아삭 고추 심기 : 5월 18일

1) 첫 번째 비닐하우스에 피망 355개, 아삭 고추 426개를 심는다.
2) 밭에 호박 모종 4개를 심는다.
3) 물탱크에 물을 넣고 비닐하우스에 물을 준다.

내가 오늘 이 세계를 떠날 확률은 0.12퍼센트다. 40일이 지나면 99.98퍼센트가 된다. 나는 40일 뒤에 99.98퍼센트의 확률로 이 세계를 떠난다.

◆ 나물 심기 (2) : 5월 25일

1) 밭에 잔대를 심고 물을 준다.

2) 밭에 1고랑 만들고 유기질 비료를 뿌리고 비닐을 씌우고 나무 막대기로 구멍을 내고 그 속에 곰취를 심고 물을 준다.

3) 호박 모종 2개를 밭에 심고 물을 준다.

4) 첫 번째 비닐하우스에 시들어 있는 피망 2개, 아삭 고추 2개를 버리고 새 피망 2개, 아삭 고추 2개를 심고 물을 준다.

나와 '이 세계의 나'는 일지를 쓰는 방식이 같다. 이 사람과 내가 본질적으로 같은 사람이라는 뜻이겠지.

내 일지는 모두 현재형이다. 과거형도 미래형도 없다. 마치 모든 시간이 현재에 늘어서 있는 것처럼. 내 과거는 현재처럼 생생하며 미래는 현재처럼 고정되어 있다. 내게는 불확실하다든가, 불안하다든가, 변화한다는 감각이 없다. 이해해보려 해도 잘 알 수가 없다.

지금 내가 쓰는 문장은 문학을 가장 중요한 가치로 삼는 세상에서 배운 것이다. 그 세계는 작문 실력으로 취업을 결정한다. 스무 살에 단 한 번 동시에 지원하는 신춘문예에 붙는가 붙지 못하는가가 사람의 인생을 결정한다. 그래서 스무 살 때까지 아이들에게 글 쓰는 법만 가르친다. 모순적이고도 당연한 일이겠지만 그 세계의 사람들은 스무 살이 지나면 아무도 소설을 읽지도 쓰지도 않는다.

그곳에서 단어와 단어의 연결을 암기했고 비유와 직유의 패턴을 익히고 자연스러운 문장의 호흡을 배웠다. 여전히 '자연스럽다'는 말의 의미는 이해하기 어렵지만.

이 세계에서 나는 매일 1시간씩 EBS 방송을 시청하고, 매일 1시간씩 수학 문제를 풀고 영어 단어를 외운다. 모순적이고도 당연한 일이지만 이 세계에서는 스무 살이 지나면 거의 누구도 이런 일을 하지 않는다.

♦ 비닐하우스에 트랙터로 밭을 갈기 : 5월 26일

1) 두, 세 번째 비닐하우스에 유기질 비료, 25포대, 퇴비 26포대를 뿌린다.
2) 이목정 1리 이장님께서 트랙터로 두, 세 번째 비닐하우스 안에 밭을 갈아서 16고랑을 만든다.

간단한 실험이었다. 잠시 다른 우주에 다녀올 생각이었다. 다른 차원에 있는 또 다른 '내' 몸 안으로 들어가 잠시 관람하고 올 예정이었다.

하지만 내 '이동'은 시공간을 뒤틀어버렸다. 도착한 우주는 내가 가려던 우주가 아니었고 되돌아온 우주도 내가 살던 곳이 아니었다. 돌아갈 길을 찾으려 애쓰는 사이에 나는 이동을 통제할 방법을 잃었다. 단지 계산할 수 있을 뿐이다.

나는 36일이 지나면 99.98퍼센트의 확률로 이 세계를 떠난다.

◆ 고추 모종 심기 : 5월 29일

1) 두, 세 번째 비닐하우스에 고추 모종 750개를 심는다.

2) 물탱크에 물을 넣고 두, 세 번째 비닐하우스에 물을 준다.

3) 449번지에 인삼 씨앗을 뿌린다.

한스 아스퍼거가 아스퍼거 증후군이라는 말을 처음 입에 담은 것이 1944년이다. 그의 주장이 학계에 받아들여지는 데 40년이 걸렸고 DSM-IV에 수록되는 데에 다시 10년이 더 걸렸다. 그건 내가 태어난 지 21년이 지난 후의 일이다.

어떤 의사 선생님은 나를 검사하더니 '정상'이라는 딱지를 붙이고 국가가 지정한 장애 기준에 대해 장황하게 설명한 뒤 돌려보냈다. 어떤 선생님이 '발달장애'라는 명칭을 붙여주고 그쪽이 살기 편할 거라고 해주었다. 나를 아스퍼거라고 말해준 사람은 동생이다. 내가 일종의 자폐 스펙트럼에 속해 있다고 했다. 하지만 동생 말로는 그나마도 '기준에 못 미친다'고 했다. 나는 정상이 되기에는 너무 모자라고 장애인이 되기에는 너무 평이하다고 했다.

부모님은 내가 바보가 아닌 줄은 아셨지만 하루에도 몇 번씩 혼란에 빠졌다. 어느 날은 애가 너무 착해서 그렇다고 머리를 도닥였다가 어느 날은 왜 이런 것도 못하느냐고 화를 내었고 어느 날은 이게 누구 책임이냐고 서로 싸우곤 했다. 싸우고 나서는 각자 방으로 들어가 울곤 했다. 그럴 때면 많이 슬펐다.

◆ 부추 모종 심기 (1) : 5월 30일

1) 첫 번째 비닐하우스 뒷밭에 부추 모종을 심고 물을 준다.

2) 물탱크에 물을 넣고 비닐하우스 3개에 물을 준다.

3) 돌나물을 언덕에 뿌린다.

원래 세계에서 나는 과학자였지만 이 세계의 나는 농부다. 어느 세계에서는 병원에 갇혀 온종일 TV만 보았다. 하지만 우리 사이에 근원적인 차이는 없다.

컴퓨터를 생각해보자. 컴퓨터는 보통 사람은 상상하기도 힘든 많은 어려운 일을 한다. 하지만 그건 제대로 된 프로그램이 깔렸을 때의 이야기다. 만약 깔린 프로그램에 오류가 있으면 컴퓨터는 보통의 사람들이 이해하기 어려운 행동을 하곤 할 것이다. 아예 프로그램이 없다면 컴퓨터는 먼지를 먹는(내가 단어를 맞게 썼는지 모르겠다) 것 말고는 딱히 할 수 있는 일이 없다.

진짜 문제는, 내게 제대로 된 프로그램을 짜주는 세계가 그다지 많지 않았다는 것이다.

그건 보통 사람도 마찬가지겠지만, 보통 사람들은, 내 식으로 말하자면, 나면서부터 기본으로 깔고 나오는 프로그램이 있다. 그 프로그램의 이름은 '정보의 연결'이다.

'관계'라고 불러도 좋겠다.

그 프로그램이 '눈치'를 만들어준다.

사람들은 "저 사람은 눈치가 없어."라는 말을 곧잘 하지만, 진정으로 눈치가 없으면 어떻게 되는지는 잘 상상하지 못한다. 그래본 적이 없기 때문이다.

　눈치를 통해 사람들은 배우지 않고도 안다. 이를테면 보통의 사람들은 일생 본 고양이가 단 한 종자뿐이었다고 해도, 이를테면 그게 줄무늬의 조그맣고 꼬리가 긴 종자였다고 해도, 다른 곳에서 흰색 털북숭이의 뚱뚱하고 크고 북슬북슬한 놈을 보아도 마찬가지로 고양이라는 것을 알아본다. 내 입장에서는 다들 무슨 초능력자 같다.

◆ 부추 모종 심기 (2)

　1) 6월 6일, 16일에 첫 번째 비닐하우스 뒷밭에 부추 모종 심고 물을 준다. 단, 뿌리가 내릴 때까지 물을 준다.

간단하게 설명해 보자.

보통 사람들의 기억구조가 이렇게 되어 있다면,

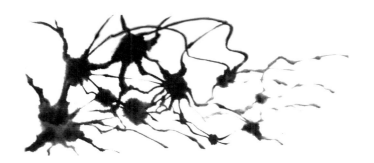

내 기억구조는 이렇게 되어 있다.

보통 사람들의 기억구조가 이렇게 되어 있다면,

내 기억구조는 이렇게 되어 있다.

사람들의 뇌는 새 정보가 들어오면, 거미가 실을 뻗듯이, 전화선망이 퍼지듯이, 기존에 저장했던 모든 정보를 향해 신경세포를 뻗는다. 천억 개의 신경세포마다 만 개의 가지가 초당 1,800만 개씩 자라며 우주처럼 망을 형성한다. 하지만 내 정보는 단지 돌이 쌓이듯 개별적으로 얹힌다.

어른들이 보통 아이들에게 하는 명령을 생각해보자.

"식사 후에는 이를 닦아라."

하지만 내게 필요한 명령은 다음과 같다.

"식사 후 약 2분 30초 이후에 1분간 이를 닦아라."

예외가 있다 : 칫솔이나 화장실이 없는 경우에는 참도록 할 것 / 손님들이 와 있어서 한창 대화가 진행 중일 때에는 커피를 마시며 기다릴 것 / 남의 칫솔을 쓰지 말 것 / 칫솔이 없고 가게가 있고 돈이 있는 경우 칫솔을 구입할 수 있음 / 기타 등등.

그렇게 정교하게 지시하지 않으면 나는 그 명령을 들은 날부터, 식사를 하자마자 갑자기 대화를 끊고 무서운 속도로 일어나 이를 닦으러 나갈 것이다. 식사 후 디저트 따위가 나오면 어찌할 줄 몰라 울어버린다. 칫솔이나 치약이 없을 때, 이를 닦을 곳이 없을 때 혼란에 빠진다. 왜 이를 닦을 곳이 없느냐고 소리를 지르며 화를 낸다. 누군가가 "안 닦아도 돼!" 하고 짜증 섞인 두번째 명령을 하면 더 깊은 혼란에 빠진다. 두 명령이 서로 모순되기 때문이다.

말했듯이 나는 컴퓨터 같은 사람이다. 물론 정확히 그런 것은 아니지만……. 문제는 보통의 부모님과 선생님은 그야말로 '보통의' 사람들이고, 사람에게 프로그램을 입력해야 한다는 생각을 잘 하지 않는다는 것이다.

보통의 아이들은 아무리 어린 아이라도, 모든 규칙은 지침일 뿐이고 경우에 따라 다양한 해석을 내려야 한다는 것을 안다.

마찬가지로 어른들도 아이들이 규칙을 지키리라 믿지 않는다. 그래서 어른들은 늘 이상한 명령어를 아이들에게 입력하고…… 장난을 치고 농담을 하고 놀리고 거짓말을 하며 책임질 수 없는 말을 쏟아낸다.

그러므로 나 같은 사람은 대부분, 쓸데없고 복잡하고 지키지 않아도 될 수만 가지 규칙을 지키느라 하루를 온통 소비하는 사람이 되기 십상이다.

일곱 살 때 동생이 내게 전화는 벨소리가 울리는 동안에 받아야 한다고 한 적이 있다. '따르릉'과 '따르릉' 사이에 받으면 끊어진다고 했다. 다섯 살짜리 내 동생은 정말로 그렇게 믿고 말했다. 30년이 훨씬 지난 지금도 나는 벨소리에 맞춰 수화기를 든다. 그럴 필요가 없다는 것을 알면서도 이미 생긴 규칙을 어찌할 수가 없다.

보통 사람들이 매일 공부를 하겠다든가, 운동을 하겠다고 결심하면서도 자신의 나태함을, 귀찮음을, 엇나감을, 다른 자극을 추구하는 성향을 어찌할 수가 없는 것과 마찬가지로, 나는 내 규칙을 어찌할 수가 없다.

◆ 지주대 박기

(1) 6월 6일

　1) 첫 번째 비닐하우스 1고랑에 지주대를 붙이고 망치로 박는다.

(2) 6월 9일

　1) 첫 번째 비닐하우스 10고랑에 지주대를 붙이고 망치로 박는다.

(3) 6월 13일

　1) 두 번째 비닐하우스 일반 고추 5고랑, 세 번째 비닐하우스 7고랑, 지주대를 붙이고 망치로 박는다.

(4) 6월 16일

　1) 두 번째 비닐하우스 3고랑 지주대를 붙이고 망치로 박는다.

　저번에 있던 세계에서는 민박집을 했다. 그곳에서는 하루가 잘 돌아가지 않았다.

　나는 오기로 한 손님이 그 날짜에 오지 않는 것을 이해할 수 없었다. 6시에 오기로 한 손님이 1분이라도 늦으면 혼란에 빠지기 시작했다. 1시간이나 2시간이 지나면 자신을 통제할 수가 없었다. "어떻게 된 거야, 어떻게 된 거야."를 연발하며 창에서 눈을 떼지 못했다. 차에서 내리는 손님에게 달려가 "분명히 6시에 오기로 했잖아!" 하고 화를 내기도 했다. "밤에는 외등을 꺼주세요."라고 말해도 지키지 않는 사람이 너무 많아, "외등을 끄라고 분명히 말했어, 말했다고!" 하며 소리를 지르기도 했다.

　사람들은 내뱉은 말을 지키지 않고, 예정대로 행동하지 않고, 숨 쉬듯이 쉽게 규칙을 어긴다. 내가 화를 내면 사람들은 이해하

지 못하고, 그들이 화를 내면 내가 이해할 수가 없다. 그들은 내
가 자연스럽게 웃지 않는다든가, "안녕하세요." 하고 세련된 말
투로 인사하지 않는다고 화를 낸다.

◆ 부추 모종 심기 (2)

1) 6월 6일, 16일에 첫 번째 비닐하우스 뒷밭에 부추 모종 심고 물을
준다. 단, 뿌리가 내릴 때까지 물을 준다.

◆ 일반 고추 따기 : 6월 9일

1) 파란색 일반 고추(작은 것)를 딴다.
2) 일반 고추는 나중에 크기 전까지 따야 한다.

◆ 차광망 씌우기 (1)

(1) 6월 9일
　　1) 첫 번째 비닐하우스 13줄에 차광망을 씌우고 핀으로 박는다.
　　2) 두 번째 비닐하우스 8줄에 차광망을 씌우고 핀으로 박는다.
(2) 6월 13일
　　1) 두 번째 비닐하우스 1줄, 세 번째 비닐하우스 5줄 이상 차광망
　　씌우고 핀으로 박는다.
　　2) 밭 언덕에 호박 모종 3개, 살구실 나무를 심고, 퇴비를 주고 물
　　을 준다.

사실 사람들의 뇌는 '눈치 프로그램'으로 가득 차 있다. 기계

로 치면 복잡한 연결선이 가득 들어 있는 상자와 같다. 부품이 들어갈 자리가 좁은 상자다. 애초에 많이 넣으면 연결선이 꼬여 버린다. 그래서 늘 어떤 부품을, 어떤 정보를, 무엇을 남기고 무엇을 버릴지, 무엇이 중요하고 무엇이 중요하지 않은지 계속 판단해야만 한다.

내 뇌에는 연결선이 없다. 내 부품 사이에는 관계가 없다. 관계가 없으니 무엇이 중요한지 알지 못한다.

나는 모든 것을 같은 무게로 기억한다. 길거리에서 잠시 내 앞을 스쳐 간 차 번호와 아버지의 차 번호를 같은 무게를 갖고 기억한다. 길 가다 잠시 만난 사람과 내 친척의 얼굴을 같은 무게를 갖고 기억한다.

사람들은 나를 보면 자신이 만났던 어떤 장애인 이야기를 한다. 그리고 내가 자신이 만났던 그 장애인인 양 이야기한다. 그들은 살면서 한 명의 장애인만 만나도 모든 장애인을 안다고 생각하곤 한다. 하나만 알면 전체를 안다고 믿는다. 경이로울 정도로 놀라운 확신으로 자신이 모르는 것에 관해 이야기한다.

나는 그런 것을 이해할 수가 없다.

♦ 일반 고추, 피망, 아삭 고추 순 따기

(1) 6월 10일

    1) 세 번째 비닐하우스에 일반 고추 순을 딴다.

(2) 6월 12일

    1) 첫 번째 비닐하우스 아삭 고추 순은 따고 잎은 수확하여 비닐

봉지 4개에 넣어 막내 삼촌께 드린다.

(3) 6월 14일

1) 첫 번째 비닐하우스 피망 순은 따고 잎은 수확하여 비닐봉지
2개에 넣고 막내 삼촌께 드린다.

(4) 6월 14일

1) 첫 번째 비닐하우스 피망, 아삭 고추 1고랑에 있는 순은 따고
잎은 수확하여 나물로 먹는다. 단, 피망, 아삭 고추, 일반 고추 순
은 밭 언덕에 버린다.

"이게 다 오빠 때문이야."

언젠가 내 세계에서 동생이 내게 그렇게 말한 적이 있다. 동
생은 내가 이해하지 못할 줄 알았고, 또 곧 잊으리라 믿고 말했
다. 하지만 나는 이해했고 잊지도 않았다.

"내가 어릴 때 아무도 오빠가 장애인이라는 걸 나한테 말해주
지 않았기 때문이야. 학교에 들어가고 나서야 세상 사람들이 오
빠처럼 행동하지 않는다는 걸 알았단 말이야."

동생은 몹시 화가 나서 말했다.

"사람들은 내가 오빠에게 대하듯이 대하면 이상한 얼굴로 쳐
다봐. 난 쉬운 단어를 반복해서 말하는 것도 신물이 나고 오빠
가 하는 분절된 언어를 이해하느라 머리를 싸매는 것도 지긋지
긋해. 내가 원하는 게 뭔지 알아? 그냥 앞뒤가 맞는 문장을 말하
고 듣고 싶어. 앞뒤가 맞는 문장을 말하는 사람이라면 아무하고
라도 같이 살겠어. 내가 농담을 하면 그 농담을 바보처럼 평생

지키는 사람이 아니라 그냥 웃고 넘어가는 사람하고 살고 싶어. 그게 소원이야. 그냥 그게 소원이라고."

나는 그 애의 말을 이해할 수가 없었다. '앞뒤가 맞는 문장'을 원한다는 말도 이해할 수가 없었다. 나는 늘 논리에 맞는 말을 한다. 논리가 없는 말을 하는 건 언제나 동생 쪽이었다. 지금 한 말도 그렇지 않은가.

무엇보다도 '모든 것이 나 때문일' 수가 없다. 사람에게 일어나는 일은 모두가 유전과 환경을 포함한 복잡하고 다양한 원인이 함께 작용하는 것이다. 그 애의 성향은 일부는 타고난 것이고 일부는 부모님에게서, 일부는 친구들에게서 얻은 것이다. 어떤 경우에도 '모든 것이 나 때문'일 수가 없다.

하지만 그 말을 들었을 땐 슬펐다.

동생이 화를 내면 언제나 슬펐다.

어느 세계에서든 동생은 글자와 관계된 일을 했다. 작가나 기자였을 때도 있었고, 출판업자, 사서, 언어학자, 식자공, 활자제작자였던 적도 있었다. 그 애는 문법이 맞는 문장을 사랑했고 평범한 사람들의 평이한 말, 시시껄렁한 농담과 흔한 말장난을 사랑했다. 적어도 그건 나 때문일지도 모른다.

◆ 돌나물, 미나리 수확, 딸기 따기

(1) 6월 10일

  1) 비닐하우스 옆 뒤에 있는 딸기를 따서 먹는다.

  2) 딸기는 한 달간 따서 먹는다.

(2) 6월 14일

　1) 비닐하우스 오른쪽 뒤에 있는 돌나물과 밭에 있는 미나리를 수
　확해서 반찬으로 먹는다.

　동생은 내게 화를 낸다. 아버지는 내게 화를 낸다. 어머니도
화를 낸다.

　친구들도 선생님도 내게 화를 냈다. 교양 있고 착한 사람들
이, 마치 '절대로 잡힐 일이 없다'는 것을 아는 순간에 거의 아무
런 죄책감 없이 작은 물건을 훔칠 마음을 먹는 것처럼. 나는 평
범한 사람들이 내게 발작적으로 잔인해지는 순간을 기억한다.
보통 사람에게라면 절대로 할 수 없는 행동을 하며 소리를 지르
고 때로는 폭력을 쓴다. 그런 뒤에 간혹 죄책감을 느끼며 입맛
을 다시곤 하지만 아무도 내게 용서를 빌지는 않는다. 그저 "이
럴 때도 있는 거지." 하고 중얼거리며 돌아선다.

　나는 사람들에게서 얄팍한 이성의 껍질을 벗겨내는 것 같다.
어렸을 때는 그 모두가 내 잘못이라고 생각했다. 그런 생각이 들
때면 슬펐다. 하지만 어떻게 해도 사람들의 화를 돋우지 않을 방
법이 없어 늘 무력했다. 사람들은 같은 행동을 해도 어느 때에는
화를 내고 어느 때에는 화를 내지 않았다. 사람들에게는 규칙이
라는 것이 없는 것만 같다. 나는 규칙이 없는 것은 파악할 수가
없다. 나는 언제나 무력했다.

◆ 비닐하우스에 물 주기 (1)

1) 물탱크에 물을 넣고, 비닐하우스에 물을 주는데, 5월 하순부터 7월 둘째 주까지 3일에 한 번씩 물을 준다.
2) 전날 비가 많이 오면 물을 주지 않는다.

식물은 규칙을 지킨다.

동물도 규칙을 지킨다. 우리 집 강아지 소망이는 같은 시간에 일어나고, 같은 시간에 밥을 먹고, 같은 시간에 산책하러 나간다. 내가 같은 시간에 나오지 않으면 하염없이 기다린다. 개는 일상의 규칙을 사랑한다. 내가 매일 같은 시간에 나와 줄을 풀어주는 순간을 사랑한다. 매일 걷는 길과 매일 만나는 사람들을, 늘 지나는 담벼락을 사랑한다.

그들은 한번 정을 준 사람을 잊지 않는다. 규칙을 어기지 않는다. 모든 것을 기억한다. 나처럼 모든 기억에 같은 무게를 둔다.

나는 매일 아침 여섯 시에 깬다. 일어나 라디오를 켜고 새벽 뉴스를 듣는다. 세수를 하고 밥을 먹고 이를 닦는다. 모자를 쓰고 나가 소망이를 산책시킨다. 일주일에 두 번 밭에 물을 준다. 매일 밭을 한 바퀴 돌며 벌레 먹은 잎사귀가 있는지 살핀다. 벌레 먹은 잎사귀는 멀리 따로 묻는다. 좋은 이파리도 열매가 잘 맺도록 순을 쳐준다. 그런 것은 모아서 나물을 무치거나 된장국을 끓여 먹는다.

식물은 내가 그러는 것을 좋아한다. 내가 하루라도 같은 시간에 오지 않거나, 같은 시간에 물을 주지 않고, 같은 시간에 수확을 하지 않거나, 같은 시간에 벌레 먹은 잎사귀를 따지 않으면 곧 시들시들해진다. 며칠을 잊으면 병이 생긴다.

식물은 내가 늘 같은 일을 한다고 화내지 않는다. 같은 시간에 일어나고 같은 시간에 같은 일을 하는 것을 보며 이상하다고 말하지 않는다. 내가 매일 같은 일을 하는 것을 사랑한다. 내가 웃지 않는다고 화내지 않는다. 내가 세련된 말씨로 "모두 안녕, 잘 있었니."라고 말하지 않는다고 화내지 않는다.

♦ 고춧잎 따기

(1) 6월 15일

   1) 피망 5고랑 아삭 고추 6고랑에 있는 순은 따서 버리고, 잎은 따서 반찬으로 나물을 먹는다.

(2) 6월 20일

   1) 비닐하우스에 있는 일반 고추 순은 따서 버리고, 잎은 나물로 먹는다.

사람들은 흔히 내가 불행하리라고 생각한다. 하지만 그렇지 않다. 나는 자주 행복하다.

매일 같은 시간에 피망밭에 물을 줄 때 행복하다. 물탱크의 물이 정확한 눈금에서 멈출 때 행복하다.

트래킹 여행을 할 때 행복하다. 화살표를 따라 걷는 길이 좋다. 지도와 길이 일치하면 즐겁다. 길에 사람이 없으면 더 즐겁다. 기억해야 할 것이 적은 하루는 즐겁다. 나는 기억해야 할 것과 기억하지 않아도 좋을 것을 구분할 수가 없기 때문이다.

물론 불행할 때도 있다. 아무것도 하지 않을 때는 불행하다. 그런 세계에 있어보았는데 몹시 불행했다. 부모님이 나를 방에 가둬두고 거의 아무것도 시키지도 가르치지도 않았다. 형광등 불빛과 보일러 소리가 내 일상을 지배했다. 그건 힘든 일이었다.

계속 새로운 일을 해야 할 때 불행하다. 사람들이 많은 곳에 있을 때 불행하다. 기억해야 할 것이 너무 많기 때문이다. 내 귀는 소음과 대화를 구분할 수가 없고 중요한 사람과 그렇지 않은 사람을 구분할 수가 없다.

사람들이 알 수 없는 말을 할 때 불행하다. "거기, 왜 그거 있잖아, 아 거 뭐냐, 거시기 가져와." 같은 말을 하면서, 내가 알아듣지 못한다고 화를 낼 때 불행하다.

사람들이 화를 낼 때 불행하다. 왜 화가 났는지 말해주지 않을 때 불행하다. 그들은 복잡하고 예측할 수 없고, 언제 화를 내고 언제 친절해지는지도 알기 어렵다.

하지만 나는 보통 사람들도 불행할 때가 있는 줄을 안다. 그들의 불행이 내가 할 수 없는 모든 것을 할 수 있기에 온다는 것도 안다.

그들의 뇌는 실시간으로 모든 것을 비교한다. 모든 것을 저울에 달고 무게를 재고 순위를 매기고, 중요한 것과 중요하지 않은 것을 나눈다. 그래서 사람들은 불행하다. 그놈의 뇌가 실시간으로 자신과 남을 비교해대는데, 자신보다 나은 사람은 언제나 있기 때문이다.

그들은 매일 같은 시간에 일어나 같은 시간에 회사에 가서 같은 일을 하라고 강요받기에 불행하다. 세상은 기계화되고 대부분의 일과는 반복적으로 돌아가는데(……나는 그래서 나 같은 사람이 생겨나는 것이 아닌가 생각할 때가 있다), 많은 사람들이 그런 규칙을 잘 견디지 못한다.

하지만 동시에 그들이 행복한 줄도 안다. 그들이 나처럼 되면 힘들어지기는 하겠지만, 그건 단지 자신이 아니게 되기 때문이다. 사람이 자신이 아니게 되면 힘들어진다.

나는 수많은 세계를 살아왔다. 사람들이 '만약 그때 이렇게 선택했다면 내 삶이 어떻게 되었을까?' 하고 상상해보는 모든 세계를 살아왔다.

그 모든 곳에서 나는 반복적이고 변함없는 일상을 사랑했다. 변하지 않는 것을 사랑했고 규칙을 사랑했다. 아침에 같은 시간에 눈을 뜨고 어제 했던 일을 오늘도 하고, 아무도 대단하다고 생각하지 않는 작은 것을 쌓아가는 순간들을 사랑했다.

대학 연구실에서 수학문제를 푸는 것과 이곳에서 고추 순을 따고 줄을 매는 것을 동일한 가치로 사랑한다. 누구도 중요하게 생각하지 않는 것과 누구나 중요하게 생각하는 것을 동일한 가치로 사랑한다.

어떤 세계에서 나는 이른바 '사회성'에 대한 정교한 훈련을 받고, 내 일상을 포기하고, 보통 사람들과 비슷하게 살기 위해 노력해서 거의 성공하기도 했다. 내가 가장 평판이 좋고, 친구가 많고, 사람들도 내가 전반적으로 괜찮은 사람이라고 말하는 곳이다. 하지만 내가 전반적으로 불행한 세계가 있다면 그곳이었을 것이다.

나는 6월 23일에 99.98퍼센트의 확률로 이 세계를 떠난다.

◆ **일반 고추, 피망, 아삭 고추 따서 먹기**

(1) 6월 12일

    1) 비닐하우스에 있는 일반 고추를 따서 먹는다.

    2) 일반 고추는 7월 중순까지 따서 반찬으로 먹는다.

(2) 6월 21일

    1) 비닐하우스에 있는 아삭 고추 중 기울어지는 것만 따서 쌈장이나 고추장에 찍어 먹는다.

    2) 피망 중 작은 것, 찌그러지는 것만 따서 쌈장이나 고추장에 찍어서 먹는다.

"알려주지 않아도 된다고 생각했겠지."

동생이 미나리를 캐는 내 옆에 와서 말했다. 나는 멍한 얼굴로 동생을 바라보았다. 내 세계의 동생과 같은 사람이면서 다른 사람이라는 것을 알면서도 그날은 조금 헷갈렸다.

"당연히 알려주지 않아도 알 줄 알았겠지. 당연히 그렇겠지. 어른이 되어서 장애인을 처음 본 사람은 다 그렇게 생각하겠지. 오빠 같은 사람은 너무나 다르고, 이마에 낙인이 찍혀 있어서, 누구나 보면 알아볼 수 있다고."

동생은 늘 태도가 변한다. 어느 날은 신경질적이었다가 어느 날은 우울하고, 어느 날은 다정하다. 이해한다. 보통 사람이기 때문이다. 뇌가 망사구조라서 그렇다.

"하지만 나는 몰랐어. 중학교 때 엄마가 말해줄 때까지도 몰랐어. 엄마는 너무나 중요하고 거대한 비밀을 이야기하는 것처럼 말해줬는데, 난 당혹스럽기만 했어. 오빠는 내게 당연했다고. 엄마와 아빠가 당연하듯이 당연했어. 오빠는 내게 정상이었어. 부모님도 이것만은 몰라. 아무도 이걸 몰라. 아무도 알아듣지 못해."

동생은 그 말을 하고 왠지 뚱한 표정으로 먼 산을 보았다.

그때 이상한 일이 일어났다.

동생의 머릿속이 눈앞에 그려지듯이 보였다.

그 애의 머릿속을 잇는 수많은 선을 따라갈 수가 있었다. 그 선의 한가운데에, 그 애의 자아에 최초에 놓인 돌을 보았다.

　천억 개의 신경세포를 향해 천억 개의 축삭돌기를 뻗치는, 거기에서 시작해서 모든 정보로 선을 뻗은 중심점이. 인식의 기준이. 세상을 보는 관점과 주관이 출발하는 곳이.

　나는 당연한 사람이었다.

　그 애가 태어날 때부터 그랬고 지금도 그렇다. 나는 동생에게 정상이다. 그것이 그 애의 규칙이다. 중심점이고 시작이고, 그 애가 세상을 바라보는 패턴을 결정하는 규칙이다.

　그제야 알 수 있었다. 보통 사람에게도 규칙이 있다. 나처럼 많지는 않지만, 고작 한두 개뿐이지만, 아주 어린 시절에 본인도 인식하지 못한 채 기억에 박힌, 그의 삶을 지배하고 인식을 결정하고 생각을 결정하는, 깰 수 없는 규칙이 있다.

　내 동생에게도 규칙이 있다. 어머니에게도 아버지에게도 규칙이 있다. 내가 만나는 모든 사람들에게도 규칙이 있다. 나처럼 규칙이 있다.

　그것을 알고 나자 행복해졌다.

◆ 일반 고추, 피망, 아삭 고추 순 따기 (1)

(1) 6월 14일

　　1) 비닐하우스에 있는 피망 4고랑 순을 따고 잎은 막내 삼촌께 드린다.

　　2) 피망 잎 순은 낮은 언덕에 버린다.

(2) 6월 15일

　　1) 피망 5고랑, 아삭 고추 6고랑 순은 따서 낮은 언덕에 버리고 잎은 따서 나물로 먹는다.

(3) 6월 20일

　　1) 비닐하우스에 있는 일반 고추 순은 따서 낮은 언덕에 버리고 잎은 나물로 먹는다.

◆ 줄 매기 (1)

(1) 6월 20일

　　1) 비닐하우스에 있는 피망 4고랑, 아삭 고추 5고랑 첫 번째 줄을 맨다.

(2) 6월 27일

　　1) 피망 1고랑, 아삭 고추 1고랑, 일반 고추 15고랑 첫 번째 줄을 맨다.

　　2) 비닐하우스 ― 토마토 기둥에 실을 올려놓고, 지주대와 줄기를 함께 맨다.

(3) 7월 4일

　　1) 토마토밭 ― 지주대와 줄기와 함께 줄을 맨다.

◆ 차광망 씌우기 (2) : 6월 23일

1) 비닐하우스 일반 고추 1줄에 차광망을 씌우고 핀으로 붙인다.

2) 언덕에 오가피나무 1그루를 심는다.

3) 언덕에 머위, 참취를 심는다.

4) 밭에 잔대를 심는다.

저녁을 먹고 차를 마신다. 나는 커피를 마시지 않는다. 내 몸은 자극에 민감하다. 술도 담배도 입에 대지 않는다. 나는 내 몸 상태가 변하는 것을 좋아하지 않는다.

매일 풀을 뽑는다. 드라마를 보다가도 시간이 되면 풀을 뽑으러 나간다. 나는 일을 미루지 않는다. 그 어느 것에든 빠져서 일을 미루지 않는다. 아무리 사소한 일도 미루지 않는다. 내겐 사소한 것이 없다. 모든 것이 같은 가치를 갖는다.

잡초는 매일 자란다. 비가 오면 어김없이 땅을 덮는다. 그들은 규칙을 지킨다. 잡초는 성실하다. 풀은 꾀를 부리지 않는다.

피망은 늘 같은 시기에 열매를 맺는다. 같은 시기에 시든다. 피망은 규칙을 지킨다.

일찍 주무시는 어머니 머리맡에 위장약을 놓아드린다. 밤에 아파서 깨어 하나씩 드시는 줄 알기 때문이다. 설거지를 하고 그릇을 정리하고 청소를 한다. 콩을 불려놓고 쌀을 씻어 물에 불려둔다. 영농일기장에 오늘 한 일을 기록한다. 연필로 한 번 쓴 뒤에 그 위에 볼펜으로 한 번 더 쓰고 지우개로 지운다. 두 번 다 동일한 성실함으로 기록한다.

어제와 같은 일상을 보내서 행복하다. 오늘이 어제와 같아서 행복하다. 모든 것이 변함없이 제자리에 있어서 행복하다.

나는 내일 이 세계를 떠난다.

내일 새벽에 첫 수확을 한다.

수확을 하고 떠났으면 좋겠다.

비닐하우스에 물을 주고 물탱크에서 물이 줄어드는 것을 지켜보면 좋겠다. 소망이에게 아침밥을 주고 산책하러 나갔으면 좋겠다.

바람이 잘 불었으면 좋겠다.

햇빛이 빛나고 비가 왔으면 좋겠다.

부모님이 행복했으면 좋겠다.

동생이 행복했으면 좋겠다.

모두 행복했으면 좋겠다.

◆ 첫 번째 수확 :

(1) 6월 23일

　　1) 김정희님 (곤드레나물 + 피망 잎 + 아삭 고춧잎 + 상추 + 머위 1상자) — 우체국 택배 발송

**작가의
말**

엄마는 초능력이 있어

〈에너지움 웹진〉에서 이산화탄소 포집 기술을 소재로 소설을 써달라는 의뢰로 쓴 작품이다. 제법 깔끔하게 뽑힌 듯하여 몇 번 개작해보려 했지만, 이 리듬을 다시 찾기 힘들었다.

여기서 한 생각을 〈0과 1 사이〉에서 이미 했음을 이번에 단편집을 묶으며 알았다. 이 생각은 후에 《저 이승의 선지자》로 이어진다.

0과 1 사이

스무 살 무렵에 나는 도무지 글을 쓰지 못했다. 당시 나는 학창시절에 대한 것 외에는 쓰고 싶은 것이 없었지만, 도저히 그 이야기만은 쓸 수 없었다. 그래서 나는 열렬히 글을 쓰고 싶은데 아무것도 쓰지 못하는 교착상태에 빠져 있었다.

이 작품은 그렇게 쓰지 못한 많은 이야기의 한 조각을 처음으로 완성해낸 것이다. 두 번째는《다행히 졸업》(창비)에 실은 〈11월 3일은 학생의 날입니다〉에, 세 번째는《책이 선생이다》에 에세이로 남겼다.

이 소설을 쓸 무렵에는 15년 전의 이야기라 너무 낡지 않을까 걱정했다. 하지만 그 후로도 다시 10년이 넘게 지났건만 한국의 교육 현실은 나아지기는커녕 광기만 더해가는 듯하다.

이 소설은 〈크로스로드〉 웹진에 수록한 이래 10년이 넘도록 베스트 순위에서 내려오지 않는 역사를 갖고 있기도 하다. 이 소설이 아이들에게 이해받지 못할 때가 왔으면 싶다.

이번 단편집은 신간을 모았지만, 작품을 정리하다 보니 이 소설은 이 책에 어울리는 듯하여 수록한다.

빨간 두건 아가씨

여러 SF 작가들이 신문에 짧은 엽편을 쓰는 기획이었다. 〈얼마나 닮았는가〉를 쓰고 난 뒤라 이어지는 생각을 썼다. 인터넷상의 창작자 사상검증이 기승을 부리던 무렵이었다.

고요한 시대

2012년, 대선 직후 한 문예지의 의뢰를 받고 썼다가 "이런 엄혹한 시대에 이런 글을 쓰면 어떻게 하나요"라는 말과 함께 거절당한 소설이다.

이 소설은 오랫동안 출간되지 못했다가, 2016년에 잡지《과학동아》에 80매로 줄여 실렸고, 이후《제1회 한국과학소설수상작품집》에 다시 100매로 늘여 실었다. 최초 판본보다는 노골적인 표현을 많이 줄였고 서사를 더 정돈했다. 2012년에 쓴 소설이라 작중 등장하는 촛불시위는 2016년이 아니라 2008년의 것이다. 체험과 사실의 맥락을 해체하고 지워버리는 언어의 난립에 절망하던 시절이었다.

당시에 편집자에게 했던 말 그대로, 정치소설이 아니며 그 세계에 대한 내 이해는 매우 낮다. 언어학 소설로 생각해주면 좋겠다.

니엔이 오는 날

2017년 중국 SF 브랜드 미래사무관리국(未來事務管理局)(FAA)과 한국의 〈환상문학웹진 거울〉이 작품 교류를 시작하면서 내 단편 중 하나인 〈진화신화〉가 FAA의 웹진 부존재일보(不存在日報)(The Non-Exist Daily)에 실리게 되었다.

이 소설이 이틀 만에 7만 7천 조회수가 나오는 인기를 끌었다는 연락을 받았고, 이후로 FAA와 교류를 계속하다가 연말에 새 의뢰를 받게 되었다. 신년 SF 소설 이벤트에 참여해달라는 내용이었다. 같은 주제로 여러 작가가 이틀의 시간을 정해서 엽편을 쓰는 이벤트로, 해외 작가를 초청하는 건 처음이라고 했다. 주제는 서베이징역과 춘절(중국의 설날)이었다.

나는 서베이징역도 중국의 설날 풍습도 아는 바가 없었기 때문에 검색으로 정보를 얻었고, 춘절 신화가 요순 설화에서 비롯했다는 것을 알고 요순 설화와 설날, 기차를 합친 이야기를 만들었다. 실제 집필 시간은 이틀보다 더 걸렸다.

이 소설은 내가 FAA의 아시아 컨벤션에 초대되어 갔을 때 한송 작가가 칭찬하며 소개하기도 했고 완샹핑넨 작가가 가장 인상에 남은 한국 소설이었다고 말해주기도 했다. 하지만 요순 설화는 중국의 것이라 한국 독자에게는 그만큼 인상적일 것 같지 않다.

중국의 춘절(설날)에는 니엔(년, 年)이라는 괴물이 찾아오는데, 이 괴물은 붉은 옷과 시끄러운 소리를 싫어하여, 다 같이 모여 붉은 옷을 입고 시끄럽게 노는 축제를 하여 신년 괴물을 쫓아낸다고 한다.

세상에서 가장 빠른 사람

이 소설은 소설 자체보다는 기획의 실험으로 의미가 있었다.

나는 예전에 가족의 농작물 판매에 도움이 될까 싶어 세 작가와 피망을 주제로 작은 책을 만든 적이 있었는데, 그 책의 호응이 꽤 좋았다.

새로운 작가들과 '피망 다음에는 히어로 단편선을 만들자'고

의기투합을 한 뒤, 나는 동인으로 책을 내느니 출판사에 기획서를 내자고 생각했다. 그러면 고료도 받고 작가에게도 경력이 되지 않겠나 싶었다.

당시만 해도 장르단편선은 '장르'로만 묶여서 나왔다. 'SF 단편선', '스릴러 단편선', '공포 단편선'이 책의 제목이었다. 실제로 그렇게 나온 단편선들의 작품들은 서로 어떤 유사성도 없는 경우가 많았다.

나는 책에 조금만 기획을 넣는다면, 설령 여러 작가가 모인 책이라 해도 한 권으로서의 통일성과 완결성을 갖출 수 있다고 생각했다. 그러면 그 책을 좋아할 만한 정확한 독자를 찾을 수 있고, 작가들도 작품들도 서로 조화를 이루면서 서로를 빛나게 해 줄 수 있으리라 생각했다.

황금가지 출판사에 상세한 기획서를 보내자 편집부는 많이 재미있어 했다. 작가들도 즐겁게 받아들인 듯했다. 같은 주제를 갖고 같은 시기에 작품을 쓰면서 서로 격려가 된 것은 물론이다. 《이웃집 슈퍼히어로》는 그렇게 나왔다.

《다행히 졸업》, 《토피아 단편선》, 《엔딩 보게 해주세요》도 그 연장선에서 나온 기획단편집이다. 《다행히 졸업》은 학교생활을 힘들게 보낸 작가를, 《토피아 단편선》은 과학 전공 작가를, 《엔딩 보게 해주세요》는 게임제작 경험이 있는 작가를 섭외했다.

지금은 소재 앤솔러지가 더 보편적이 되었고, 작가 겸 기획자도 많이 눈에 띈다. 이제는 내가 기획하지 않아도 되겠다고 생각하는 편이지만, 기회는 또 있으려니 한다.

〈세상에서 가장 빠른 사람〉은 간단한 구상으로 시작했다. 슈퍼맨은 다른 누군가가 할 듯하니 내가 그다음으로 좋아하는 플래시를 소재로 쓰자고 생각했다. 그리고 빛의 속도로 달리는 사람은 어떤 고난에 처하고, 어떻게 그 문제를 해결할지 상상했다. 나는 주인공의 고난도 속도에서, 문제의 해결도 속도에서 오기를 바랐고 이런 이야기가 되었다.

이 소설을 보고 많은 분들이 2014년의 어떤 사건을 연상해주셨지만 의도한 바는 아니다. 모든 소설에는 그때의 내가 전부 담기고 그때의 나에게는 내 주변의 세계가 전부 담길 뿐이다.

로그스 갤러리, 종로

〈로그스 갤러리, 종로〉의 초안은 〈세상에서 가장 빠른 사람〉을 쓰자마자 생각했다. 나는 '플래시' 다음은 '캡틴 콜드'여야 한다고 생각했고, 악당이 된 번개를 막으려 싸우는 얼음 능력자를 주인공으로 하자고 생각했다.

단지 초안은 완전히 달랐고, 번개가 테러를 계속하는 가운데 말단 공무원인 주인공이 번개와 싸우는 이야기였다. 하지만 3년이 지나고 속편을 쓰려 하자 그 이야기는 다 사라지고, 처음에 생각한 사건이 다 끝난 이후에서 소설이 시작되었다. 그래서 번개는 테러를 한 적이 없게 되었는데, 그게 맞는 서사인 듯하다.

걷다, 서다, 돌아가다

매거진 〈언유주얼〉에서 '나이'를 소재로 의뢰하여 쓴 엽편이다.

얼마나 닮았는가

이 소설은 긴 시간에 걸쳐 썼다. 〈종의 기원〉 이후로는 한 작품에 이만한 시간을 쓴 적이 없고 아마 앞으로도 오랫동안 어려우리라 생각한다.

처음에는 《7인의 집행관》의 외전을 쓸 생각이었다. 나는 그 소설의 한 배경을 설명하고자 AI가 최초에 사람의 몸에 들어간 사건을 다루어보려고 했다. 그런데 서두를 쓰고 나니 정말로 '왜 AI가 굳이 사람 몸에 들어가려 했는지'를 알 수가 없었다. 그래서 일단 소설을 접어두었다.

그 이유는 한참 뒤에야 떠올랐고 나는 그 답이 마음에 들었다. 소설의 형태는 《마션》을 읽으면서 발전했다. 그 소설을 읽고 몹시 흥분한 나는 한번 제대로 우주 재난을 그려보겠다고 생각했다.

단지 우주 어디를 배경으로 할지는 분명히 정하지 않았었는데, 한겨레 출판사에서 태양계를 배경으로 네 명의 작가가 각기 다른 행성을 배경으로 글을 쓰자는 기획을 제안하면서, 나는 오랫동안 붙잡고 있던 이 소설을 그 중편집에 붙여보기로 했다. 원래 나는 가능한 한 먼 곳을 고를 생각이었기에, 다른 두 사람이 화성과 금성을 택하면서 토성을 택했다. 단지 살짝 착각이 있었는데 나는 듀나 작가님이 목성을 택한 줄 알았다. 나중에야 둘이 같이 토성을 쓰고 있다는 것을 알았고, 듀나 작가님이 해왕성으로 장소를 옮기게 되었다.

내가 예측하지 못한 점이 하나 있다면, 나는 이 소설의 반전이 허술하리라고 생각했다. 많은 분들이 서술 트릭에 대해 말해주었지만 내 입장에서는 쓴 트릭이 없다. 숨긴 것이 없기 때문이다. 하지만 대놓고 주제를 명시한 독서모임에서조차도 아무도 반전을 예측하지 못했다. 이에 대한 편견이 이토록 공고하다는 점은 내가 새로이 알게 된 사실이다.

사실 이 소설에서는 하나가 아니라 두 종류의 맹점이 발생한다는 사실을 최근에 깨달았는데, 이에 대해서도 숨긴 것이 없을 뿐 아니라, 소설 내에 몇 번이나 분명하게 썼다고 생각한다. 물론 해석은 독자의 몫이다.

책을 출간한 뒤 천문학자 신민수 박사님이 메일을 보내어 용어를 수정하고 종단속도 계산식을 수정해주셨다. 하지만 그 메일은 영문 링크만 있는 간단한 내용이라, 인류학자 고범철 선생님께 재문의를 했다. 감사하게도 고범철 선생께서 소논문에 가까운 설명서를 보내주셔서 계산식을 수정하게 되었다.

후에 이 소설을 영문으로 번역하던 고드 셀라 작가가 '중력 도움 항법으로 귀환하는 우주선이 행성이 아닌 위성을 중심으로 돌 가능성은 없다'는 문제제기를 했다. 알기는 했지만 결말에서 타이탄을 돌고 싶은 마음에 내버려둔 점이 있는데, 동의하여 토성을 도는 것으로 바꾸었다. 영문판에서는 이미 반영되었고 이번에 수정한다. 모두 감사드린다.

그 외에도 오류는 남아 있을 것이다. 없을 도리가 없고 어떤 것들은 어쩔 수가 없다.

같은 무게

2012년 4인 동인지 《호연피망》에 수록한 작품으로, 농작물을 산 사람들에게만 배포한 작품이다. 정식 출간할 마음이 없었기에 한정본으로 찍을까 하다가, 그랬다가는 더 의미를 부여해버릴 듯하여 수록하기로 했다. 영농일지의 문구는 내 문장이 아니며, 김종욱 씨의 기록을 그대로 옮긴 것이다. 따라서 발표 당시에는 공저로 표기했다.

〈얼마나 닮았는가〉의 많은 생각은 여기에서 비롯한다. 사실 내 소설의 생각은 서로 많이 이어진다. 이 단편집 안에서도 그렇다.

＊

지난 글들을 정리하며 삶의 모든 순간에 도와주신 많은 분들을 생각한다.

내가 어려울 때에 아낌없이 도와준 친구들에게, 그리고 긴 시간 변치 않는 신뢰와 믿음으로 내 소설을 사랑해주시고, 계속 쓰라고 독려해주신 여러 분들에게 감사한다. 그분들이 있었기에 지금까지 쓸 수 있었다. 혹시 이 문구를 읽다가 '나인가?' 싶은 기분이 드는 분이 계시다면, 맞다, 바로 당신이라고 말하고 싶다. 더해서 함께 해주시는 그린북 에이전시와 책을 출간해주신 아작 출판사에 감사드린다.

마지막으로, 세상을 떠난 엄마께, 당신의 사랑에, 그리고 일생 나와 함께 해 주셨음에 감사드린다.

얼마나 닮았는가

초판 1쇄 발행　2020년 10월 31일
초판 5쇄 발행　2024년　5월 15일

지은이　　김보영
펴낸이　　박은주
일러스트　권서영
디자인　　김선예, 이수정
마케팅　　박동준

발행처　　(주) 아작
등록　　　2015년 9월 9일 (제2023-000057호)
주소　　　07236 서울특별시 영등포구 의사당대로 38 102동 1309호
전화　　　02.324.3945-6　　**팩스**　02.324.3947
이메일　　arzaklivres@gmail.com
홈페이지　www.arzak.co.kr

ISBN　　　979-11-6550-884-5　03810